KB004373

스즈메의 문단속

Suzume

스즈메의 문단속

Suzume

신카이 마코토 지음
민경욱 옮김

목차

1
일
째

Suzume

꿈에서, 언제든 갈 수 있는 곳

내게는, 늘 꾸는 꿈이 있다.

대부분 꿈꾸는 동안에는 꿈이라는 사실을 모른다. 꿈에서 나는 아직 어린아이고, 게다가 길을 헤매고 있다. 그러므로 기본적으로 슬프고 불안하다. 그런데도 편안한 시트로 몸을 감싼 것처럼, 당연한 듯한 안심감도 있다. 슬픈데 마음은 편하다. 모르는 장소인데 낯익다. 있으면 안 되는 곳인데 계속 있고 싶다. 그러나 어린아이인 내게는 슬픔이 더 커서 끓어오르는 오열을 필사적으로 삼키고 있다. 내 눈꼬리에는 마른 눈물이 투명 모래처럼 들러붙어 있다.

머리 위에서는 별이 반짝반짝 빛나고 있다. 별빛 가득한 하늘은 누군가 실수로 광량 조절 스위치를 열 배쯤 올린 듯 말도 안 되게 눈부시다. 너무 눈부셔 그 별들 하나하나에서 쩽한 소리가 스며 나오는 듯하다. 별이 내는 소리와 마른 바람 소리, 고통스러운 내 숨소리, 내가 풀 밟는 소리가 내 귓속에서 섞인다. 그렇다, 나는 계속 풀밭을 걷고 있다. 시야가 닿는 모든 곳은 온통 산맥이 둘러싸고 있다. 그 너머의 하얀 벽 같은 구름 위에 노란 태양이 실려 있다. 하늘을 가득채운 별과 하얀 구름과 태양이 동시에 있다. 모든 시간이 뒤섞인 하늘 아래를 걷고 있다.

집을 발견하자 창을 통해 안을 살핀다. 어느 집이나 짙은 녹음에 묻혀 있다. 창문 대부분은 깨져 있고 갈기갈기 찢어진 커튼이 낮은 소리를 내며 바람에 흔들리고 있다. 집안에도 잡초가 무성한데 신기하게도 식기와 전자 피아노, 교과서 같은 물건들은 새 것인 상태로 풀들 사이에 흩어져 있다. 엄마를 부르는 목소리는 공기가 다 빠져버린 듯 잠기고 만다.

"엄마!"

목에 힘을 주어 다시 크게 부른다. 하지만 그 목소리는 담쟁이덩굴로 덮인 벽에 스르륵 흡수되고 만다.

얼마나 많은 집을 들여다보고 얼마나 많은 풀을 밟으면서 얼마나 많이 엄마를 불렀을까. 아무도 대답하지 않고 아무도 만나지 못하고 동물조차 한 마리도 보지 못했다. 엄마를 부르는 내 목소리는 잡초에, 무너진 집들에, 쌓인 차에, 지붕에 실린 고깃배에, 빨려 들어가 돌아오지 않았다. 아무리 걸어도 폐허뿐이었다. 압도적인 절망과 함께 눈물이 또 샘솟는다.

"엄마! 엄마! 어디 있어?"

엉엉 울면서 걷는다. 토해내는 입김이 하얗다. 축축한 숨결은 내뱉자마자 바로 차갑게 식어 내 귀를 한층 더 얼린다. 진흙이 낀 시커먼 손톱도, 매직테이프를 둘둘 둘러 만든 신발을 신어 동그란 발끝도 고통스러울 정도로 차가운데 목구멍과 심장과 눈 속만은 특별한 병에라도 걸린 듯 불쾌할 정도로 뜨겁다.

정신을 차리면 태양이 구름에 숨어 주위는 투명한 레몬 빛으로 감싸여 있다. 머리 위에는 여전히 별들이 난폭하게 빛나고 있다. 걷는 데도, 우는 데도 지쳐 풀 속에 웅크리고 앉는다. 다운재킷이 말려 올라가 드러난 등을 통해 바람이 들어와 체온을 조금씩 훔쳐 가는 대신 무력감이 들어온다. 작은 몸이 진흙으로 바뀐 듯 무거워진다.

—하지만, 이제부터야.

문득, 조금 떨어진 곳에서 자기를 관찰하는 듯한 감각으로 생각한다.

여기서부터가, 이 꿈의 하이라이트야. 내 몸은 얼어붙고 불안과 외로움의 극한 속에서 마음도 마비되어 간다. 이제 될 대로 되라는 식의 포기가 온몸에 퍼진다. 하지만······.

바스락, 바스락, 바스락. 멀리서 작은 소리가 난다.

누군가 초원을 걷고 있다. 뾰족뾰족 날카롭고 딱딱한 잡초

일 텐데 그 사람이 밟으면 마치 신록의 계절인 양 부드럽고 상냥한 소리가 난다. 두 무릎에 묻고 있던 얼굴을 든다. 발소리가 다가온다. 천천히 일어나 주위를 둘러본다. 흐려진 시야를 닦아내듯 끔뻑끔뻑 세게 눈을 깜빡인다. 흔들리는 풀들 너머에 노을 같은 붉은색의 기름종이에 비친 듯한 사람 그림자가 보인다. 넉넉한 하얀 원피스가 바람에 동그랗게 부풀어 있고 금색 빛이 긴 머리를 따라 흐르고 있다. 어른스럽고 얇은 입술에는 새벽의 으스름달처럼 살짝 올라간 미소가 있다.

"스즈메."

내 이름을 부른다. 그 순간 귀와 손가락 끝과 콧등, 그 목소리의 파문이 닿은 곳에서부터 따뜻한 물에 몸을 담그듯 편안함이 온몸으로 퍼진다. 조금 전까지 바람에 나부끼던 눈발은 어느새 분홍색 꽃잎이 되어 춤을 춘다.

그래. 이 사람은. 이 사람이.

계속, 계속 내가 찾던…….

"엄마."

중얼거린 순간, 이미 잠을 깨고 말았다.

그런 풍경처럼, 아름다운 사람

그것은 꿈의, 언제든 갈 수 있는 곳.

지금은 아침이고, 내 방.

이불 위에 누워 순식간에 상황을 이해했다. 딸랑딸랑, 창가 풍경이 낮게 울렸다. 바다 내음을 담은 바람이 레이스 커튼을 살랑살랑 흔들고 있다. 아, 축축해. 베개에 닿은 뺨을 통해 느꼈다. 쓸쓸함과 기쁨이 뒤섞인 저릿저릿한 감각이 손끝과 발끝에 살짝 남아 있다. 시트를 칭칭 감은 채 나른한 달콤함을 좀 더 즐기려 눈을 감았다.

"스즈메! 일어났니?"

그때 아래층에서 재촉하는 목소리가 크게 울려왔다. 속으로 한숨을 쉬며 영차 몸을 일으키고 큰 소리를 대답했다. "일어났어!" 조금 전까지 남아 있던 꿈의 여운이 완전히 사라지고 말았다.

::   ::   ::

『규슈 전역은 고기압이 넓게 자리 잡고 있어서 오늘은 화창한 푸른 하늘을 보실 수 있겠습니다!』

TV미야자키의 기상캐스터가 마법 소녀의 요술봉 같은 컬

러풀한 막대기로 규슈 일대에 동그라미를 그리면서 상냥하게
이야기하고 있다.

"잘 먹겠습니다."

손을 얌전히 모으고 두툼하게 자른 식빵에 버터를 듬뿍 올
렸다. 음, 이 사람, 은근히 좋다니까. 버터를 쓱쓱 바르면서 여
성 기상캐스터를 봤다. 설국을 떠올리게 하는 하얀 피부 때문
에 괜스레 북쪽 출신이 아닐까 짐작했다. 바삭. 빵을 한입 베어
물자 향긋한 소리가 났다. 아, 맛있다! 바삭함 뒤에 찾아오는
촉촉한 달콤함을 버터의 농후함이 자극했다. 우리 식탁에 오
르는 재료들은 늘 꽤 고급이다.

『오늘의 최고 기온은 28도, 더위가 살짝 누그러져 9월답게
지내기 편한 하루가 되겠습니다.』 기상캐스터 언니의 발음은
완벽한 표준어였다.

"너, 오늘은 도시락 까먹지 마라."

나 혼자 그렇게 느꼈을지 모르지만, 부엌에서 살짝 나무라
는 듯한 말투로 타마키 이모의 미야자키 사투리가 날아들었
다. "아, 네!" 그리 심각하지 않은 반성을 말투에 담아 대답했
다. 타마키 이모가 매일 아침 만들어주는 도시락을 종종 학교
에 두고 온다. 일부러 그러는 것은 아니다. 일부러 그러는 것은
아니지만 도시락을 놓고 오는 날은 괜히 살짝 해방감이 들었
다. "참 못 말리는 애라니까." 타마키 이모는 도시락을 싸면서

붉은 립글로스를 바른 입술을 내밀었다. 매끈한 베이지색 바지 정장 위에 앞치마를 두르고 있는데, 윤기가 흐르는 단발 커트 머리도, 커다란 눈동자를 도드라지게 하는 화장까지 타마키 이모는 오늘도 완벽했다.

"그리고 스즈메, 나 오늘 늦어. 저녁은 알아서 해결할래?"

"아니! 타마키 이모, 데이트해?!" 꿀꺽, 씹고 있던 달걀프라이를 황급히 삼키며 말했다. "괜찮아. 걱정하지 마! 천천히 와. 12시 넘어도 괜찮으니까! 가끔은 즐기고 오라고!"

"데이트가 아니라 야근!" 타마키 이모는 내 기대를 차단하듯 말했다. "어업 체험 준비야. 이제 때가 되어서 처리할 게 많아. 자, 도시락."

대형 크기의 도시락통을 받아들었다. 오늘 도시락도 정말 무거웠다.

하늘은 기상캐스터 언니의 예언대로 쾌청했고 솔개 몇 마리가 의기양양하게 아주 높은 하늘을 날아다녔다. 해안가 언덕길을 자전거로 내려가고 있었다. 교복 치마가 심호흡이라도 하듯 바람에 펄럭펄럭 부풀었다. 하늘도 바다도 거짓말처럼 파랗고 제방의 녹음은 한없이 푸르고, 수평선 위에 떠 있는 구름은 막 태어난 듯 하얗다. 이런 곳을 자전거로 통학하는 교복 차림의 나, SNS에서 꽤 먹히지 않을까? 문득 생각한다. 아침 햇살에 반짝이는 오랜 항구 마을을 배경으로 눈앞 언덕길에서 페달을 밟는 교복 차림의 여학생. 그런 사진을 떠올렸다. 바닷바람에 흩날리는 높이 묶은 머리와 분홍색 자전거, 푸른색을 배경으로 한 소녀의 화사한(아마도?) 실루엣. 이거 참, 엄청 좋네! 이런 댓글이 달리겠지? ……쿵, 마음 한구석이 갑자기 단단해졌다. 흠. 내 안의 일부분이 한심해했다. 바다를 보며 그런 기분이 들다니, 너 참 태평하구나.

살그머니 한숨을 내쉬었다. 갑자기 퇴색해버린 바다의 푸른색에서 눈길을 돌리고 앞을 봤다. 그때였다.

"아!"

누군가 언덕을 걸어서 오르고 있었다. 마을 외곽인 이곳을 걸어 다니는 사람은 아주 드문 탓에 조금 놀랐다. 어른들은 백 퍼센트 차로 이동하고 아이들은 어른 차를 얻어 타고, 우리 중 고생은 자전거나 바이크를 탔다.

— 남자 같네. 마르고 키가 크다. 긴 머리와 긴 셔츠가 바람에 나부끼고 있다. 살짝 브레이크를 잡아 자전거 속도를 늦췄다. 점차 가까워졌다. 모르는 청년이잖아? 여행객인가? 등산객처럼 배낭을 짊어지고 있었다. 물 빠진 청바지에 넓은 보폭. 살짝 웨이브가 있는 긴 머리가 바다를 바라보는 옆얼굴을 가리고 있었다. 브레이크를 쥔 손에 조금 더 힘을 줬는데 갑자기 바닷바람이 강해졌다. 청년의 머리카락이 바람에 날려 눈가에

빛이 떨어졌다. 숨을 멈췄다.

"예쁘다……."

멋대로 입이 움직였다. 청년의 피부는 여름에서 잘라낸 듯하였고 얼굴 윤곽은 날카로우면서도 우아했다. 긴 속눈썹이, 깎아지른 듯한 뺨에 부드러운 그림자를 드리우고 있었다. 왼쪽 눈 밑에는 *여기에 당연히 있어야 한다*는 듯 완벽하게 작은 점이 있었다. 그런 디테일이 아주 가까이에서 본 듯한 해상도로 내 눈에 들어왔다. 거리가 줄어들자 고개를 숙였다. 내 자전거 바퀴 소리와 청년의 발소리가 섞였다. 심장 박동 소리가 커졌다. 50센티미터 거리에서 우리는 스쳤다. 나는, 우리는……, 마음이 말한다. 모든 소리가 느려진다. 우리는, 이전에, 어디선가…….

"저, 학생."

부드럽고 낮은 목소리. 자전거를 멈추고 돌아봤다. 그 1초의 풍경이 너무나 눈부셨다. 눈앞에 청년이 서서 똑바로 내 눈을 보고 있다.

"이 근처에 폐허 없니?"

"폐허요?"

뜻밖의 질문에 단어의 뜻이 떠오르지 않았다. 폐허?

"문을 찾고 있어."

문? 폐허에 있는 문을 말하나? 자신 없는 목소리가 나왔다.

"……사람이 안 사는 마을이라면 저쪽 산에 있긴 한데……."

청년이 생긋 웃었다. 뭐랄까, 주위 공기마저 상냥하게 물들이는 듯한, 아주 아름다운 미소였다.

"고마워."

청년은 휙 몸을 돌리고 내가 가리킨 산을 향해 성큼성큼 걷기 시작했다. 깨끗이, 잠시도 돌아보지 않고.

"……어라?"

절로 한심한 목소리가 나오고 말았다. 삐, 삐로로, 소리 높여 솔개가 울었다. 어? 뭔가 좀 엉뚱하지 않아?

∷　　∷　　∷

머리 바로 위에서 경보음이 울어댔다. 철로 건널목 차단기가 열리길 기다리는 내 심장 박동은 여전히 조금 빨랐다. 그 사람, 뭐지……? 깜빡이는 붉은 등을 바라보며 생각했다. 연예인이나 모델을 실제로 만나면 이런 느낌일까? 상식을 초월할 정도로 너무 아름다워 목격한 후에도 한동안 흥분이 가라앉지 않는. ……아니야, 그건 아니야. 아마 전혀 다를 거야. 그 사람은, 일테면…….

가로등에 비친 설경이나, 정상에만 햇살을 받은 산이랄까. 손이 닿지 않는 높이에서 바람에 이끌리는 흰 구름이랄까. 꽃미남이라기보다는 그런 풍경처럼 아름다운 사람이었다. 그리고 나는, 그 풍경을 아주 오래전에 본 것 같은 느낌이 들었다. 맞아. 꿈에서 찾아가는 초원의, 그 기묘한 푸근함 같은…….

"스즈메!"

탁, 뒤에서 누가 어깨를 두드렸다.

"안녕!"

"아, 아야! 안녕."

검은 단발의 아야가 달려왔는지 숨을 헐떡이며 옆에 서 있었다. 2량 편성의 짧은 열차가 눈앞을 통과하자 차단기 바와 치맛자락이 바람에 흔들렸다. 그것 말고도 등교 중인 학생들의 잡담이 주위를 가득 채우고 있음을 새삼 깨달았다. 어제 동영상 봤어? 잠이 부족해 큰일이야! 이런 말들을 모두 즐겁게 떠들고 있다.

"어머? 스즈메, 너 얼굴이 빨개."

"어? 말도 안 돼! 빨개?!"

저도 모르게 뺨에 양손을 댔다. 어, 뜨겁네.

"벌겋다니까. 무슨 일인데?"

안경 너머의 의심스러운 눈초리가 내 얼굴을 들여다봤다. 어떻게 대답해야 할지 몰라 망설이는데 시간이 다 되었는지 경보음이 그치고 차단기 바가 올라갔다. 철길 주변에 모여 있던 사람들이 일제히 걷기 시작했다.

"무슨 일이냐고?"

아야는 혼자만 멈춰 서 있는 나를 돌아보며 이번에는 걱정스럽게 말했다. 풍경 같은 사람. 그 데자뷔. 나는 자전거 앞바퀴를 들어 올렸다.

"미안. 두고 온 게 생각났어!"

방향을 바꿔 자전거에 올라타 온 방향으로 달리기 시작했다. 뭐? 잠깐만, 스즈메, 지각이라고! 등 뒤의 목소리가 멀어졌다. 아침햇살의 압력으로 등은 온통 땀 범벅이 되었으나 자전거에서 일어나 힘차게 페달을 밟아 산으로 향했다. 지나치는 경트럭 운전사 아저씨가 고등학교와는 반대 방향으로 달리는 교복 차림의 학생을 물끄러미 응시했다. 현도(縣道)를 벗어나 콘크리트로 포장된 낡은 산길로 들어섰다. 갑자기 바다의 소리가 매미 소리로 뒤바뀌었다. 잡초 가운데 자전거를 세우고 '출입 금지'라고 적힌 바리케이드를 넘었다. 짐승들이나 다닐 만한 어두컴컴한 오솔길을 잰걸음으로 오르기 시작했다.

……이런, 1교시 수업은 벌써 틀렸네. 산을 다 올라 숨을 헐떡이며 아래 펼쳐진 오래된 온천 마을을 봤을 때야 그런 생각이 들었다.

슬쩍 유황 냄새가 났다. 1980년 말부터 1990년대에 걸쳐 이 일대는 커다란 리조트 시설이 들어서 있었다고 한다. 지금은 상상할 수 없을 만큼 경기도 좋고 사람도 많던 시대에 일본 전역에서 가족과 연인, 친구들이 이런 오지까지 몰려와 온천을 즐기거나 볼링을 치고 말에게 당근을 주거나 인베이터[1] 게임에 몰두(잘은 모르지만)했단다. 전혀 믿어지지 않는다. 그래도 풀에 묻힌 마을 여기저기에 그 흥했던 시기의 여운이 남아 있다. 녹슨 자판기와 깨진 붉은 등, 색 바랜 온천 파이프와 담쟁이덩굴에 덮인 간판, 산처럼 쌓여 있는 빈 캔과 이상하게 새것처럼 보이는 한 말 용량의 깡통, 일종의 식물처럼 머리 위에서 똬리를 틀고 있는 전깃줄. 내가 사는 마을은 둘째치고 학교가 있는 마을 중심부와 비교해도 이 폐허에 훨씬 물건이 많았다.

"저기요, 계세요!"

그런데 사람의 모습만 없었다. 어느새 온천물이 마르고 돈이 마르고 사람이 말라버렸다. 여름 햇살이 폐허를 놀이기구라도 되는 것처럼 산뜻하게 비추고 있으나 아무래도 영 으스스했다. 잡초로 금이 간 돌계단을 걸으면서 필요 이상으로 목소리를 높였다.

"거기 있어요? 잘생긴 분!"

아니, 그것 말고는 뭐라고 부를 말을 모르겠다. 작은 돌다리를 건너 과거 이 리조트의 중심 시설이었을 버려진 호텔로 갔다. 원형 콘크리트 건축이라 버려진 주위 건물보다 한층 도드

---

1   스페이스 인베이더, 비디오 게임 초창기 인기를 끈 슈팅 게임

라져 보였다.

"실례할게요……."

널찍한 호텔 로비에 발을 들였다. 와르 더미가 흩어진 바닥
에는 소파 몇 개가 놓여 있고 창에는 거대한 커튼이 찢어진 채
축 늘어져 있었다.

"안녕하세요! 저기요, 누구 있어요?"

주위를 둘러보며 어두컴컴한 복도를 걸었다. 더운 날인데
실은 조금 전부터 등에 흠칫흠칫 소름이 돋았다. 폐허라 그런
가? 한층 더 소리를 높였다.

"저기요, 저요! 저랑 어디서 본 것 같은데요!"

소리를 내고 보니 문득 이게 뭔가 싶었다. 이거 완전히 길거
리에서 여자를 유혹하는 남자들이 하는 상투어 아닌가.

……돌아갈까? 어쩐지 갑자기 다 바보 같았다. 새삼 부끄
러웠다. 그 청년을 만나 어쩔 셈인가. 만약 내가 그 사람이라
면, 잠깐 길을 물어봤을 뿐인데 그 상대가 내 뒤를 쫓아왔다면,
그건 좀, 아니 너무 무섭다. 그보다 이제는 여기가 진심 무서
웠다.

"돌아가자!"

더욱 밝고 커다란 목소리로 소리치고 휙 몸을 돌렸다. ……
그 순간, 눈길 끝에 슬쩍 들어온 것 때문에 걸음을 멈췄다.

"……문?"

복도에서 나오니 호텔 중정이 있었다. 천장이 훌쩍 낮아진 말끔한 철제 돔 아래에 백 미터 달리기도 가능할 법한 넓은 원형 공간이 있고 지면에는 투명한 물이 살짝 고여 있다. 그 물웅덩이 중앙에 하얀 문이 덜렁 서 있다. 벽돌이나 파라솔의 잔해들이 여기저기 흩어져 있었는데 그 문만은 누군가로부터 특별히 허락받은 듯, 혹은 무너지는 것이 금지된 듯 고독하게 버티고 서 있었다.

"그 사람, 문이라고 했지……."

무슨 변명이라도 하듯 중얼대며 문으로 향하다가 중정으로 내려가는 낮은 돌계단 중간에서 걸음을 멈췄다. 빗물인지 아니면 어디선가 지금도 물이 들어오는지 타일이 깔린 바닥에 15센티미터 정도 깊이로 찬물이 고여 있었다. 로퍼가 젖겠네. 그렇게 생각하면서도 다음 순간 물속을 걷고 있었다. 신발 속으로 물이 들어오는 감각에 갑자기 그리운 감정이 들었고, 예상치 못한 물의 차가움에 놀랐으나 걸으면서 곧 그 모든 것을 잊었다.

이유는 모르겠으나 눈을 뗄 수 없었다. 바로 눈앞에 하얀 문이 서 있었다. 낡은 나무문이었다. 담쟁이덩굴이 덮여 있고 곳곳에 페인트칠이 벗겨져 갈색 나뭇결이 그대로 드러나 있었다. 그 문이 아주 살짝 열려 있는 게 보였다. 1센티미터쯤 되는 그 틈이 묘하게 어두웠다. 왜? 이렇게 날이 맑은데 저 틈만 그리 어두울까. 궁금해 견딜 수 없었다. 귓속으로 바람 소리가 슬며시 들어왔다. 놋쇠 색깔의 동그란 손잡이로 손을 뻗어 손가락 끝으로 살짝 만져봤다. 살짝 건드렸을 뿐인데 끼익, 소리를 내며 문이 열렸다.

"……앗!"

목소리가 되지 못한 숨이 흘러나왔다.

문 안에는 밤이 있었다.

하늘을 가득 메운 별이 거짓말처럼 눈부시게 반짝반짝 빛나고 있다. 땅에는 출렁이는 초원이 끝없이 펼쳐져 있다. 머리가 돌아버린 게 아닌가 하는 공포와 꿈을 꾸는가 싶은 혼란과 알고 있지 않았냐는 긍정이 탁류처럼 소용돌이를 일으키며 밀려왔다. 물에서 왼발을 들어 올려 초원으로 한 걸음 내디딘다. 로퍼 바닥이 초원을 밟자 그 감촉이 머리에 떠오르는데, 다음 순간, 철퍼덕, 신발이 다시 물에 잠겼다.

"어?!"

그곳은 한낮의 중정이었다. 밤하늘의 초원이 아니었다.

"이게 뭐지?!"

황급히 주위를 둘러봤다. 영락없는 호텔 폐허였다. 문을 돌아봤다. 문 안에는 그곳만 여름에서 잘라낸 듯 완전한 밤이었다.

"아니, 왜……?"

생각하려 했으나 몸이 먼저 움직였다. 문이 다가온다. 밤하늘이 달려든다. 문을 넘—자, 다시 폐허였다. 황급히 돌아봤다. 문 안의 밤하늘에 다시 달려든다. 그래도 역시 그곳은 폐허였다. 초원에는 들어갈 수 없다. 허락받지 못한다. 뒷걸음질 쳤다. 그러자 신발이 딱딱한 무언가에 닿아 댕……, 맑은 종소리 같은 소리가 울렸다. 놀라 아래를 봤다. ……지장보살? 작은 석상이 수면에서 얼굴을 내밀고 있다. 이나리[2] 상처럼 커다란 귀가 달린 역삼각형 얼굴에 실처럼 가는 눈이 새겨져 있다. 물끄러미 그 석상을 바라봤다. 그럴 수밖에 없었다. 마치 이야기를 걸기라도 하듯 사락사락 바람 소리가 귓가를 감쌌다. 양손으로 석상을 만져 봤다. 그대로 들어 올리자 무언가가 빠진 듯 퐁 하고 물속에 커다란 거품이 일었다. 양손에 든 석상을 내려다봤다. 짧은 지팡이 같은 형태로 바닥이 뾰족했다. 땅에 꽂혀 있었나?

"차갑네……."

얼어 있었다. 얇은 얼음 막이 내 체온에 사라지며 녹아내려 물방울이 되어 뚝뚝 떨어졌다. 왜? 어째서 여름 폐허에 얼음이 있지? 문을 돌아봤다. 문 안에는 여전히 밤하늘의 초원이 있다. 확실히 존재하는 듯 내 눈에 보였다.

---

2   오곡의 신, 여우와 비슷한 얼굴을 하고 있다.

두근!

갑자기 석상에서 체온이 느껴졌다. 살펴보니 내 양손은 털에 덮인 부드러운 생물을 쥐고 있었다.

"까악!"

양손에서 온몸으로 소름이 퍼져 순간적으로 그것을 내던졌다. 풍덩! 떨어진 지점에 물기둥이 일었다. 그러자 그것은 보글보글, 격렬하게 물거품을 일으키며 물속을 재빠르게 달리기 시작했다. 네 발 달린 작은 동물 같은 거동으로 중정 끝 쪽으로 사라졌다.

"어어어어어?!"

아니, 저거, 석상 아니었어!

"으아아아악…… 무서워!"

더는 참지 못하고 전력으로 달리기 시작했다. 거짓말이야, 꿈일 거야. 아니면 이런 일은 다들 자주 경험하는 일이지? 틀림없이 그럴 거야! 1초라도 빨리 교실로 돌아가 이 일을 친구들과 얘기하며 웃어넘겨야 한다. 그런 생각만 하며 온 길을 열심히 달렸다.

점심시간임을 알리는 벨이 딩동댕 울렸다. 어이, 이와토, 이제 온 거야? 어머, 스즈메, 왜 그렇게 얼굴이 안 좋아? 몇몇 친구의 질문에 어정쩡한 미소를 건네고 교실로 들어섰다.

"이제 왔냐?"

아야는 창가 자리에서 도시락을 먹으면서 어이없는 표정을 지었다.

"스즈메, 회사 중역 출근 같다."

그 옆에서 반쯤 비웃으며 마미가 달걀말이를 입에 넣었다.

"아……, 그게, 응."

미소를 지으면서 두 사람 건너편에 앉았다. 점심시간의 소란과 창으로 들어오는 괭이갈매기 울음소리가 이제야 생각 난 듯 들리기 시작했다. 반자동적으로 배낭에서 도시락을 꺼내 뚜껑을 열었다.

"와, 드디어 나왔다. 아줌마 도시락!"

둘이 흥미롭다는 듯 목소리를 높였다. 주먹밥이 김과 사쿠라 덴부[3]로 꾸며져 참새 모양을 하고 있다. 달걀노른자 지단으로 아프로헤어를 만들어 놓았고 그린피스가 코, 소시지가 분

---

3 생선살을 으깨 조미한 음식으로, 분홍색을 내어 도시락 등을 장식한다.

홍색 입술이 되어 있다. 달걀구이에도 비엔나소시지에도 새우 튀김에도 생긋 웃는 눈과 입이 있다. 오늘도 사랑을 잔뜩 담으셨네. 아줌마는 이걸 만드는 데 얼마나 시간을 들이는 거야?

"헤헤헤." 나는 일단 웃음으로 무마하고 고개를 들어 둘을 봤다. 좀처럼 제대로 웃질 못하겠다.

"저기 말이야……, 가미노우라 쪽에 폐허 있잖아? 옛날 온천 마을." 두 사람에게 물어봤다.

"어, 그래? 아야, 너 알아?"

"응. 있다는 것 같더라. 거품 경제 때 리조트 시설. 저쪽 산속에."

우리는 나란히 아야가 가리키는 쪽을 바라봤다. 바람에 흔들리는 색 바랜 커튼 너머에는 한낮의 평화로운 항구 마을이 있다. 작은 만으로 감싸인 곳이 있고 그 위에 낮은 산이 있다. 조금 전까지 내가 있던 장소였다.

"그게 왜?"

"문이……." 말하려는 순간 그토록 웃어넘기고 싶던 감정이 갑자기 사그라듦을 깨달았다. 그건 꿈이 아니야. 친구들과 나눌 수 있는 얘기도 아니야. 그것은 더 개인적인…….

"아니, 됐어."

"뭐야! 시작했으면 끝까지 말하라고!"

둘이 동시에 소리쳤다. 그게 너무 웃겨 그제야 절로 웃고 말았다. 어라! 동시에 깨달았다. 둘의 얼굴 너머, 그 산에서 가느 다란 연기가 피어오르고 있었다.

"얘들아. 저기, 산불인가?"

"어, 어디?"

"봐, 저 산 말이야."

"응, 어디?"

"저기! 연기가 나잖아!"

"응? 그러니까 어디냐고?"

"……아니?"

뻗은 손가락에서 힘이 빠졌다. "너는 보여?" "몰라. 어디선가 밭에 불을 놨겠지." 미간을 찌푸리며 대화하는 둘을 보며 다시 산을 봤다. 검붉은 연기가 흔들흔들 산 중턱에서 피어오르고 있었다. 푸른 하늘을 배경으로 이렇게 또렷하게 연기가 보이 는데.

"앗!"

갑자기 치마 주머니 속에서 스마트폰이 소리를 냈다. 같은 소리가 주위에서도 일제히 울렸다. 엄청난 음량으로 반복되는 무시무시한 불협화음, 지진 경보음이다. 교실에 작은 비명이 울렸다.

"어, 지진이야!" "뭐? 정말이야? 흔들렸어?!"

황급히 스마트폰을 봤다. 긴급 지진 속보 경고 화면에 『머리를 보호하는 등 지진에 대비하세요』라는 문자가 와 있었다. 주위를 둘러봤다. 천장에서 늘어진 형광등이 천천히 흔들리기 시작했고 교탁에서 분필이 떨어졌다.

"와. 조금 흔들린다!" "흔들려, 흔들려." "이거 큰 건가?"

모두가 흔들림의 크기를 파악하려고 움직임과 숨을 멈췄다. 형광등 흔들리는 폭이 커지고 창틀이 살짝 비틀렸다. 발밑이 조금 흔들렸다. 하지만 서서히 가라앉으리라. 지진 경보음도 꺼지기 시작하더니 곧 모든 스마트폰이 조용해졌다.

"……멈췄어?"

"응. 멈췄어. 뭐야? 대단한 것도 아니었네."

"살짝 겁먹었어."

"요즘 좀 많아지네. 지진." "이제 완전히 익숙해졌어." "방재 의식이 낮군." "알림이 너무 요란해."

안도하는 술렁임으로 팽팽했던 교실의 긴장이 풀어진 반면 나는 달랐다. 내 등에는 아까부터 굵직한 땀방울이 하염없이 흐르고 있었다.

"얘들아." 간신히 짜낸 목소리가 잠겼다.

"응?"

아야와 마미가 나를 봤다. 틀림없이 조금 전과 똑같으리라 생각하면서도 둘에게 얘기하지 않을 수 없었다.

"저기 좀 봐……."

산맥에서 거대한 꼬리 같은 게 나오고 있었다. 조금 전까지 연기로 보이던 그것은 지금은 더 크고 높아져 반투명한 뱀처럼도, 모아서 엮은 누더기 조각처럼도, 거품을 일으키는 붉은 탁류처럼도 보였다. 천천히 소용돌이를 일으키면서 하늘로 올라갔다. *저것은 절대 선한 존재가 아니라고* 온몸의 소름이 절규했다.

"저기 말이야, 스즈메. 아까부터 도대체 무슨 소릴 하는 거야?"

창문으로 상반신을 내밀고 산을 바라본 마미가 의아하다는 듯 말했다. 아야가 걱정스러운 듯 물었다.

"너, 오늘 진짜 괜찮은 거냐? 어디 아파?"

"……안 보여?"

확인하듯 중얼거렸다. 둘은 불안한 표정으로 내 얼굴을 들여다봤다. 내게만, 보이는구나. 굵은 땀방울이 불쾌하게 뺨을 타고 흘러내렸다.

"스즈메, 잠깐만!"

대답할 여유도 없이 교실을 뛰어나와 달렸다. 계단을 구르듯 내려와 학교 건물을 나와 자전거에 열쇠를 꽂고 페달을 힘껏 밟았다. 산을 향해 해안가 언덕을 올랐다. 시야 끝 산등성이에서는 검붉은 꼬리가 여전히 또렷하게 솟아오르고 있었다. 하늘에 굵은 선을 긋듯 뻗어가는 그것의 주위에는 들새와 까마귀가 떼 지어 깍깍 소리를 질러댔다. 하지만 지나가는 자동차 운전사들도, 제방의 낚시꾼들도, 아무도 하늘을 보지 않았다. 마을 사람 모두 평소와 다름없는 온화한 여름 오후 속에 있었다.

"왜 아무도……! 왜냐고!"

확인해야 해. 보라고, 저것은. 어쩌면 저것은. 자전거를 박차고 뛰어내려 재빨리 조금 전 산길을 다시 달렸다. 달리면서 하늘을 봤다. 지금 그 꼬리는 하늘을 흐르는 거대한 강 같았다. 끈끈한 탁류 같은 굵은 몸통에서 몇 개의 줄기가 지류처럼 주위로 뻗어 나오고 용암류를 연상시키는 붉은빛이 이따금 번쩍번쩍 내부를 흐르고 있다. 뭔가가 끌려 나오는 듯한 땅울림이 발밑에서 계속 울려왔다.

"설마……."

중얼대면서 폐허가 된 온천 마을을 달렸다. 계속 달리니 폐가 타버릴 것처럼 아팠으나 다리는 누가 강제로 당기기라도 하는 듯 점점 빨라졌다. 돌다리를 건너 버려진 호텔 로비를 통과해 중정으로 이어지는 복도를 달렸다.

"설마, 설마, 설마……."

문득 주위에 기묘한 냄새가 감돌고 있음을 깨달았다. 묘하게 달콤하면서도 탄 냄새에 바다 냄새가 섞인, 아주 오래전에 맡았던 것 같은……. 앞쪽으로 창이 가까워졌다. 시야가 트이며 중정이 보였다.

"으악!"

역시……, 맞았구나. 이유도 모른 채 그렇게 생각했다. 저 문
이야. 내가 연 저 문에서 그것이 나왔어. 너무나 작은 문에 불
만을 폭발하듯 검붉은 탁류가 격렬하게 꿈틀대며 문에서 뿜어
져 나오고 있었다.

복도를 달려 나와 드디어 중정까지 당도했다. 50미터 정면
앞에 탁류를 토해내는 하얀 문이 서 있었다.

"아니?!"

눈을 부릅떴다. 꿈틀대는 탁류 뒤에서 누군가가 문을 밀고
있었다. 문을 닫으려는 것이다. 긴 머리. 큰 체격. 하늘을 가를
듯 아름다운 얼굴선.

"그 사람이다!"

오늘 아침 지나쳤던 그 청년이 필사적으로 문을 닫으려 하
고 있었다. 그 듬직한 두 팔이 서서히 문을 밀어 제자리에 돌려
놓고 있다. 분출이 줄어들었다. 탁류가 서서히 멈추었다.

"뭐 해?!"

"네?"

내 모습을 발견한 그가 호통을 쳤다.

"여기서 나가!"

그 순간, 탁류가 폭발하듯 들이닥쳤다. 문이 튕기듯 활짝 열

리고 청년의 몸이 날아갔다. 청년은 벽돌로 쌓은 벽에 세게 부딪혔고 부서진 파편과 함께 물속에 쓰러지고 말았다.

"앗!"

황급히 돌계단을 뛰어 내려와 물이 살짝 괸 중정을 달려 그에게 다가갔다. 물속에 등을 담그고 청년은 축 늘어져 있었다.

"괜찮아요?!"

몸을 굽혀 얼굴을 들여다봤다. 후, 청년이 긴 숨을 내쉬고 혼자 상반신을 일으키려 했다. 어깨를 부축해 도우려다가 깨달았다.

"……!"

수면이 빛나고 있네. 그렇게 생각한 직후 금색으로 빛나는 실 같은 게 소리 없이 수면에서 떠오르더니 마치 보이지 않는 손가락에 잡힌 듯 공중으로 쓱 뻗어나갔다.

"이건……."

청년이 중얼거렸다. 중정 수면 여기저기에서 금색 실이 하늘로 올라갔다. 그 끝을 올려다보니 문에서 뿜어져 나온 탁류가 몇 갈래로 나뉘어 하늘을 뒤덮고 있다. 마치 문에서 뻗어 나온 한 줄기 끝에서 거대한 적동색 꽃이 활짝 핀 것만 같다. 금색 실은 그 꽃에 쏟아지는 샤워 물처럼 보였다. 이윽고 천천히 그 꽃이 쓰러지기 시작했다.

"안돼……!"

절망을 짜낸 듯한 청년의 목소리를 들으면서 상상한다. 상상이 실현되고 만다. 오후의 나른한 교실, 그 창밖에는 천천히 지상으로 쓰러지는 거대한 꽃이 있다. 그러나 그 괴이한 모습을 아무도 보지 못하고 이상한 냄새 역시 아무도 맡지 못한다. 세상의 이면에서 육박해 오는 이변을 아무도 깨닫지 못한다. 고깃배의 어부들도, 낚시하는 노인들도, 마을을 걷는 아이들도 알아차리지 못한 채 그 꽃은 속도를 높이며 지표로 다가가고 있다. 내부에 담긴 그 방대한 무게 그대로 그 꽃은 끝내 지상과 충돌하고…….

치마 속 스마트폰이 귀청을 찢을 듯 울리기 시작한 것과 발밑이 격렬하게 흔들리기 시작한 것은 거의 동시였다. 입에서는 비명이 터져 나왔다.

『지진입니다. 지진입니다. 지진입니다…….』

지진 경보의 무기질적인 합성음과 격렬한 흔들림과 삐걱대는 폐허에 나는 소리를 지르며 귀를 막고 그 자리에 주저앉았다. 격렬한 지진이었다. 도무지 서 있을 수 없을 정도로 격렬하고 큰 지진이었다.

"위험해!"

청년의 몸이 나를 덮쳤다. 내 얼굴 반이 물에 잠겼다. 직후에 쿵 하는 묵직한 충격음이 나고 눈앞의 수면에 붉은색이 흩어졌다. 피?! 나를 덮친 청년의 신음이 머리 위에서 잠깐 들렸다.

청년은 바로 몸을 일으켰다. 아주 잠시 나를 보고 "여기서 나가!"라고 소리치고는 문을 향해 달렸다. 살펴보니 돔의 철골이 여기저기 무너져 떨어지며 물거품을 일으키고 있었다.

우워워워워……! 청년은 우렁찬 소리와 함께 문으로 몸을 던졌다. 문을 밀어 탁류를 다시 가두려는 것이다. 멀거니 그 등을 바라만 보고 있는데 청년의 셔츠 왼쪽 팔이 붉게 물들어 있는 것을 발견했다. 고통을 참듯 청년은 오른손으로 상처를 눌렀다. 오른 어깨만으로 문을 미는 상태였다. 그러나 탁류의 기세에 청년은 문과 함께 밀리고 있었다.

다쳤구나. 나를 철골로부터 보호하려다가…….

드디어 깨달았다. 『지진입니다』라는 경보가 계속 울렸다. 지면은 끊임없이 격렬하게 흔들렸다. 내 오른손은 아까부터 교복 리본을 꼭 쥐고 있던 터라 그 손가락에 감각이 없었다. 청년의 왼팔은 이제 툭 몸 옆으로 떨어졌는데도 그는 등을 이용해 필사적으로 문을 밀고 있었다. 이 사람은, 갑자기 울음이 터질 듯한 기분이 들며 생각했다. 영문도 모른 채 생각했다. 이 사람은, 아무도 몰래, 누가 보지 않더라도 누군가가 꼭 해야만 하는 소중한 일을……. 내 머릿속에서 뭔가가 움직이기 시작했다. 그의 모습이 내 안의 무언가를 바꿔 간다. 지진은 계속되고 있다. 굳어 있던 오른손을 펴보려 했다. 쥔 것을 놓으려 했다.

물을 차고, 달리기 시작했다.

그의 등으로 다가갔다. 달리면서 두 손을 앞으로 뻗어 그대로 전력을 다해 문을 밀었다.

"너……!" 청년은 놀란 눈으로 나를 봤다. "왜?!"

"여기, 닫아야 하는 거죠!"

그렇게 소리치고 그와 나란히 문을 밀었다. 견딜 수 없는 불길한 느낌이 얇은 널빤지를 통해 전해졌다. 그 불쾌함을 눌러 없애버리려고 힘을 짜냈다. 청년의 힘도 늘어났음을 손바닥을 통해 느껴졌다. 문은 끼익끼익 소리를 내며 서서히 닫혔다.

……노래? 문득 깨달았다. 청년이 문을 닫으면서 아주 조그맣게 무언가를 읊조렸다. 저도 모르게 청년을 올려다봤다. 신사에서 듣는 축문처럼도, 옛날 시 구절처럼도 들리는 불가사의한 말을 청년은 눈을 감고 열심히 읊어댔다. 마침내 그 목소리에 뭔가 다른 것이 섞이기 시작했다.

"어……, 이게 뭐야?!"

들려온 것은 사람 목소리, 한껏 신이 난 듯한 아이의 웃음과 어른 몇 명이 요란하게 떠드는 소리였다. 아빠 빨리, 이쪽이야, 이쪽! 온천, 오랜만이네. 즐거운 가족의 대화가 마치 직접 머리에 스며들 듯 내 안에서 울렸다.

『나, 할아버지 불러올게!』

『엄마, 한 번 더 목욕탕에 가자!』

『어머, 당신 아직도 술 마셔?』

『가족 여행, 내년에도 다시 오자.』

멀리서 들리는 듯한 그 목소리는 퇴색한 영상 같은 것을 데려왔다. 활기 넘치는 사람들. 시끌벅적한 많은 젊은이. 밝은 미래를 믿어 의심치 않았던 시절의, 내가 태어나기 전 이곳의 모습…….

탕! 커다란 소리를 내며 드디어 문이 닫혔다.

"닫았다!"

나도 모르게 소리를 지르고 말았다. 청년은 숨 돌릴 여유도 없이 몸을 돌려 열쇠 같은 것을 문에 꽂았다. 아무것도 없었던 널빤지 표면에 순간 열쇠 구멍이 생기는 게 보였다.

"돌려드리옵나이다……!"

그렇게 소리치면서 청년이 열쇠를 돌렸다. 그러자 거대한 거품이 터지는 듯한 소리가 나더니 탁류가 확 흩어져 버렸다. 순간 밤이 낮이 된 것처럼 눈이 부셨다. 무지개색으로 빛나는 비가 쏟아지고 수면을 후드득 두드리더니 순식간에 바람에 실려 사라졌다.

정신을 차리니, 멀리서 들리던 목소리들도 사라졌다.

뻥 뚫린 듯 파란 하늘이 다시 찾아왔고 지진도 멈췄다.

문은 조금 전의 일이 거짓말이었다는 듯 말없이 서 있었다.

이게, 내 첫 번째 문단속이었다.

::   ::   ::

너무 세게 문을 민 터라 손을 뗄 때 억지로 뜯어내는 듯한 힘이 필요했다. 두 다리에 제대로 힘이 들어가지 않았다. 얕은 수면은 이미 잔잔해져 있고 주위에는 산새 소리가 가득했다. 청년은 나로부터 두 걸음 정도 떨어진 곳에서 닫힌 문을 물끄러미 쳐다보고 있었다.

"아, 저기요……, 금방 그거."

"……요석(要石)이 봉인하고 있었을 텐데."

"네?"

청년은 드디어 문에서 눈길을 돌려 나를 똑바로 바라봤다.

"……너는 왜 여기 왔지? 어떻게 미미즈를 봤지? 요석은 어디 있지?"

"아, 그게……."

강한 말투라 우물쭈물하다가 입을 열었다.

"미미즈? 아니, 요석이라니, 돌인가요? 아, 그러니까."

노려보는 듯한 눈. 아, 지금 혼나는 거야? 왜?

"왜 그러는데요?"

갑자기 화가 나서 대들 듯 물었다. 청년은 순간 놀란 듯 눈을 끔뻑이더니 졌다는 듯 한숨을 내쉬었다. 한쪽 눈에 걸린 긴 머리카락을 획 넘겼다. 그 모습이 살짝 기적처럼 멋있어서, 더 화가 났다. 그런 내게 눈길 한번 주지 않고 그는 다시 문으로 눈길을 돌렸다.

"……이곳은 뒷문이 되어 있었어. 뒷문으로는 미미즈가 나와."

다시 알 수 없는 소리를 툭 내뱉고 출구를 향해 걷기 시작했다.

"도와줬으니 고맙다는 인사를 해야겠네. 하지만 여기서 본 건 다 잊고 집으로 돌아가."

성큼성큼 멀어지는 청년의 왼팔에 검붉은 피 얼룩이 번져 있는 것을 발견했다.

"아……." 나를 구하려다 생긴 상처구나. "잠깐만요!" 소리쳤다.

::　　::　　::

오후 이 시간이라면, 타마키 이모는 절대 집에 없을 것이다. 그런 확신이 있었기에 집 문을 열었다.

"2층에 가 있어요. 구급상자를 가져갈 테니까."

현관에 선 채 그에게 말하고 거실로 갔다.

"아니야. 마음은 고맙지만 나는 이제……."

"그렇게 병원이 싫다면 적어도 응급 처치 정도는 해야죠!"

아까부터 완강하게 치료를 거부하는 그에게 쌀쌀맞게 말했다. 의사가 싫다니 어린애 응석이야? 익숙한 우리 집 현관에 그가 서 있자 아주 좁아 보였다. 포기한 듯 그가 계단을 올라가는 발소리를 등 뒤로 들었다.

마을 상공에는 웬일로 보도 헬리콥터가 날고 있었다. 그 정도로 큰 지진이었다. 폐허에서 집으로 돌아오는 길에도 여기저기 돌담이 무너져 있었고 지붕 기와가 떨어져 있었다. 평소에는 고즈넉한 마을인데 오늘은 무슨 축제 날이라도 되는 양오가는 사람들로 넘쳐났다. 쓰러진 것들을 세우고 무사해서 다행이라며 덕담을 나누고 있었다.

우리 집 거실에도 물건이 흩어져 있었다. 책장의 책들이 바닥에 가득 쏟아졌고 벽의 동판화가 떨어졌고 관상식물인 물푸레나무가 화분째 쓰러져 마루에 흙이 쏟아져 있다. 벽 한 면을 장식하고 있는 타마키 이모의 추억의 사진 코너에서도 액자가 몇 개 벽에서 떨어져 있다. 당장이라도 울음을 터뜨릴 듯한 초등학교 입학식의 자기 사진을 힐끔 보며(옆에는 10년쯤 젊은 타마키 이모가 활짝 웃고 있다), 수납장을 열고 구급상자를 찾았다.

내 방도 꽤 어질러졌겠구나. 그렇게 각오하며 2층으로 올라갔더니 이쪽은 너무나 깔끔해 오히려 놀랐다. 내가 구급상자를 찾는 동안 청년이 정리해준 듯한데 당사자인 그는 정리한

방 한가운데 앉아 상당히 피곤했는지 잠들어 있었다. 자세히 보니 방구석에 있었을 내 어린이용 의자에 앉아 있다. 노란 페인트가 칠해진 낡고 작은 목조 의자였다. 방을 정리한 데다 아이 때 쓰던 의자까지, 느닷없이 치부를 들킨 것 같아 찜찜해 큰 소리로 "자, 일단 상처를 소독해야 해요!"라고 말하며 그를 깨웠다.

『……조금 전 13시 20분경, 미야자키현 남부를 진원으로 하는 최대 진도 6의 지진이 발생했습니다. 이 지진으로 인한 쓰나미 우려는 없습니다. 또 현재 부상자 등 인명 피해 정보도 들어온 바 없습니다.』

청년은 거기까지 듣고는 스마트폰 화면을 터치해 뉴스를 닫았다. 그의 찢어진 상처는 피가 흐른 정도에 비해서는 심하지 않았으나 혹시나 해서 물로 정성껏 닦고 멸균 시트를 붙였다. 의자에 앉은 청년 옆에 무릎으로 앉아 그의 왼팔에 붕대를 감기 시작했다. 굵고 단단한 팔이었다. 긴 셔츠의 가슴에는 문을 잠갔던 불가사의한 열쇠가 걸려 있었다. 시든 풀 색깔의 금속 열쇠로 정교한 장식이 새겨져 있다. 열어놓은 창문으로 산들바람이 들어와 창가 풍경이 조그맣게 울렸다.

"잘하네?"

붕대를 다루는 내 손길을 보며 그가 말했다.

"엄마가 간호사였어요……. 그보다 질문할 게 아주 많은데요!"

"그렇겠지." 단정한 입술이 살짝 웃었다.

"아, 그러니까……, 미미즈, 라고 했죠? 그걸?"

"미미즈는 일본 열도 밑에서 꿈틀대는 거대한 힘이야. 목적도 의지도 없이 뭔가 일그러진 것이 쌓이면 분출해, 그저 난동을 부리고 땅을 흔들지."

"아……?" 전혀 머리에 들어오지 않았다. 그래도 일단 "해치운 거죠?"라고 물었다.

"일시적으로 가둔 것일 뿐이야. 요석으로 봉인하지 않으면 미미즈는 어디선가 또 나와."

"아니……, 지진이 또 일어나요? 요석이라니, 아까도 말했죠? 그거……"

"괜찮아." 조심스럽게 내 말을 막고 이어 말했다. "그걸 막는 게 내 일이야."

"일?"

붕대를 다 감고 의료용 테이프를 붙여 처치를 끝냈다. 반대로 의문은 늘어만 갔다.

"저기요." 굳은 목소리가 나왔다. "당신은, 도대체……"

"고마워. 시간을 빼앗았네."

청년은 부드럽게 말하고 자세를 고친 다음 내 눈을 보며 깊이 고개를 숙였다.

"내 이름은 소타. 무나카타 소타라고 해."

"네! 아! 아, 제 이름은 이와토 스즈메입니다."

갑자기 통성명하는 바람에 너무 놀라 갈팡질팡하며 이름을 댔다. 스즈메. 입 속에서 굴리듯 조그맣게 이름을 읊조리며 소타 씨는 환하게 미소 지었다. 그때였다.

"야옹!"

"으악!"

갑자기 고양이 소리가 나서 고개를 드니 창가에 작은 실루엣이 있었다. 새끼고양이가 돌출 창문의 난간에 얌전히 앉아 있었다.

"어, 이 애, 너무 말랐네."

손바닥 크기의 작은 몸은 뼈가 다 드러날 정도로 앙상했으나 노란 눈만은 동그랗고 컸다. 새하얀 털에 왼쪽 눈만 검은 털로 덮여 있어 왠지 한쪽 눈을 맞아 시커멓게 멍이 든 것만 같았다. 귀는 힘없이 푹 접혀 있었다. 완전히 동정심을 유발하는 표정의 얼굴이었다.

"잠깐만 기다려!"

고양이와 소타 씨에게 그렇게 말하고 서둘러 부엌으로 가 마른 멸치를 작은 접시에 담아, 물과 함께 창가에 놓았다. 새끼고양이는 킁킁 냄새를 맡고 신중하게 한번 핥더니 다음부터는 서슴없이 먹기 시작했다.

"정말 배가 고팠나 봐……."

갈빗대가 고스란히 드러난 몸을 바라봤다. 이 동네에서 본 적 없는 고양이였다.

"너, 혹시 지진에서 도망쳤니? 괜찮아? 무섭지 않았어?"

하얀 고양이는 고개를 들고 내 얼굴을 똑바로 보고 대답했다.

"야옹!"

"어머, 귀여워라!"

참 기특한 애네! 소타 씨도 옆에서 미소 지었다.

"저기, 우리 집 아이 할래?" 절로 고양이에게 말했다.

"응."

"뭐?"

대답이 있었다. 유리구슬처럼 노란 눈이 가만히 나를 바라보고 있다. 마른 나뭇가지처럼 마른 새끼 고양이의 몸이 어느샌가 통통한 화과자처럼 근육이 붙고 귀도 쫑긋 섰다. 딸랑. 생각난 듯 풍경이 울렸다. 하얀 털로 덮인 작은 입이 열렸다.

"스즈메는 착해. 좋아."

어린아이처럼 더듬더듬 내뱉은 목소리. 고양이가, 말을 하네. 노란색 눈동자에 인간 같은 의지가 있었다. 그 눈이 내게서 소타 씨로 옮겨가더니 돌연 눈이 가늘어졌다.

"너는, 방해꾼이야."

"······!"

꽈당, 뭔가 쓰러지는 소리가 났다. 흠칫 놀라 돌아보니 소타 씨가 앉아 있던 의자가 쓰러져 있었다. 의자만 쓰러져 있었다.

"어? 어, 뭐지?!"

방을 둘러봤다.

"소타 씨! 어디 갔어요?!"

없다. 조금 전까지 이곳에 있던 소타 씨의 모습이 어디에도 없었다. 하얀 고양이는 창가에 가만히 앉아 있었다. 그 입가가 씩 웃는 듯 보여 온몸에 소름이 돋았다. 꽈당. 그때 발밑에서 다시 소리가 났다. 의자가 쓰러졌다. 뭔가가 이상하다. 꽈당.

"······?"

어린이용 나무 의자는 왼쪽 앞 다리가 빠져 있어 세 개뿐이 었다. 그 다리 중 하나가 붕, 흔들리듯 움직였다. 그 반동으로 벌러덩 쓰러졌던 의자가 옆으로 눕듯 자세를 바꾸더니 다시 두 다리로 바닥을 차고 일어났다.

"어······?"

의자는 세 다리로 쿵쿵 필사적으로 균형을 잡으면서 두 눈 동자로 나를 가만히 바라봤다. 맞다, 원래 그 의자 등판에는 확 연히 움푹 팬 곳이 두 군데 있다. 노란색 페인트로 칠해진 세 다리의 어린이용 의자는 이번에는 자기 몸을 확인하듯 고개를 숙여 자신을 봤다.

"뭐야, 이게……."

의자에서 목소리가 나왔다. 부드럽고 낮은 목소리.

"아, 아아아아니!" 저도 모르게 큰 소리를 내고 말았다. "소, 소타 씨……?"

"스즈메……, 나는……?"

순간 균형을 잃고 의자는 앞으로 기울었다. 하지만 곧바로 앞 다리를 차올려 몸을 일으키고 그 기세로 빙빙 돌았다. 필사적으로 세 다리를 움직이고 있다. 쿵쾅쿵쾅 탭 댄스 같은 소리가 방에 울렸다. 마침내 의자가 움직임을 멈추고 창가의 고양이를 응시했다.

"네가 이렇게 만든 거야?!"

의자가, 소타 씨가 기겁하며 소리쳤다. 그러자 고양이는 창가에서 밖으로 홀쩍 뛰어내렸다.

"기다려!"

의자는 달려 나가 울타리를 밟고 창가로 기어올라 그대로 창을 나갔다.

"앗! 잠깐, 잠깐만, 기다려!"

여기는 2층이라고! 으악! 소타 씨의 절규가 들려 황급히 창으로 몸을 내밀었다. 의자가 지붕 경사면을 미끄러져 떨어지고 있었다. 마당에 넣어놓은 빨래로 떨어져 사라졌는데 다음 순간 시트를 획 제치며 달려 나갔다. 지나가던 차가 놀라 경적을 울렸다.

"말도 안 돼!!!"

쫓아가야 해! 그렇게 생각하자마자 바로 제정신인가 싶었다. 오늘 맛본 공포와 오한, 혼란이 내 안에서 단숨에 되살아났다. 미미즈와 지진? 말하는 고양이와 달리는 의자? 나와는 관련도 없고, 당연히 관련 없어야 한다. 내 세계는 그쪽이 아니야. 그쪽이 어딘지도 모른 채 그렇게 생각했다. 타마키 이모와 아야와 마미, 친구들의 얼굴이 머리에 떠올랐다. ……하지만. 하지만 그것은, *내게만 보였단* 말이야.

바닥에 떨어진 소타 씨의 열쇠를 움켜쥐고 뛰기 시작했다. 망설인 시간은 아마도 1초쯤? 계단을 뛰어 내려갈 무렵에는 그 망설임조차 잊었다.

"어머, 스즈메!"

"이모!"

현관을 나오려는데 타마키 이모와 딱 마주쳤다.

"미안. 나 좀!" 그냥 지나치려 했다.

"잠깐만 기다려. 어디 가는데?" 이모가 내 팔을 잡았다. "네가 걱정되어서 집에 온 거라고!"

"응?"

"지진! 너, 전화도 통 안 받고……."

"앗, 미안. 몰랐어! 나는 괜찮아!"

이러다가는 놓치고 만다. 타마키 이모의 손을 힘껏 뿌리치고 도로로 뛰어나갔다. 잠깐, 기다려! 타마키 이모가 내지른 소리가 멀어졌다.

소타 씨 일행이 사라진 방향으로 언덕을 내려가자 드디어 시야 끝에 그 모습이 보였다. 소타 씨는 다리를 이리저리 비틀대면서 구르듯 언덕을 내려가고 있다. 그 훨씬 앞에서 중학생 남녀가 언덕을 올라오고 있다. 그때 의자가 앞으로 굴러 언덕을 미끄러지다 중학생들 앞에서 멈췄다.

"으악!" "앗, 이게 뭐야?" "의자?"

놀란 그들 앞에서 소타 씨는 착 일어났으나 균형을 제대로 잡지 못했는지 그들 주위를 빙글빙글 돌았다.

"으악!" 정체불명의 물체에 휘말려 공포의 절규를 내지르는 중학생들. 마침내 방향을 제대로 정할 수 있었는지 소타 씨는 그들에게서 떨어져 다시 언덕을 달려 내려가기 시작했다.

"죄송합니다!"

스마트폰으로 의자의 뒷모습을 마구 찍어대는 그들에게 내가 돌진했다. 그들을 헤치고 의자를 쫓았다. 뒤에서 셔터 누르는 소리가 울렸다. 와, 나까지 찍히는 거야? 이거 SNS에 올라가는 거 아냐?! 소타 씨 앞에 조그맣게 고양이의 모습도 있고 그 앞에는 항구가 있었다.

편의점 앞의 불량배들처럼 부두에 몰려 있던 괭이갈매기가 일제히 날아올랐다. 그곳으로 하얀 고양이가 뛰어들었고 이어서 의자가 뛰어들고 조금 늦게 나도 달려갔다. 고양이 너머에는 손님들이 타고 있는 페리가 있었다. 자, 잠깐만! 불길한 예감이 들었으나 일단 달렸다.

"어이~, 스즈메!"

"아?!"

굵은 목소리가 들려 그쪽을 보니 바다를 낀 옆 부두에서 미노루 씨가 크게 손을 흔들고 있었다. 타마키 이모의 동료로, 벌써 몇 년째 타마키 이모에게 좋아하는 감정을 슬쩍슬쩍 내비치고 있는 남성이다. 고깃배에서 짐을 내리던 중인 모양인데 착한 사람이라 나도 싫어하지는 않지만,

"무슨 일이야?"

질문을 받아도 도무지 대답할 상황이 아니었다. 이 항구의 페리 승선장은 철제 계단이 덩그러니 있을 뿐인데 지금은 트럭 운전사 아저씨 등이 우르르 트랩을 걷고 있었다. 고양이가 그들 발밑을 빠져나가고 소타 씨가 그 뒤를 이었다. 아저씨들은 이게 뭐냐고 놀라 목소리를 높였다.

"아, 진짜!"

이제는 자포자기하는 심정으로 나도 철제 계단으로 돌진

했다.

"정말 죄송해요!"

일단 사과부터 하면서 아저씨를 제치고 트랩을 달려 올라가 페리로 뛰어들었다.

『정말 오래 기다리셨습니다. 오늘 정오에 발생한 지진으로 출항이 지연되었으나 안전이 확인된 관계로 이 배는 바로 출항하겠습니다.』

평소에는 멀리서 들리던 기적 소리가 고막을 누를 듯한 음량으로 주위에 울려 퍼졌다. 기울어진 오후 해에 밀려나듯 고양이와 의자와 나를 태운 페리가 천천히 항구를 떠나기 시작했다.

자, 시작이야!
모두가 이렇게 속삭여

페리 입구를 통과하자 자동판매기가 늘어선 로비가 나왔다. 장거리 트럭 운전사 아저씨들이 익숙한 모습으로 둥근 테이블을 둘러싸고 앉아 일찌감치 맥주를 따고 있었다.

"아까 봤어?" "봤어, 봤어! 그거 뭐였어?" "고양이 아니었어?" "아니, 그게 의자 같은 것도 달려가지 않았나?" "장난감이

겠지." "드론도 있어. 요즘 자주 보이더라."

이거 참, 소문이 돌고 있어! 방을 샅샅이 둘러보면서 소타 일행의 모습을 찾으며 로비를 종종걸음으로 통과했다. 땀으로 흠뻑 젖은 교복 차림의 학생을 의아하게 바라보는 아저씨들의 눈길이 따가워 땀이 더 솟구쳤다. 표시를 따라 계단을 올라 드문드문 승객이 앉은 객실을 거쳐 계단을 하나 더 오르자 바다가 바라보이는 페리의 복도가 나왔다.

"진짜 어딜 간 거야!"

저도 모르게 소리를 지르고 말았다. 마치 내 반려동물이 사람들에게 피해를 주었고, 또 그 반려동물이 어떤 부조리함에 쫓기고 있는 듯한 기분이었다. 좁은 복도를 달려서 빠져나오니 널찍하고 시야가 탁 트인 뒤 갑판이었다.

"……앗!"

있다! 갑판 한가운데 거센 바닷바람을 받으며 새끼 고양이와 어린이용 의자가 2미터 거리를 두고 서로 노려보고 있었다. 현실인지, 아이나 꾸는 악몽인지 종잡을 수 없어 문득 현기증을 느꼈다.

"왜 도망쳐?!"

소타 씨가 고함치며 다가섰다. 그 거리만큼 하얀 고양이가 물러났다.

"내 몸에 무슨 짓을 했어?! 너는 도대체 뭐야?!"

하얀 고양이는 말없이 조금씩 뒤로 물러났다. 하지만 뒤는 철책이고 그 밑은 바다였다.

"대답해!"

의자가 다리를 훅 접더니 힘껏 하얀 고양이에게 달려들었다.

고양이는 가볍게 습격을 피하고 페리 가장 뒤쪽에 있는 가늘고 긴 레이더 마스트[4]를 기어 올라갔다.

"앗!"

도망쳤어! 소타 씨에게 다가가 나란히 기둥을 올려다봤다. 15미터 정도 높이의 기둥 꼭대기에 하얀 고양이가 새초롬하게 앉아 있었다.

"스즈메."

어? 나를 보고 있다. 노랗고 동그란 눈이 엄청난 빛을 뿜어내고 있다.

"다음에 또 봐."

하얀 고양이는 통통 튀는 어린 목소리로 말하고 기둥에서 바다로 뛰어내렸다. 나는 숨을 멈췄다. 그런데 고양이는 뒤쪽에서 고속으로 다가온 경비정에 툭 떨어졌다.

"아니!"

4 레이더 등 신호기를 부착한 기둥

경비정은 순식간에 우리 페리를 추월해 사라졌다. 더는 손 쓸 방법이 없어 우리는 멀거니 그 뒷모습을 바라봤다.

한동안 그러고 있다가 뒤를 돌아보니 내가 사는 마을의 해안선이 아주 멀리 보였다. 항구에서부터 이어 온 페리의 항로 흔적이 탯줄처럼 길게 뻗어 나오다가 지물기 시작한 저녁 해를 받으며 반짝반짝 빛나면서 끊어졌다.

::　　::　　::

"…그러니까 오늘은 아야 네 집에서 잔다고. ……응. 그래서 미안하다고 하잖아. 어쨌든 내일은 집에 가니까 걱정하지 마!"

어두컴컴한 화장실 구석에서 스마트폰을 귀에 착 붙이고 있었다. 발밑에서 끊임없이 울리는 엔진 소리가 타마키 이모에게 들리지 않도록 스마트폰과 입가를 손바닥으로 덮었다.

「잠깐, 잠깐만 기다려! 스즈메.」 타마키 이모의 울 듯한 표정이 목소리만으로도 선명하게 떠올랐다.

「자고 오는 건 괜찮아. 그런데 너, 방의 구급상자는 왜 썼어? 다친 거 아니야?」

"그런 일 없어. 아까 봤을 때 멀쩡했잖아?"

「그리고 마른 멸치, 별로 좋아하지도 않잖아. 왜 꺼냈어?」

참 꼼꼼한 사람이네. 통화하면서 벽을 채우고 있는 사진들을 바라보고 있을 타마키 이모의 모습이 그려졌다. 학예회, 운동회, 두 번의 졸업식, 세 번의 입학식. 타마키 이모는 언제나 환하게 웃으며 기념사진을 찍었고 옆에 있는 내 미소는 언제나 조금 차갑다. 그런 사진이 우리 집 여기저기에 걸려 있다.

「나, 이런 생각은 하고 싶지 않은데.」

대답에 궁해진 내 침묵을 타마키 이모가 메운다.

「너, 혹시 이상한 남자랑 사귀게 됐니?」

"아니라니까! 건전한, 아니 괜찮다고!"

나도 모르게 소리를 지르고 바로 전화를 끊어버렸다. 휴, 긴 한숨을 내쉬었다. 아, 이렇게 끝냈으니 더 걱정하겠네. 저 사람의 과잉보호도 더 심해지겠어. ……하지만 그 정도의 문제는 내일의 내게 미루고 화장실을 나왔다.

생각해 보니 한밤에 페리를 탄 것은 처음이었다. 바다는 한없이 검고 낮보다 훨씬 깊었다. 이토록 격렬하게 출렁이는 방대한 덩어리가 발밑에 있다니, 조금이라도 긴장을 놓으면 더 두려워질 것만 같았다. 상상력을 최대한 차단하고 계단을 올라 바깥 복도로 나왔다. 바람에 머리가 마구 나부긴다. 소타 씨는 복도 끝, 전망 갑판으로 이어지는 바깥 계단 아래에 말없이 자리 잡고 있었다. 어린이용 의자의 모습으로, 달빛을 조용히 받으며. 그보다 저 의자가 정말 소타 씨일까? 나는 수없이 불안에 휩싸였는데 그렇다면 소타 씨는 더 불안할 터이니 나라도 밝게 대하자고 다시금 결심했다.

"소타 씨! 이 배, 에히메에 아침에 도착한대요!"

선원에게 들은 말을 전하며 종종걸음으로 소타 씨에게 다가
갔다.

"고양이가 뛰어내린 배도 같은 항구인가?"

"그럴까……."

소타 씨의 목소리와 함께 의자가 쿵 소리를 내며 움직여 이
쪽을 향했다. 반사적으로 뒤로 물러나려는 몸을 간신히 막고
밝은 목소리를 냈다.

"나, 빵 사 왔어요!"

양손으로 품고 온 과자 빵을 소타 씨 옆에 놓고 그 옆에 앉았
다. 로비 자판기에서 파는 야키소바 빵과 우유 샌드위치, 종이
팩 커피 우유와 딸기 오레오.

"고마워." 웃음기를 살짝 머금은 목소리에 가슴을 쓸어내렸
다. "하지만 배가 안 고파."

"그렇지……."

맞다. 의자의 몸으로 밥을 먹을 수 있을 리 없지. 자판기 앞
에서 사 올까 말까, 한참 망설이기는 했다. 배에서 꼬르륵 소리
가 나지 않도록, 나더라도 그에게는 들리지 않도록 무릎을 꼭
안아 배를 눌렀다. 아침밥을 먹은 후 아무것도 먹지 못했다. 과
자 빵을 끼고 나란히 앉은 채 우리는 천천히 흘러가는 밤하늘

을 한참 쳐다봤다. 살짝 일그러진 달이 높이 솟은 구름을 밝게 비추고 있다. 밤의 철제 복도는 싸늘했다.

"저기요……." 하지만 이렇게 내내 침묵만 지킬 수는 없어 과감히 물었다. "그 몸이요……?"

"……나, 그 고양이에게 저주받은 모양이야." 소타 씨는 자신을 비웃듯 낮게 웃었다.

"저주라니……. 괜찮아요? 아프거나 하지 않아요?"

"괜찮아." 말하며 웃는 소타에게 저도 모르게 손을 댔다. "따뜻하네."

의자는 사람의 체온을 지니고 있었다. 영혼이라는 단어가 문득 떠올랐다. 그런 게 있다면 그것은 틀림없이 이런 온도일 것이다. 의자의 눈동자, 등판에 새겨진 두 개의 움푹 팬 곳에 설핏 달빛이 비치고 있었다.

"하지만 어떻게든 해야지."

소타 씨가 달을 보면서 나지막하게 중얼거렸다.

"저, 마음에 걸리는 게 있는데……." 마음을 다잡고 말을 꺼냈다.

"폐허의 석상……!"

내 이야기를 한바탕 다 들은 후에 그가 갑자기 큰 목소리로 말했다.

"그게 요석이야! 네가 뺐어?!"

"아니, 뺐다기보다……."

그냥 손으로 들었을 뿐이다. 그렇게 전하려 했으나 소타 씨의 자문하는 듯한 말에 막혔다.

"그랬구나. 그럼 그 고양이가 요석인가! 자기 역할을 내던지고 도망칠 줄이야……."

"네? 무슨 소리예요?"

"네가 요석을 자유롭게 해줬고, 나는 그 녀석의 저주를 받았어!"

"아니, 말도 안 돼……." 당황하고 말았다. 하지만 묘하게 이해가 되기도 했다. 석상에 새겨진 얼굴은 여우가 아니라 고양이였나. 돌이 손안에서 짐승으로 변한 듯했던, 그 감촉.

"죄송해요. 저는, 그런 것도 모르고……. 아, 어쩌면 좋죠?"

나를 보던 의자의 눈동자가 갑자기 바닥으로 떨어졌다. 소타 씨가 낮게 한숨을 쉬었다.

"……아니야. 문을 늦게 찾은 내 잘못이야. 네 탓이 아니야."

"하지만……."

"스즈메, 나는 토지시, 문 닫는 자야."

"……문 닫는?"

끼익 소리를 내며 소타 씨가 몸을 내게 돌렸다. 쿵 앞다리를 올려 비틀비틀 두 다리만으로 서서 등판에 걸어놓은 열쇠를 앞다리로 들어 보여줬다. 내가 방에서 가져온 장식이 있는 낡은 열쇠였다. 고양이가 도망친 뒤 내가 소타 씨의 목에 걸어 줬다.

"재해가 생기지 않도록 열린 문을 이 열쇠로 잠그지."

콰당. 앞다리를 바닥에 내려놓고 소타 씨가 말을 계속했다.

"사람이 사라진 곳에는 뒷문이라 불리는 문이 열릴 때가 있어. 그런 문에서는 선하지 않은 것들이 나오지. 그래서 문을 잠그고 그 땅을 원래의 주인인 우부스나[5]에게 돌려줘야 해. 그 일을 하려고 나는 일본 전역을 여행해. 이것이, 원래 우리 문 닫는 자의 임무야."

"……"

뒷문. 토지시. 우부스나. 전혀 모르는 말인데 어디선가 들은 듯한 느낌이 들었다. 의미는 모르겠는데 머릿속 저 깊은 곳에서는 다 이해된 것 같다. 왜……? 그런 생각에 잠겨 있는데 목소리가 들렸다.

"스즈메. 배고프지?"

아주 부드러운 목소리로 소타 씨가 말했다. "먹어"라며 앞다리로 과자 빵을 내 무릎까지 슬쩍 밀어줬다.

"응……."

우유 샌드위치를 들고 두 손으로 비닐 포장을 벗겼다. 달콤

5 産土, 토지신

한 냄새가 확 나더니 바로 바닷바람에 실려 갔다.

"고양이를 다시 요석으로 돌려놓고 미미즈를 봉인해야 해. 그러면 나도 틀림없이 원래 모습으로 돌아올 거야."

나를 안심시키려고 이렇게 다정하게 말하는 것이리라.

"그러니까 걱정할 필요 전혀 없어. 스즈메는 내일, 집으로 돌아가."

빵과 우유 크림의 촉촉한 달콤함이 소타 씨의 부드러운 목소리와 함께 몸에 완전히 스며들었다. 낯익은 노란색 어린이용 의자에서 나오는 그 목소리에 더는 위화감이 느껴지지 않았다.

∷　　∷　　∷

그날 밤, 꿈을 꾸었다.

나는 길을 잃은 아이다. 그러나 걷고 있는 장소가 그 별하늘의 초원이 아니다. 아마도 그보다 훨씬 전. 언제나 그 꿈에는 긴 스토리가 있고 날에 따라 시작 부분이거나, 중반을 보여주거나 클라이맥스를 체험한다. 오늘 꿈은 이야기의 첫 부분 같다.

시간은 밤. 겨울의 깊은 밤. 역시 집에서 그리 멀지 않을 텐데 이상하게도 낯익은 건물들은 다 사라져 내가 어딜 걷고 있는지 알 수 없다. 텅 빈 거리에는 아무도 없다. 지면은 젖어 있어서 걸을 때마다 차가운 진흙이 구두를 무겁게 한다. 슬픔과 외로움과 불안은 이미 내 일부분이 되어 있어서, 가득 찬 그 감정이 걸을 때마다 찰랑찰랑 흔들린다. 춥다. 눈이 흩날려 하늘도 땅도 어두운 회색으로 온통 칠해져 있다. 그 회색을 살짝 잘라낸 듯 옅은 노란색의 보름달이 떠 있다. 그 밑에는 전파탑의 실루엣이 보인다. 이 근처에서 가장 높은 건물로 낯익은 것은 그것뿐이다.

"엄마, 어디 있어?"

그렇게 외치며 걸어가는 내 눈앞에 드디어 문이 나타난다. 눈으로 뒤덮인 건물 잔해 속에서 그 문만 우뚝 서 있다. 진눈깨비에 젖어 장식된 널빤지가 달빛을 흐릿하게 받고 있다.

빨려 들어가듯 내 손은 그 손잡이로 뻗어간다. 잡는다. 금속 손잡이는 피부에 달라붙을 듯 차갑다. 손잡이를 돌리고 문을 민다. 끼익, 소리를 내면서 문이 열린다. 그 안의 풍경에 아이인 나는 놀라면서도 당연히 아는 장소인 것도 같은 마음이 든다. 처음 보는 장소인데 낯익다. 거부당하고 있는데 초대를 받은 것만 같다. 슬픈데 가슴이 뛴다.

문 안으로, 눈부신 밤하늘의 초원으로, 발을 내디딘다.

∷　　∷　　∷

콰당. 뭔가가 쓰러지는 소리에 눈을 떴다.

"……소타 씨?"

뒤집힌 의자가 세 다리를 위로 향한 채 넘어져 있었다.

"잠버릇이 엄청나네……."

이거 잠버릇이지? 나는 상반신을 일으켰다. 난간 너머에 오렌지색으로 물든 바다가 반짝반짝 빛나고 있고, 괭이갈매기 떼가 집단 등교하는 초등학생처럼 떠들썩하게 하늘을 날고 있었다. 포도색으로 물든 하늘과 투명하고 청결한 태양. 일출이었다. 우리는 바깥 복도 구석에서 잠들어 있었다.

"소타 씨."

의자에 손을 대고 흔들어봤다. 대답이 없다. 하지만 여전히 따뜻한 체온이 있다. 잠들었구나. 그나마 안심하고 일어났다. 난간에서 몸을 내밀고 진행 방향을 바라봤다. 어느새 페리 주위에는 크고 작은 여러 섬이 보이고 여러 척의 배가 있었다. 우리는 우와카이, 번화한 분고스이도[6]에 있었다. 은박지처럼 반짝이는 바다 저 너머에 여러 개의 크레인이 세워진 항구가 보였다. 바다 냄새에 석유 냄새와 식물, 물고기, 인간의 생활 냄새가 마구 뒤섞여 있다. 갑자기 몸을 내리누르는 듯한 음량으로 기적이 울렸다. 자, 이제 시작이야. 주위의 모든 것이 떠들

6   규슈 오이타현과 시고쿠 에히메현 사이의 바닷길

썩하게 이야기하는 듯한 느낌이 문득 들었다. 무엇이 시작될지, 여행일지 인생일지, 아니면 단순한 하루일지는 모르겠으나 어쨌든 이제부터 시작이야, 소리와 냄새가, 빛이, 체온이, 그렇게 속닥속닥 속삭였다.

"……가슴이 막 두근거려."

아침 햇살이 그려내는 풍경을 바라보며 저도 모르게 내뱉었다.

Suzume

아직 해외여행을 해본 적 없지만, 외국 땅에 처음 발을 내디디면 그 순간 틀림없이 무척 감동할 것이다. 접안한 페리의 좁은 트랩을 내려오면서 문득 생각했다. 로퍼가 항구 콘크리트에 닿은 순간 '시코쿠다!'라고 마음속으로 소리쳤다. 내 인생에서 처음으로 배에서 내려 땅을 밟는 순간이다. 그대로 멈춰서 아저씨들이 멀어지기를 잠시 기다려 충분한 거리를 둔 뒤 걷기 시작했다. 만약을 대비해 어린이용 의자를 뒤로 숨기듯 손을 뒤로 돌려 들었다. 빈손으로 집을 나오는 바람에 교복 차림으로 어린이용 의자를 든 이상한 캐릭터가 되고 말았다. 사람들 눈에 너무 띄고 싶지 않다.

오늘도 더울까, 나는 이대로 오사카야. 왁자지껄 떠들면서 걷는 아저씨들의 목소리와 일정한 거리를 유지하며 함석지붕을 얹은 간소한 통로를 걸었다. 다시 승선해주시기를 진심으로 기다리겠습니다. 스피커가 떠들고 있다. 고향인 미야자키와는 뭔가 다른 장소를 상상했는데 지금까지는 소리도 공기도 항구의 초라한 모습도 전혀 다르지 않다. 하늘의 푸른 색깔도, 바다 냄새도, 색 바랜 콘크리트 색깔도, 김이 샐 정도로 고향과 똑같다.

"……스즈메?"

콰당. 갑자기 뒤에서 의자가 움직이더니 소타 씨의 목소리가 들렸다. 순간 걸음을 멈추고 안도의 숨을 내쉬며 말했다.

"이제 일어났어요! 소타 씨가 너무 안 일어나서 전부 꿈이었구나, 생각하기 시작하던 참이었어요."

페리 터미널에서 나오자 넓기만 한 주차장이 나왔다. 그 주차장 구석에서 소타 씨에게 불평했다. 이 사람은, 일출 때부터 지금까지 두 시간 정도 수없이 말을 걸었으나 도통 일어나질 않았다.

"잤다고……? 내가?" 여전히 잠에서 덜 깬 목소리다.

"휴." 일부러 들으라는 듯 크게 한숨을 내쉬었다. "……그건 됐어요. 자, 고양이! 어떻게 찾죠? 일단은 항구에서 사람들에게 물어볼까요?"

"뭐?"

"그보다 여기가 어디지?"

치마 주머니에서 스마트폰을 꺼냈다. 이것만 있으면 된다. 페리 요금도 이것으로 치르지 않았나.

"어이, 잠깐만, 너!"

당황한 듯 말하는 소타 씨의 목소리를 무시하고 스마트폰을 조작했다. 화면 가득한 타마키 이모의 메시지 알림을 휙휙 지우듯 넘기고 지도 앱을 열어 현재 위치를 확인했다. 지금 있는 곳은 에히메현 서쪽 끝인 야와타하마 항구였다. 동쪽으로 걸어가면 시가지가 나오고, 전차 역도 걸어갈 수 있는 거리에 있다. 흠, 그래. 참고로 우리 집까지의 거리는? 이동 로그를 보자 시코쿠와 규슈가 화면에 담길 때까지 지도가 훅 줄어들더니 자택까지 219km라는 표시가 떴다.

"와! 무지하게 멀리 와 버렸네."

"다음 페리를 타면 오늘 안으로 돌아갈 수 있을 거야. 어제 얘기했지? 나는 걱정하지 말고 너는 그냥 집에……."

"앗!"

저도 모르게 소리를 지르고 말았다.

"어, 왜?"

"이거……!"

지면에 쭈그리고 앉아 SNS 화면을 소타 씨에게 보여줬다. 그곳에 올라온 사진에는 전차 좌석에 새초롬하게 앉아 있는 하얀 고양이가 찍혀 있었다.

"그 녀석이죠?!"

"아니……!"

현재 내가 있는 주변으로 좁힌 SNS 타임라인에 주르르 하얀 고양이 사진이 나왔다. 어젯밤에는 경비정 뱃머리에, 새벽에는 항구 말뚝 위에, 이른 아침에는 다리 난간에, 몇 시간 전에는 역 벤치에, 몇 분 전에는 전차 안 정리권 상자 위에, 하얀 고양이는 SNS에 딱 맞는 사랑스러운 새끼 고양이 같은 자세로 찍혀 있다.

오다가 너무나 귀여운 만남! 너무해, 너무해, 너무 귀여워! 전차를 탔는데 진짜, 리얼, 고양이가 있다! 고양이 역장님께 츄르! 귀여워…… 귀여워…… 아까부터 내내 옆에 앉아 있어…….

사진에는 죄다 한심한 어휘력을 자랑하는 듯한 글들이 달려 있다. 하얀 고양이는 가는 곳마다 의기양양하게 보란 듯(그렇게 보였다), 사람들에게 사진을 찍히고 있었다.

"뭐, 다이진(대신, 大臣)이라고……?"

하얀 수염이 옛날 다이진처럼 보여 너무 귀여워. 뺨의 수염이 카이저수염처럼 위로 휘어서 정말 근대의 다이진 같아. 그런 글 들이 계속되더니 결국은 「#다이진과함께」라는 해시태그까지 나타났다.

"진짜……? 그러고 보니 그쪽 얼굴인가……?"

"이 녀석, 전차를 타고 동쪽으로 이동하고 있어. 쫓아가야 해!"

소타 씨는 말하고 쿵쾅쿵쾅 걷기 시작했다. 걸으면서 끼익 등판을 내게 돌리고 결정 사항을 알리듯 냉정하게 말했다.

"그러면 여기서 인사하지. 스즈메, 지금까지 고마웠어. 조심해서 돌아가."

아, 참, 얼마나 사야 할까? 일단 가장 큰 패널을 눌렀다. 삐, 천장이 아주 높은 역 건물에 전자음이 울린다.

"저기……."

손 언저리에서 속삭이는 항의의 목소리를 무시하고 발권기에서 티켓을 꺼냈다. 옆구리에 의자를 낀 채 야와타하마역 개찰구를 통과했다.

"너는 돌아가야지. 가족이 걱정하잖아?"

"괜찮아요! 우리는 방임주의라서요."

조그만 목소리로 딱 잘라 말했다. 별일 아니라는 표정으로 자연스럽게 의자를 들고 다닐 생각이었는데 아까부터 다른 교복을 입은 또래들이 뚫어져라 쳐다보고 있다. 마쓰야마행 원맨 열차[7]가 들어오고 있습니다! 우리는 스피커에서 나오는 느긋한 목소리와 함께 도착한 은색 열차에 올라탔다. 썰렁한 열차는 몇 개의 역을 통과하자 통째로 빌린 듯한 상태가 되어 그

7   1량짜리 열차

제야 우리는 긴장을 풀 수 있었다.

"······위험한 여행이 될 텐데, 너까지 따라오면 곤란해."

무릎 위에서 어린이용 의자가 당혹스러운 목소리를 냈다.

"소타 씨. 그런 말이나 하고 있을 때가 아니라고요." 소타 씨 얼굴에 보고 있던 스마트폰을 갖다 댔다. "이것 좀 보라고요!"

SNS에 올라온 것은, 언덕길을 달리는 의자의 뒷모습이었다. 움직임이 너무 빨라 많이 흔들린 사진이었으나 그게 오히려 UMA[8] 같은 괴이한 현실감을 자아냈다. 이 밖에도 곶 끝을 달리는 모습과 항구 근처를 걷는 오늘 아침의 모습. 얼굴까지는 분명하지 않으나 내가 찍힌 사진도 있다. 「엄청난 걸 봤어!」 「나도!」 「의자형 드론?!」 「옆에 있는 교복 차림 수수께끼 소녀의 정체는?!」 작은 화제가 되고 있다. 「#달리는의자」라는 해시태그까지 나오기에 이르렀다.

"아니······!"

"보라고요! 사람들 앞에서 걸어 다니는 건 위험하죠?! 이대로 가다가는 소타 씨, 곧 사람들에게 붙잡혀요!"

"음······." 소타 씨는 말문이 막혔는지 한참 침묵을 지키더니 차분한 목소리로 말했다.

8   Unidentified Mysterious Animal, 미확인 동물을 일본에서 칭하는 용어

"스즈메, 어쩔 수 없겠어……. 다이진을 붙잡을 때까지는 잘 부탁해."

끼익, 조그만 소리를 내며 의자가 고개를 숙였다. '야호!' 속으로 환호를 올리고 싱긋 웃은 다음 나도 소타 씨에게 고개를 숙였다.

"저야말로 잘 부탁드려요."

드디어 동행을 허락받았다. 자, 한번 해보자! 기합을 잔뜩 넣고 고개를 들자 떨어진 자리에 앉은 어린아이가 의아한 표정으로 이쪽을 보고 있다. 다행히 젊은 어머니는 스마트폰을 들여다보고 있다. 위험해, 너무 위험했어. 소타 씨를 원래 모습으로 돌려놓을 책임이 내게 있어. 소타 씨가 인간의 모습을 되찾을 때까지 내가 그를 지킬 거야!

그러므로 지금,
내가 달려가야 할 방향은

— 하지만 이럴 줄 알았으면, 역 앞에서 선크림이라도 살 걸 그랬다. 서쪽으로 기울기 시작한 태양을 원망스럽게 바라보면서 오늘 몇 번이나 되풀이한 후회를 되새김했다. 내 피부, 완전히 타버렸겠다. 반드시, 오늘 밤은 목욕해야지. 그런데 오늘 밤

에 목욕할 가능성이 있기는 할까? 그보다 이대로 해가 저물면 오늘 밤은 어디서 지내야 할까? 설마 처음 밟은 시코쿠 땅에서 노숙이란 말인가? 이틀 밤 연속 샤워도 못 한단 말인가? 우리가 걷는 산길의, 가드레일 너머 아래의 커다란 저수지를 바라보며 오늘 밤에도 목욕하지 못하면 최악의 경우 저 물에라도 들어가 씻어야겠다는 절망적인 생각에 잠겼다.

SNS에 올라온 사진을 실마리로 우리는 전차를 계속 갈아타며 다이진이라 불리는 하얀 고양이의 행적을 뒤쫓았다. 그러나 사진 속 장소에 도착했을 무렵에는 다른 장소의 사진이 올라오는 통에 막막한 상황이다. 그렇다고 현재 다른 실마리도 없다. 지금은 두 시간 전에 올라온 사진 속 장소로 가고 있다. 다이진이 귤 밭에서 *교태*를 부리는 사진과 「우리 농장에 하얀 고양이 방문! #다이진과함께」라는 글이 올라왔다. 이 산길 끝이 그 농장이다. 그리고 여기까지 오는 동안 편의점이나 상점 하나 없어 선크림도 사지 못한 상태였다.

"……!"

뒤에서 바이크 소리가 났다.

"소타 씨!"

황급히 부르며 몇 미터 앞을 걷고 있는 의자로 달려가 등판을 들어 올렸다. 간발의 차이로 의자를 든 내 옆을 전동 바이크가 지나갔다.

"……못 봤겠죠?"

"그렇게 걱정하지 않아도 돼."

그가 웃었다. 하지만 나로서는, 그에게 너무 위기감이 없는 것처럼 느껴졌다. 영화《토이스토리》처럼 이상한 사람에게 납치당하면 어쩔 셈인가. 고양이 탐색에 더해 의자 탈환 임무까지 발생하고 만다. 그래도 어린이용 의자를 줄곧 들고 다녔더니 팔이 아파서 어쩔 수 없이 인적 없는 곳에서는 혼자 걷게 했다.

— 그때 언덕 위에서 뭔가가 쿵 떨어지는 소리와 끽 브레이크를 밟는 소리가 울렸다. 이어서 "큰일 났네!"라는 여성의 목소리가 희미하게 들려왔다.

"응?" 언덕 위를 봤다. "……아니?!"

좁은 언덕길을 엄청난 양의 귤이 데굴데굴 굴러 떨어졌다. 방금 지나간 전동 바이크 짐칸에 커다란 상자가 실려 있었던 게 떠올랐다.

"어어어어, 앗!"

도로를 가득 채우고 굴러오는 귤들. 우두커니 서 있는 내 몸에서 잽싸게 소타 씨가 뛰어내렸다. 놀라 그 모습을 바라보기만 했는데 도로 옆 밭의 동물 출입을 막는 그물을 다리에 걸고 유턴해 돌아온다.

"스즈메, 이쪽을 잡아!"

"어, 아, 응!"

소타 씨가 그물을 끌고 내 앞을 지나치자 우리는 길 양쪽에서 그물을 펼친 상태가 되었다. 그와 동시에 귤들이 데굴데굴 굴러와 그물에 담겼다.

"……말도 안 돼?!"

목소리가 들려 고개를 드니 언덕 위에서 헬멧 쓴 여자가 우리를 멀거니 내려다보고 있었다. 소타 씨는 새삼 무기물인 척하며 쿵 쓰러졌다. 우리는 굴러온 귤을 하나도 남김없이 담아내는 데 성공했다.

::   ::   ::

"아! 덕분에 살았다. 고마워!"

갈색 머리를 짧은 단발로 자르고 빨간 학교 운동복을 입은 여자애가 내 두 손을 잡고 마구 흔들었다. 그 기세에 눌려 당황하면서도 별일 아니라고 대답하며 어색한 미소를 지었다.

"너, 마법사 같아! 도대체 어떻게 한 거야?"

"아……. 그냥 순간적으로 몸이 움직였……다고 해야 하나?" 움직이는 의자를 목격하지 않았다는 사실에 안도하며 모호하게 말했다.

"와, 진짜 대단하다!"

아무래도 진심으로 감동한 듯하다. 완벽하게 화장한 동그란 눈이 반짝반짝 빛나고 있다.

"나는 치카야. 고등학교 2학년."

그녀가 자기 가슴을 가리켰다.

"아, 동갑이다! 나는 스즈메야."

"어머, 스즈메? 귀여운 이름이네."

으악, 이 애, 거리감이란 게 없네. 하지만 동갑이라니 나도 갑자기 편안해졌다.

"저기, 스즈메의 교복……?" 바로 씨도 빼고 이름만 부른다. 하지만 전혀 기분 나쁘지 않았다. 그녀는 내 모습을 위에서 아래까지 훑어보며 말했다. "이 동네 사람 아니네?"

"아, 응…….."

나도 그냥 이름으로 부르자. 문득 떠오른 생각대로 마음먹고 사정을(많은 것을 감췄지만) 털어놓았다.

"어머? 고양이를 찾아서……여기까지, 규슈에서?!"

치카는 스마트폰에 있는 귤 농장 사진을 보면서 놀란 목소리를 냈다. 우리는 도로 옆 공터에 나란히 앉아 있다. 정신을 차려보니 주위를 가득 채우던 매미 소리가 어느새 쓰르라미의 합창으로 바뀌어 있다. 도로 아래 저수지의 물 빛깔도 밝은 파랑에서 초록이 섞인 회색으로 변했다.

"이 애, 스즈메가 키우는 고양이야?" 스마트폰을 내게 돌려주면서 치카가 물었다.

"아니, 그런 건 아닌데……."

대답을 얼버무리고 그녀가 고맙다고 준 귤 한 조각을 입에 넣었다. 정말 달다. 마른 목을 기분 좋게 적시며 달콤함이 오랫동안 걸어 피곤한 몸에 쓱 스며들었다. 이번에는 여섯 조각 정도를 한꺼번에 입에 넣었다. 편의점에서 파는 오렌지주스의 천 배쯤 맛있다.

"이거, 온종일 탄 피부가 리셋될 정도로 맛있다!"

솔직한 감상을 전하자 치카는 아주 기쁜 듯 환하게 웃었다.

"아까는 미안했어. 도로가 계단처럼 되어 있었어."

"계단처럼?"

"응. 타이어로 힘껏 턱을 오르려 했는데, 상자를 묶은 고무 밴드가 벗겨지는 바람에. 어제까지는 그런 턱이 없었거든. ……물론 상자를 제대로 고정하지 못한 내 잘못이지만."

"힘들겠다. ……이거, 아르바이트야?"

"아냐. 우리 부모님, 손님을 상대하는 장사를 하거든. 이 귤은 더는 손님에게 내놓을 수 없어서 가공 공장에 가져다주는 거야. 그러니까 실컷 먹어. 자외선에 탄 피부를 리셋하게."

우리는 함께 웃었다. 귤의 달콤함과 치카의 경쾌한 목소리에 몸의 긴장이 풀어졌다.

"그래서, 스즈메는 그 농원에 가는 중이야?"

"어? 아, 응, 맞아!"

잠시 주저하다가 스마트폰에 다시 그 사진을 꺼냈다. 이러고 있을 때가 아니지. 완전히 방과 후 잡담 시간처럼 되어 버렸네. 다시 사진을 보고 주위 풍경을 확인하려고 고개를 들었다.

"저기, 치카. 이 사진 속 장소 말이야, 이 근처라고 생각……"

생각한다고 말하려는데 목구멍이 막혔다. 대신 입에서 나온 것은 푹 잠겨버린 숨.

"……스즈메, 왜 그래?"

대답이 나오지 않았다. 치카가 의아한 얼굴로 나를 들여다보고 있음을 기척으로 알았다. 하지만 내 눈은 한 점에 붙들린 듯 그것에서 떨어지지 않았다. 어째서. 왜 이 장소에. 쓰르라미 울음이 어느새 딱 멈춰 있고 저수지 너머의 저 먼 산맥에서 까마귀가 깍깍 울며 무리를 짓고 있었다. 그 무리를 좌우로 가르듯 검붉은 연기가 천천히 솟아오르고 있었다. 설핏 빛을 내는 듯 보이는 그것은, 우리 눈에만 보이는 그 거대한 미미즈였다.

"아, 저기……"

목소리가 떨렸다. 발밑의 소타 씨를 들고 치카에게 말했다.

"미안해. 급한 일이 생겼어! 미안해!"

"응, 뭐? 급한 일?! 뭐라고?"

의자를 안고 반사적으로 달리기 시작했다. 치카의 당황한 목소리를 들었으나 돌아볼 여유도 없이 미미즈가 보이는 방향으로 산길을 뛰어 올라갔다.

"소타 씨. 미미즈는 어디나 나오는 거예요?"

"이 땅의 뒷문이 열렸어! 빨리 닫아야 해……."

또 지진이? 순간 발밑에서 오한이 솟구쳤다. 그 불쾌감을 짓밟듯 다리를 더 빨리 움직였다. 미미즈는 굵고 길게 하늘로 뻗어 나오고 있었다. 소타 씨가 초조한 목소리를 냈다.

"이렇게 달리면 늦어!"

"이런……!"

"여기, 스즈메!"

등 뒤에서 목소리가 들려 돌아보니 전동 바이크를 탄 치카가 있다. 바로 앞에서 끽 브레이크를 잡았다.

"치카!"

"무슨 일인지는 모르겠지만 급한 일이라며?" 심각한 표정으로 내 눈을 봤다. "타!"

흘러가는 나무들 틈으로 슬쩍슬쩍 보이는 미미즈가 살짝 적동색으로 빛나고 있다. 어느샌가 해가 저물고 있었다. 차도가 없는 산길을 거침없이 내달리는 전동 바이크의 짐칸에 앉아 치카에게 꼭 매달려 있다. 일몰 후 짙어진 오렌지빛 속에서 미미즈는 하늘을 흐르는 불길한 붉은 야광충 같았다.

"정말 여기야?!"

치카는 앞을 바라보며 바람과 엔진 소리에 지지 않는 커다란 목소리로 소리쳤다.

"이 앞은 몇 년 전에 토사 붕괴가 일어나 지금은 아무도 안 살아!"

"폐허야?! 그러면 여기서 내려줘, 부탁해!" 소리치고 소타 씨에게 입을 가져다 댔다. "저기요, 또 지진이 일어나요?"

"미미즈는 하늘로 퍼지면서 땅의 기운을 빨아들여 무거워져. 그게 지상으로 떨어질 때 지진이 일어나는 거야. 그 전에 문을 닫으면 막을 수 있어. 이번에야말로 반드시!"

갑자기 나타난 대형 간판에 헤드라이트가 눈부시게 반사되는 바람에 치카는 급브레이크를 밟았다. 간판에는 「토사 붕괴의 위험이 있어 전면 통행금지」라는 글자가 크게 적혀 있고 땅에는 여러 개의 색깔 콘이 세워져 있었다. 무너진 토사에 앞쪽 길이 막혀 바이크는 갈 수 없을 듯하다. 주위는 뭔가를 훈제하는 듯한 달콤한 냄새가 짙게 감돌고 있었다.

"여기까지면 됐어!"

바이크에서 뛰어내려 의자를 안은 채 달리기 시작했다.

"치카, 정말 고마워!"

"어? 자, 잠깐만, 스즈메!"

소리를 지르는 치카의 목소리가 등 뒤에서 멀어졌다. 빨리, 빨리 가야 해. 심장 박동이 재촉한다. 끊어진 도로 안쪽, 캄캄한 마을 너머에 검붉은 빛을 내는 미미즈가 커다랗게 보였다. 발밑은 축축했다. 로퍼로 무거운 진흙을 떨쳐내며 달렸다.

"……스즈메도 여기까지면 충분해!"

소타 씨는 갑자기 그렇게 말하고 내 몸을 차고 땅으로 뛰어 내렸다. 줄에서 풀려난 개처럼 전력 질주로 내게서 멀어졌다.

"아니, 소타 씨, 잠깐만요!"

"더는 위험해! 그 아이한테 돌아가!"

"소타 씨!"

다리가 세 개 달린 짐승처럼 보이는 실루엣은 곧바로 시커 먼 폐허 잔해에 섞여 사라지고 말았다. 말도 안 돼, 소타 씨! 한 번 더 그렇게 소리쳤으나 대답은 돌아오지 않았다.

"……!"

그제야 생각난 듯 갑자기 숨이 차 그 자리에 걸음을 멈추고 말았다. 폐가 공기를 탐해 몸이 멋대로 크게 숨을 들이켰다. 그 러자 달콤한 냄새까지 가슴 가득 들어와 심하게 기침하고 말 았다. 필사적으로 호흡을 가다듬으면서 냄새를 잊으려 했다. 느끼지 않으려 했다. 시간을 들여 가슴속의 탁한 냄새를 다 토 해냈다. 드디어 호흡이 가라앉자 최대한 얕게 호흡하도록 유 의하며 주위를 살폈다. 그대로 땅에 묻힌 지붕과 전봇대가 시 커먼 덩어리로 아무렇게나 흩어져 있고 그 너머에는 하늘을 향해 떨어지는 듯한 붉은 강물이 점차 밝아지고 있다. 발밑 땅에서는 그 붉은 것을 향해 일제히 뭔가가 이동하는 듯한 불길한 땅울림이 끊임없이 이어지고 있다.

— 이런 데 나 혼자 있네. 외톨이처럼 우두커니 서 있어. 또 *이렇게*. 나는 생각한다. 누군가의 실수로 당연히 끝났어야 할 악몽을 여전히 꾸고 있는 듯한, 하릴없는 불안과 공포가 끓어올랐다. 버려진 아이가 된 기분이었다. 진흙에 묻혀 기울어진 지붕의 형태와 불가사의하게 똑바로 서 있는 담과 아무것도 비추지 않는 시커먼 창 유리에 둘러싸여 있다. 눈꼬리에 매달려 있던 눈물이 툭 떨어지자 미미즈의 붉은색이 얼룩진 채 경치 전체로 퍼져나갔다. 소타 씨는 집으로 돌아가라고 했다. 그 아이에게로 돌아가라고 했다.

"……치카에게 돌아가라니."

소리를 내어 말해본다.

"규슈로 돌아가라니, 집으로 돌아가라니……."

구역질을 일으키는 달콤한 냄새는 여전히 나를 감싸고 있다. 그것은 이미 내 안에 온전히 자리를 잡고 있다. 못 본 척하는 게 불가능할 정도로 완벽한 이물질로 여기에 있다. 갈비뼈 안쪽에서 문득 분노와 닮은 감정이 솟구쳤다. 왜 또. 여기까지 와서. 새삼, 어떻게.

"나 보고 어쩌라고!"

온몸에서 짜내듯 소리치며 달리기 시작했다. 소타 씨가 사

라진 어둠을 향해, 암운을 향해 전력 질주했다. 로퍼가 진흙을
밟고 깨진 유리를 밟고 플라스틱 같은 것을 부쉈다. 한 걸음 달
릴 때마다 공포와 불안이 옅어졌다. 맞아, 이쪽이야. 소타 씨가
있는 방향으로 달리면 틀림없이 불안은 사라질 것이다. 그 반
대로 달리면 틀림없이 더 큰 불안에 시달릴 것이다. 내가 달려
야 할 방향은, 이쪽이야.

어두운 언덕길을 다 오르자 시야가 탁 트였다. 반으로 접힌
듯한 폐가 앞에 덩그러니 교정이 있고 미미즈는 학교로 보이
는 건물에서 분출되고 있었다. 그곳을 향해 길을 내려갔다. 아
무도 없는 집의 문을 통과하자 앞에 교문이 보였다. 학교 오른
쪽에 있는 산에서 흘러내린 토사가 교정의 반을 뒤덮고 있다.
문을 통과해 교정으로 뛰어들었다. 흘러내린 토사를 따라 흙
주머니가 나란히 놓여 있고 그 주머니는 학교 건물까지 이어
져 있다.

"……학교가 뒷문이 되었구나?!"

넓은 학생용 출입구를 통해 미미즈가 격렬한 탁류가 되어
뿜어져 나오고 있었다. 그 빛의 왼쪽 아래에 작은 실루엣이 있
다. 양쪽으로 열리는 커다란 알루미늄 문 한쪽을 조그만 어린
이용 의자가 열심히 밀고 있었다.

"소타 씨!"

"……스즈메?!"

내 바로 머리 위를 붉은 탁류가 흐르고 있었다. 미끄러운 땅에 그 빛이 미끈하게 비쳤다.

"열쇠를……!"

그가 문을 밀면서 말했다. 소타 씨의 시선 끝, 나와 현관 중간쯤에 미미즈의 빛을 받아 둔탁한 빛을 내는 게 있다. 소타 씨가 목에 걸고 있어야 할 낡은 열쇠다. 달려가 반쯤 진흙에 묻힌 열쇠를 오른손으로 건져 내고 그대로 소타 씨 옆으로 달려갔다. 발밑이 너무 미끄러워 진흙 속에 넘어져 구르고 말았다. 하지만 바로 몸을 일으켜 소타 씨를 덮치듯 왼손으로 알루미늄 문 끝을 밀었다.

"스즈메……는!"

소타 씨도 의자의 좌석 부분으로 문 끝을 밀면서 나를 올려다보며 호통쳤다.

"죽는 게 무섭지도 않아?!"

"무섭지 않아요!"

소타 씨는 숨을 삼켰다. 죽는 것 따위 무섭지 않다. 아주 오래 전부터 그런 건 무섭지 않았다. 왼손으로 미는 알루미늄 문은, 마치 그 끝에 말이 전혀 통하지 않는 어떤 존재가 있고 그 존재가 무책임하게 문을 반대로 미는 듯 불길한 느낌으로 덜컹덜컹 흔들렸다. 내 오른손은 땅을 짚고 열쇠와 함께 진흙을 움켜쥐고 있었다.

"열쇠가……" 필사적으로 문을 밀며 소타 씨가 말했다. "탁류에 휩쓸려 날아가 버렸어. 나 혼자서는 열쇠를 주울 수 없었어. ……다행이야. 네가 와줘서……."

그는 세 개의 다리로 버티고 서서 왼팔에 온 힘을 주어 조금씩 문을 밀었다. 미미즈의 분출이 서서히 줄어든다. 조금만 더, 이제 조금 남았다. 나도 열심히 밀면서 미미즈를 올려다봤다.

"앗!"

미미즈가 적동색 꽃이 되어 하늘을 향해 크게 폈다. 교정을 보니 지면에서 무수한 금색 실이 생겨 상공의 미미즈를 향해 뻗어간다. 미미즈가 땅의 기운을 빨아들이고 있다. 하늘에서 커다란 꽃이 된 미미즈는 땅의 무거운 기운을 그 내부에 가득 채우더니 지면을 향해 천천히 쓰러지기 시작했다.

"스즈메, 네가 문을 잠가!"

내 가슴 아래쪽에서 소타 씨가 소리쳤다.

"네?!"

"이제 시간이 없어. 눈을 감고 여기서 살았던 사람들을 생각해!"

"뭐라고요?!"

"그래야 열쇠 구멍이 생겨!"

"그래도……." 소타 씨를 봤다.

"부탁해!" 그는 내 눈을 똑바로 노려보고 절절하게 말했다.

"나는 아무것도 할 수 없어. ……아무것도 할 수 없었어. 이 몸으로는……! 부탁해. 눈을 감아!"

그 말이 너무나 필사적이어서 눈을 꽉 감았다. 하지만 뭘 해야? 여기 있었던 사람들을 생각해? 그걸 어떻게……?

"예전에 여기 있었을 풍경. 여기 있었을 사람들. 그 감정. 그것을 상상해 그 목소리를 듣는 거야……!"

여기 있었을 풍경― 을 그려보려 했다. 산으로 둘러싸인 학교. 햇살을 받아 반짝이는 넓은 교정. 현관 양옆에는 내 고등학교와 마찬가지로 수도꼭지가 늘어선 수돗가가 있다. 지금은 진흙으로 뒤덮인 이 장소에서 분명 운동복 차림의 학생들이 물을 마셨을 것이다. 치카. 경쾌한 그 미소. 수도꼭지에서 나오는 물은 달고 시원하고 "햇볕에 탄 것도 리셋되겠어"라며 함께 웃는다. 안녕. 등교 때는 시끌벅적했겠지. 안녕. 좋은 아침. 안녕. 목소리가 들려온다. 지겨운 시험. 선생님에 대한 소문. 좋아하는 애에게 할 고백 계획. 색이 보인다. 학년별로 다른 세 가지 색깔의 운동복. 아침 햇살을 받아 새하얗게 반짝이는 세일러복. 무릎 위까지 오는 감색 치마. 두 번째 단추까지 연 셔츠의 눈부심과 몰래 물들인 머리 색깔도.

"……아뢰옵기도 송구한 히미즈의 신이시여."

소타 씨가 노래 같은 그 불가사의한 가락으로 뭔가를 읊조리기 시작했다.

"머나먼 선조의 고향 땅이여, 오래도록 배령받은 산과 하천이여, 경외하고 경외하오며 삼가……."

"……!"

내 오른손에 있던 열쇠에서 온도가 느껴졌다. 파랗게 빛나고 있다. 파란 다발 같은 빛이 열쇠에서 일어나 알루미늄 문으로 모여든다. 문 끝을 미는 내 왼손 바로 옆에 빛의 열쇠 구멍 같은 게 생겼다.

"……지금이야!"

소타 씨가 소리쳤다. 그 소리에 떠밀리듯 열쇠를 빛에 꽂았다.

"돌려드리옵나이다……!"

소타 씨의 외침과 동시에 반사적으로 꽂은 열쇠를 돌렸다. 찰칵, 뭔가가 잠기는 듯한 느낌이 들고 알루미늄 문에 끼여져 있던 유리가 일제히 깨지며 우리 등으로 쏟아져 내렸다. 그와 동시에 한껏 부풀었던 거품이 터지는 듯한 소리와 함께 머리 위의 미미즈가 흩어졌다. 무거운 비구름이 일제히 날아가 버린 듯 기압이 훌쩍 가벼워졌다.

그리고 바로 얼마 후 반짝반짝 복잡한 빛을 반사하는 비가 샤워 물처럼 쏟아져 우리가 있는 폐허를 씻어내렸다.

"헉, 헉, 헉……."

진흙 위에 주저앉은 채 거친 호흡을 가다듬으며 하늘을 올려다봤다. 정신을 차려보니 어느샌가 맑아진 하늘에 별이 빛나고 밤의 벌레들이 합창하고 있다. 주위에는 여름 풀의 청아한 냄새가 가득하다. 학교 현관은 말없이 썩어가는 조용한 폐허로 돌아와 있었다.

"하하." 소타 씨가 옆에서 짧게 숨을 뱉고 있었다.

"왜 그래요?"

"하하…… 하하하!"

웃긴 건지 즐거운 건지, 소타 씨는 큰 소리로 웃다가 우당탕, 몸을 움직여 나를 봤다.

"스즈메가 해냈어. 지진을 막은 거야!"

"아…….."

지진을 막아, 내가?

"진짜요……?"

뜨거운 파도 같은 감정이 배에서 솟구쳐 내 입가에 미소를 만들었다.

"……거짓말 같아요! 해냈어, 내가 해냈어. 야호!"

소타 씨도 웃었다. 그는 온몸이 진흙투성이였다. 내 옷도, 틀림없이 얼굴도 진흙투성이일 것이다. 그런 몰골이 무슨 증거라도 되는 양, 이런 것까지도 자랑스럽고 기쁘고 즐거웠다.

"저기요. 우리 너무 굉장하지 않아요?"

소타 씨에게 얼굴을 바싹 들이대고 신이 나 말했다. 등판의 움푹 팬 두 개의 구멍, 그 눈을 통해 소타 씨의 표정을 봤다. 거기에 분명 부드러운 미소가 있는 듯했다.

"스즈메, 굉장해!"

"어!!"

어린아이 같은 목소리가 옆에서 나서 반사적으로 돌아봤다. 조금 떨어진 어두컴컴한 교정에 희미하게나마 하얗고 조그만 실루엣이 보였다. 노랗고 동그란 눈이 이쪽을 보고 있다. 긴 꼬리를 살랑살랑 흔들면서 하얀 고양이가 입을 열었다.

"뒷문은, 또 열릴 거야."

"……요석이다!"

소타 씨가 순식간에 달려갔으나, 다이진의 모습은 이미 어둠 속으로 사라지고 없었다.

"……녀석이 문을 열었나?"

저도 모르게 떨리는 숨을 내쉬며 중얼거렸다. 소타 씨는 한동안 고양이가 사라진 쪽의 어둠을 가만히 노려봤다.

당신 때문에 마법사로

「……에히메에 있다고?」

전화기 너머에서 타마키 이모가 경악한 목소리로 말했다.

「자……, 잠깐, 잠깐만, 스즈메, 너!」

믿을 수 없다는 말투의 타마키 이모. 그 목소리 뒤로 설핏 전화 목소리와 나지막하게 대화하는 목소리가 섞여 있다. 벌써 밤 9시가 다 되었는데도 타마키 이모는 여전히 어협 사무실에 있는 것이다.

「너, 어제 아야네 집에서 잔다고 했잖아?」

"아, 그게 말이야, 잠깐 생각할 게 있어서 짧은 여행을……."

최대한 밝은 목소리로 말하며 헤헤헤, 하고 웃었다.

"지금 전혀 웃기지 않거든!" 타마키 이모의 차가운 목소리가 돌아왔다.

눈에 선하다. 예전 사회과 견학 수업으로 갔던 레트로 분위기가 물씬 나는 어업협동조합의 낡은 빌딩. 그 회색 책상에 앉아 스마트폰을 든 채 미간을 잔뜩 찌푸리고 머리를 감싸 안은 타마키 이모의 모습이.

「너, 내일은 틀림없이 오는 거지? 오늘은 어디서 자는데?」

"아, 걱정하지 마! 내 저금으로 제대로 된 곳에서 잘 테니까!"

「그게 말이 돼!」

미노루, 술이나 한잔하자. 전화 너머에서 작은 목소리가 들렸다. 먼저 가세요. 저는 타마키 씨에게 할 말이 있어서요, 따라갈게요. 미노루 씨의 목소리다. 눈에 선하다. 어협의 남자들이 전화기를 붙잡고 호통치는 타마키 이모를 바라보며 "스즈메도 이제 반항기인가?" 같은 말을 무책임하게 내뱉으며 재미있어하는 모습이.

「어쨌든 오늘 잘 곳을 대. 호텔? 아니면 여관? 무엇보다 너, 진짜 혼자야? 설마 내가 모르는 사람과 같이 있는 건 아니겠……」

삐. 반항적으로 전화를 끊어버렸다. 아, 진짜 눈에 선하다. 책상에 놓인 어린 시절의 내 사진을 보며 커다랗게 한숨을 내쉬는 타마키 이모의 모습이. 나도 요란하게 한숨을 내쉬었다. 아니야. 그래도 이모를 이대로 놔두면 최악의 경우 경찰에 연락할지도 모른다. 왜 어제, 미리 좀 더 제대로 된 변명을 해놓지 않았을까. 오늘의 내게 귀찮은 일을 떠맡긴 게 도대체 누구냐 말이다. 어제의 나다. 이런, 이런! 보호자의 정신 상태까지 살펴야 하는 게 아이의 몫이라고 자신을 다독이며 LINE에 메시지를 적었다.

전화를 끊어버려 미안해! 송신.

나는 잘 있어! 송신.

금방 잘 돌아갈 테니까! 송신.

걱정하지 않아도 돼! 송신.

고양이가 꾸벅 고개를 숙이는 귀여운 사과 이모티콘. 송신.

그러자 바로 슉슉슉, 읽었다는 표시가 붙는다. 그 속도에 마음이 무거워진다. 후, 다시 진저리를 치며 한숨을 내쉬었다.

똑똑! 느닷없이 바로 옆문을 누가 두드렸다.

"네!" 반사적으로 등을 꼿꼿이 펴고 드르륵 얇은 나무문을 열었다.

"저녁 식사야. 오래 기다렸지!"

여관 종업원 차림의 치카가 생긋 웃으며 밥상을 내밀었다.

진흙투성이 꼴로 어린이용 의자를 품고 마을 입구에 나타난 나를 보고도 치카는 별다른 질문을 던지지 않았다. 오늘 묵을 곳은 있냐는 질문에 이제부터 찾아봐야 한다고 솔직히 대답하자 치카는 너는 행운아라며 웃었다.

"우리 집, 민박해. 오늘 밤, 우리 집에서 잘 운명이었네. 스즈메."

운동복이 더러워지는 것도 개의치 않고 더 꽉 잡으라고 말하곤 전동 바이크를 운전하는 치카의 목덜미를 바라보며 그렇게 어두운 곳에서 내내 기다려줬다는 사실에 생각이 미쳐 미안하다는 말을 되풀이하는 것 외에는 할 수 있는 일이 없었다. 그리고 치카는 오늘 밤이야말로 목욕하고 말겠다는 내 숙원도 풀어주었다. 민박의 넓은 욕탕에서 온몸의 진흙과 땀을 씻어내고 푹 몸을 담그자 예상대로 여기저기가 많이 쑤셨다. 햇볕에 너무 타서인지, 아니면 찰과상 때문인지는 알 수 없었다. 욕실 구석에서 교복을 빨게 해주었고 옅은 분홍색의 깨끗한 유카타까지 빌려주었을 뿐만 아니라 민박 방까지 준비해주었다. 게다가 저녁밥까지 치카가 가져다준 것이다.

"와, 고마워!"

눈이 뜨거워졌다. 그와 동시에 속이 쓰릴 만큼의 배고픔이 찾아왔다.

"저기, 스즈메. 나도 여기서 같이 밥 먹어도 돼?"

"어? 아! 물론이지!" 나야 좋지! 아! 하지만. "하지만 미안해. 아, 저기, 아주 잠깐, 잠깐만 기다려!"

문을 닫고 작은 세면대가 있는 전실[9]을 건너 드르륵 거실 미닫이문을 열었다. 다다미 위에 덜렁 서 있던 소타 씨가 나를 올려다봤다.

"어쩌지?"

"둘이서 먹어." 다정한 미소를 머금은 목소리로 소타 씨가 말했다. "아무래도 이 몸은 배가 고프지 않은 것 같아."

소타 씨는 대답하고 4평 정도 되는 방의 구석까지 달그락달그락 걸어가 벽을 바라봤다.

"걱정하지 말고. 마음껏 먹어."

9 前室

웃으며 말하는 그 목소리에 안심하고 치카를 방으로 불렀다.

접시 밖으로 튀어나올 정도로 큰 생선은 갈치 소금구이라고 했다. 젓가락을 넣자 바삭 껍질 갈라지는 향긋한 소리가 나고 포근한 살이 김을 냈다. 큼직하게 한 젓가락 집어 밥 위에 올리고 밥과 함께 입에 넣었다.

"와, 맛있다……!"

입이 멋대로 감상평을 쏟아냈다. 정말, 진심으로 맛있었다. 담백하면서도 달콤한 기름기가 입안 가득 퍼지자 온몸이 그 맛을 환영했다. 새삼 생각할 겨를도 없이 뜨거운 덩어리가 다시 눈두덩으로 솟구쳤다.

"어머, 스즈메. 너 지금 울어……?!"

"아니, 너무 맛있잖아……."

하하하! 치카가 너무 웃긴다는 듯 깔깔댔다. 우리는 두 개의 쟁반을 놓고 마주 앉아 밥을 먹었다. 그렇게 배고팠어? 그녀는 감탄했다는 듯 말했다.

"오늘은 이상하게 갑자기 손님이 늘어서 저녁이 늦었어. 미안해."

"에이?! 아니야. 그런 말도 안 되는 소리를 하십니까!" 치카의 너무나 융숭한 대접에 자기도 모르게 존댓말이 나오고 말왔다. "나야말로 미안해. 재워주는 것도 모자라 목욕에 유카타에 밥까지……."

"됐어, 됐어. 이게 우리 집이 늘 하는 영업이니까."

이 민박은 가족 경영으로 도우미가 드나들기도 하지만, 기본적으로 부모님과 치카, 초등학생인 동생 넷이 운영한단다. 그래서 오늘처럼 손님이 많은 날은 치카도 종업원 차림으로 손님을 맞는다. 오후 10시 직전인 이 시간이면 손님들의 식사도 끝나 드디어 한숨 돌리는 시간이라고 한다.

회는 새끼 방어. 반찬은 이 지역 명물인 토란 찌개. 재료가 잔뜩 들어간 흰 된장국을 한 모금 넘기자 고급스러운 달콤함이 올라왔다. 내가 아는 맛과는 완전히 달라 이런 맛은 처음이라고 감동을 전하자 이 동네는 보리된장이라서 그렇다고 치카가 알려주었다. 자신이 다른 지역에 와 있음을 새삼 절감했다.

띠링. 옆에 놓아둔 스마트폰이 울렸다.

"으악!"

손에 들고 들어온 메시지를 보고 저도 모르게 소리를 지르고 말았다.

"누구야?"

"이모야. 잠깐만, 미안."

양해의 말을 건네고 메시지를 열었다. 헉! 타마키 이모가 보낸 장문의 메시지가 화면을 가득 메우고 있다.

스즈메, 잔소리라고 생각할지 모르겠으나 오래 생각한 끝에 아무래도 네게 꼭 전해야 할 것 같아 적는다/마지막까지 읽어 줬으면 좋겠구나/우선 네가 이해했으면 하는 것은, 네가 아직 아이, 미성년자라는 점이다/스즈메는 건실한 아이라고 생각하지만, 일반적으로나 경제적으로나 신체적으로나 17살은 역시 아직 아이야/너는 미성년자이고, 여러 생각이 있겠으나 나는 네 보호자야

　—따릉.

"으악!"

추신, 나는 화를 내는 게 아니야/그저 혼란스럽고 걱정하는 거지/왜 너는 아무런 얘기도 없이 그렇게 갑자기 여행을 떠났을까/왜 에히메일까/그런 얘기는 한 번도 없었고 내가 아는 너는 분명…….

"하……."

스마트폰을 뒤집어 봉인하듯 다다미 위에 놓았다. 내일 읽자.

"아, 진짜. 이제 좀 얼른 애인이 생겼으면 좋겠네." 나도 모르게 이런 말을 흘리고 말았다.

"어머, 이모가 독신이야? 몇 살인데?"

"마흔쯤 되지 않았을까……?" 두 달 전 생일잔치를 한 일을 떠올리며 말했다. 이모는 내가 생일 축하 노래를 부르면 매년

울어 버린다. "정말 예쁜 사람이야. 응. 아주."

그 아련한 눈물과 타마키 이모의 길고 아름다운 속눈썹을 떠올렸다. 젓가락으로 토란을 집어 밥그릇에 놓았다.

"우리는 둘이 살아. 이모가 내 보호자고." 밥과 함께 토란을 입에 넣었다.

"그래? 왠지 복잡한 사정이 있는 것 같네."

"그건 아냐!" 꿀꺽, 간이 잘 된 토란을 삼켰다. "하지만 어쩌면, 내가 이모의 소중한 시간을 빼앗았을지도 몰라. 요즘 들어 그런 생각이 들어."

"뭐?" 치카가 키득키득 웃었다. "그거 전 애인이 하는 소리 아니야?"

"어, 진짜다!" 맞다. 듣고 보니 정말 그렇다. 마음이 갑자기 확 가벼워졌다. 나도 웃으며 말했다.

"이제 좀 나를 독립시켜 달라고!"

"그거지!"

아, 큰일이다. 소타 씨가 다 들었겠다. 내가 새삼 그 사실을 깨달은 것은 디저트인 귤 젤리를 거의 다 먹었을 때였다.

저녁을 먹은 다음에는 치카와 같이 부엌으로 가서 재워주셔서 감사하다는 말을 가족에게 전했다(치카와 아주 닮은 부모님은 이게 우리 집이 늘 하는 영업이라면서 웃으셨다). 그다음 치카를 도와 대량의 그릇을 설거지하고 목욕탕을 바닥 솔로 박박 닦았다. 청소하면서 "스즈메는 남자 친구 사귄 적 있어?"라고 치카가 물어 한 번도 없었다고 솔직히 대답하자, "그게 좋아, 그게 좋아. 제대로 된 남자는 없어"라며 치카는 신나게 불평을 늘어놓았다. 치카에게는 막 사귀기 시작한 남자 친구가 있는데 정작 자기는 LINE 답장도 제대로 안 하는 주제에 질투가 심하다거나, 굳이 말하자면 매일 둘만 있을 곳에 가자고 주장하는데 이 동네는 인적 없는 곳 투성이라 곤란하다는 고민을 즐겁게 떠들었다. 일이 끝나자 어머니가 만들어준 아이스 허브차를 함께 마시며 실컷 웃고 떠들다가 밤 2시가 되어서야 방에 나란히 편 이불에 들어갔다.

"……오늘, 스즈메 덕분에 오랜만에 그곳에 갔네."

한숨을 잔뜩 품은 목소리로 문득 생각 난 듯 치카가 말했다.

"응?"

"우리가 다니던 중학교가 거기 있어."

그 폐허 학교를 말하는구나. 멋대로 심장이 쿵 뛰었다. 조용한 목소리로 치카가 계속 말했다.

"몇 년 전인가 토사 붕괴로 마을이 통째로 묻혔어."

"……"

"저기, 스즈메." 다정하면서도 단호한 결심을 담은 목소리였다.

"아까 진흙투성이가 되어 거기서 뭐 했어? 네가 들고 온 저 의자는 뭐야? ……그리고"

천장을 올려다보고 있던 치카가 나를 봤다.

"너는 누구야?"

"아……."

방 불은 꺼져 있었다. 머리맡에 놓인 잠자리 조명등의 얇은 종이를 통과한 옅은 빛이 치카의 커다란 눈동자를 노랗게 비추고 있다. 내 뒤쪽 벽에는 소타 씨가 어린이용 의자로 얌전히 서 있다. 그 존재를 등으로 느끼면서 할 말을 찾았다.

"저 의자는…… 엄마 유품이야. 하지만 지금은……"

뭐라고 말해야 할까. 뭐라고 할 수 있을까. 거짓말하고 싶지는 않은데.

"……미안해. 뭐라고 할 말이 없네."

한참을 생각했으나 그런 말밖에는 할 수 없었다. 잠자코 나를 바라보는 치카의 표정이 쓱 풀어지더니 후, 숨을 내쉬었다.

"……스즈메는 마법사인가 봐. 비밀이 참 많다."

치카는 농담처럼 말하고 몸을 돌려 다시 똑바로 누워 눈을 감고 다정하게 말했다.

"하지만 왠지 말이야……, 너 굉장히 중요한 일을 하는 것 같아."

"……!"

눈물이 왈칵 쏟아질 것만 같았다. 참을 수 없어 이불에서 일어났다.

"치카, 고마워. 응, 맞아. 틀림없이 중요한 일을 하고 있어. 나도 그렇게 생각해!"

뒤쪽 벽에 있는 소타 씨에게 그렇게 전했다. 당신은 중요한 일을 하고 있어요. 아무도 모르지만, 아무도 봐주지 않지만 싸우고 있어요. 그 폐허에서 문을 닫으려고 고독하게 싸우던 그 모습을 떠올린다. 고작 하루 전의 일인데도 아주 먼 옛날 일 같다. 그 후 나는 바다를 건너고 당신 때문에 마법사라는 오해도 받았어요. 하지만 당신 덕분에 내게도 소중한 일이 생겼어요.

아니, 갑자기 자화자찬이야! 치카가 우습다는 듯 웃었다. 우리는 오늘 만난 뒤로 쭉 그랬듯 다시 함께 웃었다.

3
일
째

Suzume

해협을 건너다

"아침에 영 못 일어나는 사람도 있다니까……."

치카에게 빌린 머리빗으로 흐트러진 머리를 빗으면서 한숨 섞인 불평을 늘어놓았다.

"응, 누구? 남자 친구?"

"남자 친구 같은 거 없다고! 그냥 일반적으로 말이야."

치카처럼 산뜻한 쇼트커트를 동경하는 마음도 있는데 어릴 때 엄마가 머리를 칭찬해준 기억이 괜스레 마음에 걸려 좀처럼 과감하게 자르지 못하고 있다.

"그럴 때는 말이야……" 치카는 옆에서 이를 닦고 부글부글 물로 입을 헹구면서 의기양양하게 말했다. "키스해주면 일어나!" 뭐든 사랑 타령으로 수렴되는구나. 어이없다기보다는 오히려 감탄하고 말았다.

학교 갈 준비해, 샤워해, 아침 먹어! 치카의 이어지는 재촉 끝에 다시 식당에서 성대한 아침 식사를 얻어먹는데 함께 식사하던 치카의 동생이 놀란 목소리를 냈다.

"와, 이것 좀 봐! 이거 굉장하다!"

그 말에 아침 정보 프로그램이 나오는 TV로 눈길을 돌리다 밥과 함께 숨을 삼키고 말았다. 화면에는 「아카시 해협 대교에 고양이!」라는 자막과 함께 하얗고 거대한 현수교가 나와 있었다. 그때 카메라가 휙 줌인했다. 다리를 잇는 굵은 케이블 위를 하얀 새끼 고양이가 경쾌하게 걷고 있다. 리포터가 무해하고 기분 좋은 뉴스라는 듯 말했다.

「이 고양이, 어디서 왔는지, 당당하게 현수교를 걷고 있습니다! SNS에서는 블랙박스에 우연히 찍힌 모습도 화제가 되어……」

"소타 씨, 여기요! 다이진이!"

바로 방으로 달려가 어린이용 의자를 들고 휙휙 위아래로 흔들었다.

"저기요, 이제 좀 일어나요!!"

오늘 아침도 어제와 마찬가지로 아무리 깨워도 체온과 낮은 숨소리만 돌아올 뿐 소타 씨는 좀처럼 일어나지 못했다. 흔든다. 마구 흔들어댄다. 두드린다. 다다미에 놓고 손을 떼자 의자는 무기물처럼 쿵 쓰러지고 만다. 이래선 안 되겠어.

"아이 진짜!"

— 키스하면 일어나. 문득 치카의 득의양양한 목소리가 되

살아났다. 정말일까? 사랑 타령이 아니라 진짜 팁이 아닐까? 무지한 나만 모를 뿐 남을 잠에서 깨우기 위한 현실적인 방법이 아닐까? 양손으로 의자의 좌석 부분을 잡고 소타 씨의 얼굴에— 얼굴에 해당하는 등판에— 입술을 가져간다. 다가가면서 처음이구나 생각한다. 천천히 눈을 감는다. 나의 첫 키스가…….

"……아니, 입이 없잖아."

눈을 번쩍 뜨고 중얼거렸다. 팁일 리 있겠어?

"스즈메?"

갑자기 소타 씨가 말했다. 내가 얼굴을 떼자 소타 씨는 덜컹덜컹 두 걸음 뒤로 물러났다. "안녕. ……무슨 일이야?"

그의 맑은 목소리에 갑작스러운 열풍을 맞은 듯 내 뺨이 뜨거워졌다.

"……무슨 일이라니, 지금 그러고 있을 때가 아니라고요!"

거칠게 스마트폰을 조작했다.

"자 이것 좀 봐요! 다이진! 도대체 이 녀석은 뭘 하고 싶은 걸까요!"

가벼운 발걸음으로 현수교를 건너는 고양이를 늦게 일어난 어린이용 의자가 가만히 바라봤다. 댓바람부터 이게 무슨 일이란 말인가! 내 분노를 달래듯 소타 씨의 냉정한 목소리가 돌아왔다.

"변덕은 신의 본질이니까……."

"신?"

"아카시 해협 대교를 건너면 고베가 나오지. 우리도 빨리……."

"스즈메. 이제 나가야 하지 않아?"

문에 노크 소리가 들리고 방 밖에서 치카의 목소리가 들렸다.

"벌써 옷 갈아입었어?"

어머, 나보다 훨씬 잘 어울리네! 치카는 그렇게 말하며 처음 만났을 때와 마찬가지로 내 모습을 위에서부터 아래까지 찬찬히 살폈다. 나는 베이지색 치마바지와 하얀 티셔츠 위에 깃 없는 면 재킷을 입고 있다. 어린이용 의자는 세탁한 교복과 함께 어깨에 멘 커다란 스포츠가방 안에 쏙 들어가 있다. 참고로 마구 흐트러졌던 머리는 오늘 세 갈래로 땋은 다음 하나로 묶어 한쪽 어깨 앞으로 늘어뜨렸다. 치카가 만족스럽다는 듯 고개를 끄덕였다.

"교복 차림으로 의자만 들고 다니면 너무 눈에 띄잖아. 옷도 가방도 네게 줄게."

"치카……." 한없이 자연스럽고 부드러운 그녀의 친절에 코끝이 찡했다. "나, 어떻게 감사해야 할지……."

"그런 건 됐고, 또 놀러 와."

세일러복 차림의 치카는 그렇게 말하고 민박 현관 앞에서 나와 포옹했다.

"응. 꼭 올게······!"

코를 훌쩍이면서 완전히 친구가 된 그녀를 꼭 껴안았다. 상쾌한 감귤 향이 옷에서 훅 피어올랐다. 아, 치카의 향기구나. 괜스레 마음이 뭉클해진 것은 그녀와 헤어지고 한 시간쯤 걸었을 무렵이었다.

::　　::　　::

"버스를 타야 할까?" 하늘을 올려다보며 당황한 목소리로 소타 씨가 말했다.

"······다음 버스, 6시간 후예요." 벽에 붙은 색 바랜 시간표를 보며 내가 대답했다. 철퍼덕! 커다란 물소리가 나서 올려다보니 함석지붕에 쌓여 있던 낙엽이 물에 휩쓸려 떨어졌다. 우리는 짙은 물 내음에 둘러싸여 어두컴컴하고 조그만 정류장에서 절망적인 기분으로 비를 바라보고 있다.

치카와 헤어져 산에서 내려와 그런대로 자동차가 다니는 길까지 나오자 일단 히치하이킹을 시도하기로 했다. 스마트폰을 확인한 결과 전차 역까지는 아주 멀었고 목적지인 고베까지의 최단 경로는 역시 자동차였기 때문이다. 붉은 석산꽃이 잔뜩 핀 밭 옆길에 서서 달려오는 차를 향해 조심스레 엄지를 세웠다.

"스즈메, 좀 더 강한 의지를 표명해야 해. 손을 크게 흔들어." 다섯 대쯤 차가 무시하고 지나가자 가방 안의 소타 씨가 말했다. "의자가 히치하이킹을 하면 너무 놀라 멈추지 않을까?" 이런 말도 안 되는 대화를 나누면서 말이다. 생각해 보니 아무리 봐도 십 대로 보이는 여자애에게 차를 세우는 사람이 있으면 오히려 타선 안 되는 게 아닌가 하는 생각을 하던 참에 하늘이 번쩍이며 호우가 쏟아지기 시작해 우리는 근처 버스 정류장으로 뛰어 들어갔다.

"……스즈메."

청개구리의 합창에는 비를 반기는 듯한 또렷한 감정이 있구나. 그런 생각을 하며 버스 정류장 벤치에 앉아 꾸벅꾸벅 졸고 있는데 소타 씨가 조용히 말했다. 빗소리마저 조심하는 듯 내밀한 목소리였다.

"왜요?"

"……이 의자, 네 어머니 유품이야?"

"아…… 응."

슈~욱, 차가 젖은 도로를 달리며 길게 끄는 소리가 매미 소

리 사이로 들려왔다. 버스 정류장 앞 현도로 차는 가끔 다녔으
나 걸어 다니는 사람은 전혀 없었다.

"왜 다리가 세 개뿐이야?"

"아……, 어렸을 때부터 이런 상태라 잘 기억이 나진 않지
만……." 오래된 기억을 더듬자 누군가의 꿈속에 있는 듯한 느
낌이 들었다. 세계가 아주 살짝 다른 규칙의 지배를 받아 제대
로 앞으로 나아가지 않는다.

"옛날에, 아직 유치원에 다닐 때였던 듯한데, 이 의자를 잃어
버린 적이 있었어요. 여기저기 찾아다녔는데…… 분명…… 찾
고 보니 다리가 하나 빠져 있었어요."

"그거……."

소타 씨의 목소리를 가로막듯 다가오는 자동차 소리가 갑자
기 들렸다. 조금 전 지나간 차가 같은 차선을 후진해 돌아오는
기적적인 울림. 정류장에서 몸을 내밀려는 어린이용 의자를
황급히 든 직후 정말 파란 미니 밴이 후진해 후미등을 깜빡이
면서 우리 앞에 섰다. 비 오는 하늘을 비추고 있던 옆 유리창이
작은 소리를 내며 쓱 내려갔다.

"너, 어디까지 가니?"

운전석에서 엷은 색 선글라스를 끼고 갈색 머리에 굵은 웨
이브를 넣은 여성이 물었다. "그런 데 앉아 있어 봤자 버스는
안 와."

차에서는, 그 사람의 집 냄새가 난다. 루미라고 자신을 밝힌 이 사람의 차에는 밤의 가로등 같은 어른스러운 향수와 갓 구워낸 과자의 달콤하면서도 정겨운 냄새가 살짝 감돌았다. 갑자기 모르는 사람의 집에 들어간 듯 불안해져, 담담한 빛을 내는 비의 풍경을 바라보고, 앞 유리창을 타고 흘러 내려가는 빗방울을 쳐다보고, 핸들에 놓인 하얗고 포근한 손가락을 남몰래 살피다가 다시 유리창의 빗방울로 눈길을 돌렸다. 이제는 버스가 전혀 다니지 않는 정류장에 앉아 있으니 마음에 걸리더라. 그녀가 말했다.

"그건 그렇고 혼자 여행이라니. 고베 시내까지만 가면 돼?"

"아, 네!" 긴장으로 목소리가 뒤집히고 말았다.

"스즈메라고 했지?"

"네!"

"나는 애들을 마쓰야마에 사는 할머니에게 보여드리고 오는 길이야."

그녀는 말하고 백미러 옆에 놓인 베이비 미러를 힐끔 올려다봤다. 거울은 뒷좌석에 설치된 두 개의 어린이용 좌석에 얌전히 앉은 두 아이를 비쳤다. 나이도 얼굴도 똑같은 아이들이 아주 진지한 표정으로 잠들어 있다.

"쌍둥이야. 4살. 하나와 소라."

"와……, 쌍둥이예요?"

"장난꾸러기라 매일 전쟁이지." 그녀가 웃었다. "우리도 고베로 돌아가는 길이야. 너, 운이 좋았어."

"네! 고맙습니다."

머리를 깊이 숙이자 호호, 하며 그녀가 재미있다는 듯 웃었다.

"그렇게 긴장하지 말고 편안히 있어. 안 잡아먹으니까."

옅은 선글라스 안에서 다정하고 흐뭇한 표정을 짓는 그 눈동자를 보며 가슴에 담아뒀던 숨을 남몰래 토해냈다. 운전하는 모습을 다시금 슬쩍 훔쳐봤다. 겨자색의 느슨한 플레어 소매 아래로 나온 팔은 전혀 해를 보지 않는 듯 하얗고 부드러운 곡선을 그리고 있다. 목과 손목에 두른 금색의 가는 액세서리가 피부의 하얀색이나 부드러운 곡선과 정말 잘 어울렸다. 혼자 가만히, 은근히 요염한 사람이구나 생각했다. 타마키 이모보다 조금 연하일까. 요염하면서도 듬직한 면이 있네. 그때 뒷자리에서 직 소리가 나서 돌아봤다.

"······!"

어린이 시트에 끼인 형태로 놓인 내 가방 ─그건 뒤에 놓으라고 루미 씨가 지시했다─ 의 지퍼를, 어느새 잠에서 깬 쌍둥이가 조용히 열고 있다. 가방이 활짝 열리며 의자의 얼굴이 그대로 드러났다.

"엄마, 뭐가 있어!"

"뭔가 있어!"

쌍둥이가 양쪽에서 소타 씨의 얼굴을 대담하게 만지며 목소리를 높였다. 헉! 속으로 소리를 질렀다. 소타 씨는 애들이 움직일 때마다 좌우로 흔들렸다.

"안돼!" 베이비 미러를 노려보며 루미 씨가 호통쳤다.

"언니 물건에 손, 대, 지, 마!"

"네!" 조건반사처럼 대답이 나왔다. 루미 씨가 미안하다고 내게 말했고 "아니에요. 정말 괜찮아요"라고 대답하며 어색하게 미소를 지었다. 뒤를 보니 쌍둥이들은 의자에 얼굴을 바싹 대고 소타 씨를 응시하고 있다. 이런!

"……어머, 애들, 엄청나게 보고 있네."

"아, 그게. 그냥 평범한 어린이용 의자인데……."

"아, 그래……?" 루미 씨를 나를 보고 다시 미러를 봤다. "그런데 왜 저렇게 볼까……?"

소타 씨, 잘 참아요. 예상대로 다시 의자를 마구 만지기 시작한 쌍둥이를 바라보며 속으로 응원을 보냈다.

차는 산간 고속도로를 달려 몇 개의 터널을 지나고 몇 개의 다리를 건넜다. 하늘은 차례로 밝아졌다가 어두워졌고 비는 때때로 안개비가 되었다가 다시 강해졌다. 정신을 차려보니 쌍둥이는 다시 잠에 곯아떨어져 있었다. SNS를 계속 확인해도 다이진의 이후 행적은 아직 올라오지 않고 있다. 마침내 새로운 장을 맞이하듯 저 멀리 현수교 형태의 오나루토 다리가 보이기 시작했다. 바다에는 하얀 안개가 가득해 마치 공중에 걸린 다리 위를 차가 미끄러지듯 나아가는 듯했다. 아와지 섬으로 들어가자 다시 산과 터널이라는 풍경이 하염없이 이어졌다. 마침내 구름 사이로 몇 개의 빛줄기가 나오기 시작하더니 주위의 녹음을 반짝이게 했다. 그리고 마침내 오늘 아침 TV에서 본 그 거대한 다리로 차가 접어들었다. 빛을 받아 반짝이는 아카시 해협 대교의 거대한 첨탑에 완전히 눈길을 빼앗기고 말았다. 바다도 햇살을 온전히 받아 한없이 뻗은 새파란 카펫 같았다. 지도 앱을 열었다. 시코쿠를 지난 차는 고베시를 코앞에 두고 있었다. 어제부터의 이동 경로를 표시하자 일본 열도의 삼 분의 일이 보일 정도로 지도가 확대되고 집에서부터의 거리 588km가 나왔다. 집에서 계속 멀어지고 있다는 한없는 불안과 이렇게 멀리 왔다는 흥분이 뒤섞여 내 심장은 빨리 뛰기 시작했다. 마치 게임 스테이지가 바뀐 듯 다리 너머에는 빼곡한 건물로 뒤덮인 땅이 펼쳐져 있었다.

"애들아, 흘리지 않게 조심해!"

시내의 드라이브 스루 매장에서 햄버거를 사서 주차장에 차를 세우고 차 안에서 늦은 점심을 먹기로 했다.

"애들아! 너희들 시트 더럽히면 안 된다!"

"알았어!" "안다고!"

루미 씨의 잔소리에 뒷자리의 쌍둥이들은 늘 듣는 이야기라는 듯 자동으로 대답했다. 조수석에서 햄버거를 우물거리면서 흥미진진하게 상황을 지켜본다. 이제는 완전히 쌍둥이의 테이블이 되어 버린 소타 씨 위에 쌍둥이들은 빵부스러기를 흘리고 마요네즈가 묻은 양배추를 떨어뜨리고 기름진 감자튀김을 늘어놓았다. 쌍둥이 누나가 오렌지주스가 가득 든 종이컵을 내던지듯 놓는다. 아, 엎겠다. 그렇게 생각한 순간 어린이용 의자가 덜컥 균형을 잡듯 움직여 종이컵이 넘어지지 않도록 중심을 잡았다.

"……아니."

소타 씨, 무슨 짓이에요! 속으로 소리치고 말았다. 쌍둥이가 의심스러운 눈길로 의자를 응시하고 이번에는 동생이 똑같이 주스가 든 컵을 떨어뜨렸다. 의자가 튕기듯 콰당 움직인다. 컵은 가볍게 바운드하듯 반원을 그리더니 쓰러지지 않고 자리를 잡았다. 쌍둥이는 점점 의아한 표정으로 의자를 바라본다. 소타 씨는 모른 체하고 침묵한다. 아니, 이 사람, 지금 이런 상황에 장난이나 하고 있다니!

"어머, 몰랐네."

갑자기 옆 운전석에서 루미가 말했다.

"네?"

"저 유원지, 여기서 보이네."

"유원지요?"

"응. 저 산 말이야."

그녀의 눈길을 좇자 빌딩과 전깃줄 너머 산맥에 조그맣게 관람차 실루엣이 보였다. 그 작은 곡선은 어딘지 모르게 화사하고 세련된 고베 시내와 잘 어울렸다.

"저곳이 문을 열었을 때는 정말 사람 많았어. 나도 어렸을 때 자주 부모님이랑 갔지……."

루미 씨는 햄버거를 한 입 베어 물고 흐뭇한 표정을 지으며 말했다.

"점점 손님이 줄어 십 년쯤 전에 문을 닫았지. 철거 비용도 없는지 지금은 저렇게 방치되어 있어. 이렇게 시내 여기저기서 보이니 왠지 추억에 잠기게 된다니까."

루미 씨는 종이컵의 콜라를 마시고 요즘 저런 쓸쓸한 장소가 늘었다며 혼잣말처럼 조그맣게 말했다. *쓸쓸한 장소.* 입 안에서 그 말을 반복해본다. 6백 킬로미터의 이 여정에서 내가 봐 온 것은 다 그런 곳이었던 것 같다.

―띠링. 스마트폰이 울렸다. 이런, 타마키 이모! 순간적으로 생각했는데 루미 씨 휴대전화였다. 핸들 옆 홀더에 고정된 스마트폰을 조작하던 루미 씨가 당황한 목소리를 냈다.

"아니, 이게 무슨 소리야?!"

"왜 그러세요?"

"아이들을 맡기려던 탁아소에 갑자기 발열자가 나와서 오늘은 쉰다네. 얘들아!"

갑자기 루미 씨가 베이비 미러를 보며 호통쳤다.

"앗!"

소타 씨 위에 햄버거 빈 상자와 종이컵, 플라스틱 용기를 젠가처럼 쌓고 있던 쌍둥이가 서둘러 자세를 바로 했다. 내참……. 루미 씨가 한숨을 내쉬면서 다시 스마트폰을 봤다.

"……나는 가게를 열어야 해서 이 애들을 봐줄 사람을 찾아야 해……. 아!"

생각났다는 듯한 표정으로 루미 씨가 나를 봤다.

"네? ……아니, 저요!"

나는 자신을 가리켰다.

추억은 넷이서

"아, 그러니까, 뭐 하고 놀까?"

"요리!"

"카레 만들자!"

쌍둥이 누나 하나와 동생 소라는 내가 말을 끝내기도 전에

118

바로 대답했다. 재미있는 일은 이미 다 알고 있고 우리는 그것을 순서대로 해낼 겁니다. 그런 선언을 들은 기분이었다. 우리는 낡은 아케이드 거리 구석에 있는 루미 씨의 집 2층 아이들 방에 있다. 루미 씨는 아래층 가게에서 문 열 준비를 하고 있다. 쌍둥이는 익숙한 손놀림으로 플라스틱 채소를 늘어놓고 플라스틱 식칼을 든다. 준비! 하나가 말했다.

"시작!"

찍찍찍찍. 둘은 엄청나게 빨리 채소를 썬다. 장난감 채소는 단면이 매직 테이프로 되어 있어서 식칼로 떼어낼 때마다 이리저리 튀어 탁, 탁 내 머리를 맞췄다. 앗, 앗! 필사적으로 날아오는 채소를 막았다. 자, 카레 완성! 소라가 소리쳤다.

"잘 먹겠습니다!"

둘이 나란히 와드득 플라스틱 채소를 깨물었다. 얘들아, 먹으면 안 돼! 필사적으로 아이들을 말린다.

"그러면 다음은 이거!" 하나가 이제 끝났다는 듯 선언하고 휴지 상자를 쑥 내밀었다.

"응?"

"먼저 다 꺼내는 사람이 이기는 거야! 준비……."

시작! 구호와 함께 쌍둥이는 각자의 휴지 상자에서 팍팍 휴지를 뽑는다. 거대한 제설기에서 날아오는 눈발처럼 하얀 휴지가 방안을 날아다닌다. 헉!

"아, 안돼!" 필사적으로 아이들을 말린다.

아직 한번 쓰지도 않은 채 방안에 흩어진 휴지들을 모아 일단 원래대로 돌려놓아야 한다는 생각에 한 장씩 휴지를 접던 내 등에 툭 하나의 손이 놓였다.

"언니가 후지산이야!"

"응?" 아이들은 나를 방 중앙에 세우더니 소라가 외쳤다. 준비! 불길한 예감이 들었다.

"시작!"

우당탕우당탕, 둘이 돌진해 내 몸을 산으로 생각하고 기어오르기 시작했다. 하나가 내 허리뼈를 발판으로 삼자 소라는 내 오른 어깨에 손을 걸었다. 질세라 하나가 왼 어깨에 다리를 올리고 둘이 동시에 내 머리를 움켜쥐었다. 앗! 넘어지지 않으려고 힘껏 다리에 힘을 준 내 양쪽 어깨 위로 둘은 의기양양하게 올라섰다.

"헉, 헉, 헉……."

숨을 헐떡이다가 더는 견디지 못하고 양손과 양발을 털썩 바닥에 대고 만 내 주위를 쌍둥이가 "기다려, 기다려!"라며 영원히 멈추지 않을 기관차처럼 계속 돌아다녔다.

"나, 애들은 안 될 것 같아……."

저도 모르게 이런 말을 흘린 직후 한 사람이 내 등을 뜀틀 삼아 점프했고 뒤를 쫓는 다른 하나가 발판 삼아 내 등을 밟았다.

으윽, 신음이 절로 나왔다.

"······어쩔 수 없겠어."

문득 머리 위에서 목소리가 들렸다. 놀라 올려다보니 책상에 놓인 스포츠가방이 부스럭대더니 덜컹, 어린이용 의자가 바닥으로 뛰어내렸다.

"······!"

쌍둥이가 그대로 움직임을 멈췄다. 바닥에 직립한 어린이용 의자를 눈을 동그랗게 뜨고 가만히 바라보고 있다.

"······아니! 잠깐, 소······"

소타 씨, 뭘 할 셈이에요?! 말도 제대로 하지 못할 정도로 동요한 내 눈앞에서 쿵쾅쿵쾅 소타 씨는 열심히 걷기 시작했다.

"애들아······ 이것 좀 봐, 대단하지! 정말 신기한 장난감이다!"

나는 자포자기하고 목소리를 높였다. 소타 씨는 하나 앞에서 멈추더니 마치 동화 속에 나오는 충실한 백마처럼 말없이 다리를 구부리고 좌석을 기울였다. 빨려들 듯 하나가 의자에 앉았다. 히이잉! 말이 포효하듯 앞다리만 높이 쳐들고 나서 하나를 태운 어린이용 의자가 행진을 시작했다. 얼마 후 꺄악! 하고 쌍둥이의 입에서 환호성이 터져 나왔다.

"다음, 다음, 다음은 나!"

하나를 앞지르며 소라가 말했다. 어린이용 의자는 쌍둥이를 번갈아 태우고 방안을 쿵쾅쿵쾅 걸어 다녔다. 이보다 더 즐거울 수 없다는 듯 둘은 계속 소리를 질러댔다. 혹시…… 소타 씨는 애들을 좋아하나. 그런 생각이 들었다. 리드미컬하게 행진하는 모습을 바라보면서 내 기분도 덩달아 좋아졌다.

"저기요, 소타 씨. 다음은 나요!"

"너는 아니야!"

"말도 했다!"

이런……. 우리는 급히 입을 다물었다. 멈춘 의자에서 하나가 조심스레 멀어졌다. 큰일 났네. 필사적으로 변명거리를 찾았다.

"아, 그게, 굉장하지? 최신 AI를 탑재한 의자형 로봇……인데?"

아니다, 아무래도 이건 아닌가? 말하면서 점점 말끝이 흐려졌다.

"이름은?"

눈을 반짝이면서 하나가 내게 물었다.

"어? 아, 소, 소타……."

"소타! 와!"

AI라면 자기도 안다는 듯 쌍둥이는 엉금엉금 기어 의자로 다가갔다.

"소타, 내일 날씨는?"

"소타, 음악 틀어줘."

"소타, 끝말잇기 하자."

"소타, 오늘 주가는?"

안녕, Siri! 시리라도 부르듯 속속 요구 사항을 내뱉는 쌍둥이에게 당황해 말했다.

"저기, 소타는 그렇게 똑똑하지 않아."

"스즈메, 무슨 소리야?"

쿵쾅쿵쾅 소타 씨가 내게 다가오자 "또 말했다!"라며 쌍둥이가 소리쳤다. 정신을 차려보니 아이들 방 밖은 완전히 어두웠다. 몇 년 뒤 이 아이들이 크면……, 오늘 이 일을 어떻게 기억할까. 방안을 굴러다니며 노는 의자와 쌍둥이를 바라보며 생각했다. 나 정도의 나이가 되었을 때 이 아이들은 오늘 일을 어떻게 생각할까. 어린 시절의 행복한 망상. 혹은 새삼 설명하기 힘든 기묘한 현상. 어린 시절의 기억은 어느샌가 희미하고 애매한 꿈처럼 변해갈 것이다. 하지만 그것이 어떤 형태이든— 오늘의 이 일이 이 아이들에게 누군가 *넷이서* 놀았던 추억으로 남길 바랐다.

::　　::　　::

이는 한참 뒤에야 안 일인데— 타마키 이모가 나를 쫓아 고베로(결국에는 도쿄까지) 가기로 마음먹은 시점이 마침 내가 쌍둥이를 돌보던 무렵이었다고 한다.

"……가출이요?" 그날 담당 어부의 집을 들렀다가 어협 사무실로 돌아오는 차 안에서 운전석의 미노루 씨가 중얼거렸다. 이틀 전부터 기운이 없는 타마키 이모를 힐끔거리고 격려하듯 일부러 밝은 목소리를 내어 말했다.

"하지만 저도 어릴 때 생각이 나요. 안 그런가요? 그 나이 때는 마을도 부모도 다 지긋지긋하게 느껴지지 않았어요? 그러니까……"

"미노루랑 똑같다는 말은 하지 않았으면 좋겠네."

타마키 이모의 차가운 목소리에 미노루 씨의 말문이 막혔다. 미노루 씨는 아무렇게나 기른 수염이 난 얼굴에 미소를 짓고 "그야 그렇죠……"라며 기어드는 목소리로 사과하듯 말했다. 불쌍하게도 여전히 타마키 이모와 어울리는 법을 모르고 있다. 특히 나와 관련되어 있을 때 이모는 그야말로 지뢰밭이다. 후……. 내던지듯 커다란 한숨을 내쉬는 타마키 이모. 내게 보낸 LINE 메시지는 많은 시간이 지났는데도 읽었다는 표시가 뜨지 않았다. 혼잣말이라면 너무 크고 불평이라면 상대방에 대한 배려가 전혀 없는 태도로 타마키 이모가 말했다.

"……걔, 어디로 가려는 걸까? 무슨 불만이 있냐고 물어도 얼버무리기만 하고……, 오늘 밤 어디서 자는지도 전혀 안 가르쳐 주고."

"저기, 스마트폰 GPS는 보셨어요?"

"응?"

"아니, 젊은 커플들이 종종 이용하는 그거요. 서로의 장소를 알 수 있는 앱 같은 거요."

"그런 거 안 깔았어."

"그러면……." 미노루 씨는 이리저리 생각을 굴렸다. 타마키 이모에 대한 그의 마음은 이모 이외의 사람들은 대체로 다 알고 있다. "아! 계좌는 확인하셨어요? 스즈메의 스마트폰과 연결된 계좌요. ……요즘은 뭐든 스마트폰으로 결제하잖아요."

미노루 씨는 항구 옆 주차장에 차를 넣고 사이드브레이크를 건 뒤 계속 스마트폰을 조작하고 있는 타마키 이모에게 물었다.

"……어때요?"

"걔, 고베에 있네."

하얗게 빛나는 화면을 물끄러미 바라본 채 타마키 이모가 말했다. 화면에는 내가 3일 동안 사용한 돈의 명세서가 표시되어 있었다. 페리 티켓, 자판기에서 산 과자 빵, 에히메 몇 개 역의 티켓 요금, 고베에서의 햄버거. 미노루 씨의 괜한 한마디 덕분에 내 행동 이력이 그대로 드러난 것이다.

"고베요! 그거 참, 정말 멀리 있네요……."

"더는 혼자 둘 수 없어."

타마키 이모가 결심한 듯 읊조렸다. 항구의 푸르스름한 가로등 불빛을 받은 그 단정한 옆얼굴을 보고, 미노루 씨는 고백이라도 하는 듯한 기분으로(소용없는 일이지만) 과감하게 입을 열었다.

"아, 저, 타마키 씨! 달리 뭐든 제가 할 수 있는 일이라면……."

"미노루."

"네!"

"나, 내일부터 잠시 회사를 쉴 거야. 바쁜 시기에 미안한데 내 일 좀 2, 3일 봐줘."

"아니……. 그러면 저도 같이 쉴까……"

"왜?" 드디어 타마키 이모는 스마트폰에서 눈길을 떼고 미노루 씨를 노려봤다.

"그러면 의미가 없지. 미노루는 출근해야 해."

"그렇죠……." 미노루 씨는 풀 죽어 말했다. 내 입장에서 봤을 때 이때의 미노루 씨는 공회전만 하는 주제에 나를 방해하는 한심한 아저씨인데(그런 미인이 나를 노려보니 소름이 끼칠 정도로 무서웠다고 아주 좋아하며 말했다. 이 아저씨, 상태가 좀 심각하다), 그래도 어떤 순간에도 이모의 행복을 빌어준다는 점에서 아무래도 응원해주고 싶어지는 사람이다.

::　　::　　::

"스즈메. 잠깐 와 볼래?"

루미 씨가 큰 소리로 불러 아래층으로 내려가니 뒷마당의 좁은 부엌에서 나를 기다리고 있었다. 새빨간 드레스 차림에 머리를 올려 목덜미를 드러내고, 하얀 피부에 살짝 꽃이 핀 듯한 화장을 하고 속눈썹을 최대한 올리고 입술에는 반짝거리는 짙은 색 립글로스를 잔뜩 바르고 있었다.

"와! 루미 씨, 정말 아름다워요!"

저도 모르게 입을 벌리고 넋을 놓고 말았다.

"호호. 다른 사람 같지?" 루미 씨는 환하게 웃고 위를 가리키며 "애들, 잘 있어?"라고 물었다.

"네. 신나게 놀고 지금은 곯아떨어졌어요."

쌍둥이는 양쪽에서 소타 씨를 꼭 붙들고 아이 방에서 쿨쿨 잠들어 있다.

"그러면 스즈메. 나 좀 도와줄래?"

루미 씨는 이렇게 바쁠 때는 거의 없었다고 중얼거리고 커튼 너머로 돌아갔다. 서둘러 그 뒤를 쫓았다.

"으악!"

10평 정도 되는 가게 안은 손님들로 꽉 차 있었다. 카운터에는 초로의 아저씨 단체 손님이 담소를 나누고 있고 두 개의 테이블 자리에서는 퇴근길 남녀가 시끌벅적 건배 중이고 가게 중앙의 소파 자리에서는 넥타이를 편안히 푼 아저씨들이 벌건 얼굴로 노래방 기계 앞에서 노래를 열창 중이었다. 천장에서 미러볼이 반짝이는 스낵의 광경이었다. 루미 씨는 상점가 구석에 있는 이 가게의 주인 마담이었다.

"어? 마담, 이 애가 도우미?"

"그래, 맞아."

"제가요?!"

루미 씨는 무책임하게 말하고 다른 손님에게 성큼성큼 가버렸다. 길고 검은 머리에 굵은 웨이브를 넣고 파란 드레스를 입은 언니가 혼자 카운터에 남아 영 불안하다는 눈빛으로 나를 바라봤다. 나는 당연히 화장도 하지 않았고, 치카에게 받은 치마바지에 색 바랜 면 재킷— 이라는 십 대 평균 여자애의 휴일 옷차림이었다.

"……너, 손님 앞에는 안 나가도 돼."

"……네."

그런 말을 듣기는 했으나 이제까지 아르바이트 한번 해본 적 없는 내게 이후 눈이 돌아갈 정도로 바쁜 일들이 펼쳐졌다. 계속 나가고 들어오는 손님들을 맞을 점원이 루미 씨와 검은 머리 언니, 그리고 나뿐이었다. 금방 부족해지는 잔과 그릇을 필사적으로 설거지하고, 기본 안주인 참치 조림과 진미채를 정신없이 그릇에 담고, 물수건 데우는 기계에서 꺼낸 수건이 너무 뜨거워 화상을 입을 뻔하기도 하고 와인잔을 가져오라는 말을 들어도 어떤 잔인지 구별하지 못해 반쯤 울상이 되어 뒷마당과 카운터 사이의 3미터를 쉴 새 없이 오갔다. 마치 느닷없이 세탁기 속에 던져져 빙글빙글 도는 것만 같았다. 그동안 수많은 손님이 수많은 노래를 불렀는데 죄다 모르는 노래였다. 아마도 다 쇼와 시대[10] 가요인 듯 바라보는 눈길의 레이저 빔으로 밤하늘에 사랑의 그림을 그려……라는 노래를 들었을 때는 '무슨 사랑이라고?!'라며 놀랐고, 이런 촌구석이라느니, 도쿄에 가자, 도쿄에 가서 소를 키우자……라는 노래에 이르러서는 '도대체 무슨 소리야?!'라며 고개를 갸웃했고, 과음은 당신 탓이라는 가사를 듣고는 그건 좀 조심성이 너무 없는 것 아닌가 싶었다. 애당초 스낵이라는 장소가 어떤 곳인지도 잘 몰랐다. 하지만 루미 씨의 가게에 드나들며 힘껏 목청을 높이는 손님들은 모두 진심 즐거운 듯 보였다.

"뭐야? 왜 이렇게 어린 아가씨가 있어?"

카운터 구석에서 열심히 물수건을 접고 있는데 표범 무늬 블라우스를 입은 아줌마가 내게 말을 걸었다.

"아줌마랑 같이 한잔하자!"

10 1925~89년, 여기서는 70~80년대

"그보다 아저씨랑 듀엣 한 곡 안 할래?"

스킨헤드 아저씨가 갑자기 끼어들자 당신, 아직도 어린애에게 그러냐는 잔소리가 쏟아졌다. 그건 아니라고 실실 웃는 아저씨와 아줌마는 뒤로도 쭉 부부 만담처럼 떠들었다. 이건 좀 아닌 것 같았지만 뭐라고 할지 몰라 대답을 망설이고 있는데 홀에서 검은 머리의 언니가 한 손에 잔을 들고 호쾌하게 걸어와 "어머, 좋아라. 잘 먹을게요"라며 잔을 짠, 부딪혔다.

"이런! 미키 씨, 이거 너무 맘대로잖아. 도통 못 이기겠어."

"뭐, 미키 씨랑 마시는 것도 괜찮지."

"괜찮다니 무슨 소리예요? 병을 주문할까 보다."

이 가게의 유일한 아르바이트 종업원인 미키 씨는 그렇게 말하고 웃으며 내게 윙크했다. 시간이 조금 지나서야 그게 나를 도와준 것이라는 사실을 깨달았다. 어른들의 완곡한 사교 예절 같은 게 내게도 조금씩 보이기 시작했다. 취해 노래하고 큰 소리로 근심을 털어내고 무신경한 척하며 누군가가 누군가를 배려하고……, 아! 왠지 여기, 굉장히 좋은 곳 같다는 생각을 가만히 했다.

"……아이고, 나리!"

갑자기 안쪽 소파 자리에서 박수가 터져 나왔다. 잘 먹겠습니다! 좋아하는 남녀의 목소리가 날아든다. 자연스럽게 눈길을 던졌는데 어?! 내 눈을 의심했다.

"나리는 통도 커!" "역시 나리야. 잘 먹겠습니다!"

시끌벅적 흥이 오른 자리의 중심에 턱 앉아 있는 것은— 다름 아닌 그 다이진, 하얀 새끼 고양이었다. 선배 나리는 안 드십니까? 사장 나리는 역시 인심이 좋으십니다! 저마다 고양이에게 말을 걸고 있다. 말도 안 돼. 절로 소리 내어 말하고 말았다.

"아, 저기요, 잠깐만요." 카운터에 앉아 있는 미키 씨에게 다가가 귓속말했다. "미키 씨, 저 자리에⋯⋯." 고양이가 있다고 말하려 했다.

"응?" 미키 씨는 고개를 돌려 내 눈길 끝을 바라봤다. "있지, 처음 보는 사람인데 말이야."

"사⋯⋯, 사람?"

절로 말을 따라 했다. 미키 씨는 웃으며 말했다.

"아주 조용한 사람인데도 단골과 금방 친해졌다니까. 옷도 잘 입고 고상하기도 하고."

"아니⋯⋯, 그러니까 저게. 잠깐만⋯⋯. 고양이처럼 안 보이세요?"

조심스럽게 이야기를 꺼내 봤다. 다이진은 소파 자리 중심에서 너무나도 고양이처럼 한쪽 발을 올리고 사타구니를 핥고 있었다.

"고양이? 그래?" 미키 씨는 살짝 뺨을 붉히며 반한 듯한 표정으로 말했다. "시큰둥한 얼굴인데 너무 멋지지 않니!"

말도 안 돼! 아무리 봐도 저 고양이, 사타구니를 핥고 있는데!

"……아!"

다이진은 고개를 들다가 나와 눈을 마주쳤다. 피차 순간 몸을 굳혔다. 그때 딸랑 벨이 울리며 스낵 문이 열리자 다이진이 튕기듯 자리에서 일어났다. 루미 씨가 노래하듯 어서 오시라고 목소리를 높일 때 새로 온 손님과 스치듯 하얀 고양이는 문밖으로 뛰어나갔다.

"아, 저, 죄송해요. 저 잠깐!"

"응? 스즈메?"

죄송해요! 소리치면서 나도 가게 밖으로 뛰쳐나왔다. 가게 앞에 서서 어두컴컴한 상점가를 둘러봤다. 어두운 골목길 하나를 하얀 실루엣이 촐랑촐랑 잰걸음으로 멀어지고 있다.

"소타 씨!"

스낵 2층을 올려다보며 소리쳤다.

"다이진이!"

아이 방 창문으로 소타 씨가 황급히 고개를 내밀었다. 나는 다이진을 놓치지 않으려고 소타 씨를 기다리지 않고 골목으로 달려들었다. 인적이 없고 가로등도 꺼진 낡은 아케이드 거리는 왠지 이국적이어서 문득 낯선 꿈속을 뛰고 있는 기분에 사로잡혔다. 하얗고 조그만 실루엣이 모퉁이를 돌 때마다 보였다 사라지기를 반복했다. 이윽고 아케이드 지붕을 빠져나가 밤하늘 아래 탁 트인 도로로 나왔다.

"……너, 무슨 생각이야?!"

몇 미터 앞 아스팔트에서 다이진은 한 바퀴 구르더니 느긋하게 털을 고르고 있었다. 의도를 알 수 없어 거리를 둔 채 노려봤다.

"스즈메."

어쩐지 즐겁게 들리는 어린 목소리로 고양이가 나를 올려다보며 말했다.

"잘 지내?"

"뭐?"

다이진은 한번 만져보라는 듯 몸을 휙 굴려 배를 드러내더니 그대로 기분 좋게 또 회전해 이번에는 엎드려 앞발을 들어 하늘을 가리켰다.

"보라고!"

"응?"

고개를 들었다. ― 이미 알고 있었잖아. 마음이 또 말했다. 달콤하고 그을린 듯한 이 향기. 조금 전부터 발밑을 통해 전해오고 있었다. 땅속이 일제히 움직이는 듯한 소란스럽고 불쾌한 감촉.

"미미즈……!"

낮은 처마의 주택가 너머, 그리 멀지 않아 보이는 산등성이에서 검붉게 빛나는 미미즈가 일어나기 시작하고 있었다. 밤하늘을 배경으로 미미즈는 이전보다 훨씬 불길하게 번쩍이고 있다. ……그때 목재가 아스팔트를 차는 우당탕 소리가 뒤에서 들려 왔다.

"……다이진!"

소타 씨는 소리치면서 전속력으로 달리는 개와 같은 실루엣으로 달려왔다. 다이진은 말없이 도망치기 시작해 미미즈 쪽으로 달려갔다.

"스즈메. 가야 해!"

"응!"

소타 씨의 말이 끝나기도 전에 내 몸도 달리기 시작했다.

들 어 갈 수 없 는 문 , 가 면 안 되 는 곳

조용한 주택가는 서서히 언덕길이 되더니 곧 산등성이를 따라 좌우로 구불거리는 길이 되었다. 우리는 나란히 달렸다. 여러 대의 차와 지나쳤고 지나가는 사람 몇은 놀란 눈길을 던졌으나 미미즈에게서 시선을 떼지 않았다. 어느새 다이진의 모습은 사라지고 없었으나 어차피 목적지는 같다. 한시라도 빨리 미미즈의 근본으로 가야 한다. 양옆에 늘어선 집들이 드문드문 끊어지기 시작할 무렵, 검은 나무 너머에 관람차 실루엣이 크게 보이기 시작했다. 미미즈는 그곳에서 솟아오르고 있었다.

"그 유원지에……!"

아치형 입구 앞에는 잡초가 얽힌 바리케이드가 있었다. 옆 간판에 「폐원 알림」 「40년간 감사했습니다」라는 적힌 글이 있었는데 어둠 속에서도 또렷하게 보였다. 소타 씨는 바리케이드 밑을 통과했고 나는 허들 선수처럼 뛰어넘었다. 마치 거인들이 웅크린 채 잠들어 있는 듯 유원지 내부에는 다양한 형태의 놀이기구가 검은 실루엣으로 늘어서 있었다. 그것들의 밑에는 풀이 우거져 있고 지면의 아스팔트는 여기저기 벗겨지고 갈라져 있었다. 그리고 말없이 잠들어 있는 놀이기구들 너머에서 새빨간 분류가 하늘을 향해 솟구치고 있었다.

"……관람차가!"

회전목마까지 달려와 겨우 무릎을 대고 숨을 헐떡이며 소리쳤다. 소타 씨가 경악한 목소리로 말을 이었다.

"뒷문이 되었어……!"

눈앞의 거대한 관람차, 그 가장 아래에 달린 곤돌라 문에서 미미즈의 탁류가 뿜어져 나오고 있었다. 아무도 없는 심야의 유원지 터에서, 곤돌라의 작은 문만이 엄청난 강풍에 휘날리듯 고독하게 덜컹덜컹 심하게 흔들리고 있었다.

"앗! 소타 씨, 저것 좀 봐요!"

관람차 정상에 새 같은 그림자가 앉아 있었다. 그것은······.

"······다이진!"

잔뜩 목소리를 낮춰 소타 씨가 말했다. 다이진은 솟아오르는 미미즈의 격류를 커다랗게 뜬 눈동자로 황홀하게 바라보고 있다.

"스즈메." 소타 씨가 고양이에게서 눈을 떼지 않고 말했다. "나는 다이진을 잡아 요석으로 돌려놓을게. 그동안 너는······."

"알았어요!" 목에 걸고 있던 열쇠를 티셔츠에서 꺼냈다. 에히메에서의 문단속 이후 문 닫는 자의 열쇠는 계속 내가 가지고 있었다. 그때도 해냈어. 그러니 이번에도.

"곤돌라 문을 닫고 열쇠로 잠가. 해보는 거야!"

우리는 마주 보고 힘차게 고개를 끄덕인 뒤 따로 신호하지 않았는데도 동시에 뛰기 시작했다. 할 수 있어. 우리는 할 수 있어. 그런 느낌이 내 폐에 계속 공기를 보냈다. 내 발은 더 세게 땅을 박차고 달렸다.

"앗!"

다이진이 우리를 발견하고 다시 도망치기 시작했다. 관람차 꼭대기에서 도움닫기를 해 점프하고······, 낙하한 곳은 제트코스터의 구불대는 레일의 실루엣이었다.

"스즈메, 문을 부탁해!"

"응!"

나란히 달리던 소타 씨는 방향을 바꿔 제트코스터 쪽으로 향했다. 나 혼자 관람차로 달려가 곤돌라 승차장의 짧은 철제 계단을 뛰어 올라갔다. 요동치는 듯한 빛의 탁류가 눈앞의 녹슨 곤돌라에서 분출하고 있다. 두 팔을 앞으로 뻗어 문으로 돌진했다. 쿵! 얇은 철문 너머로 으스스한 감촉이 그대로 전해져 온몸에 소름이 돋았다. 그래도 이를 악물고 필사적으로 문을 밀었다. 문은 단숨에 수십 센티미터쯤 닫히나 싶더니 갑자기 바위처럼 단단해지기도 하고, 변덕을 부리듯 강렬한 힘으로 다시 열리기도 했다. 심술 궂은 누군가가, 혹은 전혀 생각이란 게 없는 근육이 문 너머에 있는 듯하다. 검붉게 빛나는 탁류가 주위 전부를 탁한 노을빛으로 물들이고 있다. 신발 밑에서는 마치 지면 자체가 부글부글 끓은 듯한 진동이 전해졌다. ……그렇지만, 나는 할 수 있어. 우리는 할 수 있어. 온통 머릿속으로 그 생각만 하며 문을 밀었다.

::   ::   ::

그 무렵 소타 씨는 고양이를 쫓아 제트코스터 레일을 달리고 있었다. 그저께보다, 어제보다 지금이 훨씬 힘차게 달리고 있음을 소타 씨는 너무나 분명하게 깨달았다.

"움직여. 몸이 움직여!"

그는 저도 모르게 중얼거렸다. 자신의 마음이, 영혼이, 온몸의 신경이, 이 네모나고 작은 의자의 몸에 완벽하게 적응했음을 깨달았다. 이는 불길한 징조일지 모르겠으나 지금의 소타 씨에게는 오히려 잘된 일이었다. 인간의 몸무게로는 불가능한 장소를 짐승처럼 달리고 있다. 중력이 훨씬 가벼워진 듯해 소타 씨는 마음 놓고 급경사의 레일을 달려 올라갔다. 지상이 쑥쑥 멀어지고 보름달을 똑바로 볼 수 있는 곳까지 오르자 멀리 아래 레일에서 이쪽을 올려다보며 도망치는 하얀 고양이가 있었다.

"다이진! 오늘이야말로 내 원래 모습을……"

울부짖듯 소리쳤다. 잡았다! 이미 몸으로 알았다.

"되찾겠어!"

소타 씨는 기울어진 레일을 힘차게 차고 공중으로 날아올랐다. 천천히 회전하며 낙하하는 의자가 고양이에 육박한다. 고양이의 동그랗고 노란 눈이 다가오고 그 눈동자에 비친 자기 몸을 본 직후 소타 씨는 다이진과 세게 부딪혔다. 낙하 속도를 그대로 유지한 채 둘은 지상에 설치된 변전 설비와 충돌했다. 낙엽 섞인 먼지가 일어나고, 충격으로 갑자기 변전기 램프가

켜졌다. 낮은 신음 같은 소리가 나더니 배전판이 저압 전류를
유원지에 흘려보내기 시작했다.

::　　::　　::

삐!

머리 위 스피커에서 갑자기 부저가 울렸다. 너무 놀라 관람
차를 올려다봤다. 그때 갑자기 주위 조명이 켜지더니 관람차
전체에 형형색색의 불이 켜졌다. 이어서 끼익끼익, 거대한 금
속이 마찰하는 소리가 울리고…… 곤돌라가 움직이기 시작
했다.

"어?!"

관람차가 천천히 돌기 시작했다. 내 눈앞의 곤돌라도 미미
즈를 계속 토해내며 움직였다. 문을 밀면서 곤돌라와 함께 앞
으로 나아가는 상황에 빠졌다. 점차 속도가 올라가 종종걸음
을 치게 되었고 당연히 곤돌라는 천천히 올라가기 시작했다.
문에서 떨어지면 안 된다는 생각에 몸이 먼저 움직여 문에 붙
은 바를 오른손으로 잡았다.

"어!"

몸이 따라 올라갔다. 문을 닫아야 한다는 마음과 이대로 가
면 큰일이라는 망설임이 오가는 찰나 내 발끝이 땅에서 떨어

졌다.

"거짓말!"

흠칫 몸을 움츠렸다. 성큼성큼 땅이 멀어져 황급히 양손으로 바를 잡았다. 탁류의 분출로 덜컹덜컹 흔들리는 문에 매달린 상태가 되고 말았다. 안돼, 뛰어내리기에는 너무 높아. 필사적으로 몸을 당겨 곤돌라에서 튀어나온 좁은 받침대에 오른발을 올리고 왼발도 간신히 같은 곳에 올려놓았다. 내 뺨 바로 옆에서 미미즈가 격렬하게 분출되고 있다. 타닥타닥 불꽃놀이처럼 불티가 튀는 데도 온도나 감촉은 없었다. 왼손으로 곤돌라의 측면을 잡고 오른손은 문을 지지대 삼아 곤돌라의 반을 껴안은 듯한 자세로 간신히 일어났다. 눈앞에 금이 간 창문이 있었다.

"……!"

좁고 어두운 곤돌라 내부에 언뜻 반짝이는 무언가가 있다. 눈을 응시한다. 그것은— 별이었다. 곤돌라 안에 밤하늘이 있다.

문득 누군가가 빛의 양을 조절하는 다이얼을 확 돌린 듯 별들의 반짝임이 늘어나기 시작했다. 내가 잘 아는 풍경이다. 초원에 별이 가득한 그 하늘이다. 자주 봐 익숙해진 감정이 잔물결처럼 내 가슴에 가득 찼다. 슬픈데 푸근하다. 모르는 장소인데 낯익다. 있어서는 안 되는 곳인데 한없이 있고 싶다.

"엄마……?"

초원 저 끝에 누군가가 서 있다. 바람에 흩날리는 하얀 원피스. 부드러워 보이는 긴 검은 머리카락. 그리고 그 너머에 웅크린 아이 실루엣. 나구나. 어린 내가 엄마와 마주해 있다. 맞다. 별이 뜬 하늘의 초원에서 우리는 만났다. 불현듯 깨닫는다. 지금은 그 꿈의 연속이다. 아무리 원해도 볼 수 없었던 저 깊은 기억 속에 묻혀 있던 풍경이다. 엄마가 손에 뭔가를 들고 있다. 나를 향해 내민다. 저게 뭐지? 눈에 초점을 맞춘다. 너무 멀어 잘 보이지 않는다. 조금만 더, 조금만 더 가까이. 문 안쪽으로 몸을 들이민다. 미미즈의 탁류 속에 몸을 넣는다. 어떤 온도도 눈부심도 저항도 없다. 그것은 그저, 투명하고 무게가 없는 흙탕물이다. 머리를 기울여 곤돌라의 작은 문을 통과한다. 오른발을 바닥에 댄다……, 그러자 깊고 부드러운 초원이다. 조금 전보다 훨씬 가깝게 엄마와 아이인 내 모습이 보인다.

"……"

뒤에서 누군가의 목소리가 들린 듯하다. 하지만 내 눈길은 엄마와 어린 나에게 빨려 들어간다. 한 걸음 앞으로 나아간다. 뭐지? 엄마가 내게 건네려는 것은? 저게 뭐지? 한 걸음 더. 저것은…….

의자다. 다리가 세 개밖에 없다. 직접 만든 조그만 어린이용 의자다. ……의자? 내 마음이, 툭, 무엇엔가 닿는다. 뭔가 기억나려 한다.

"……"

누구지? 아까부터 뒤에서 나를 부르는 목소리는? 의자. 저 의자는…….

"스즈메!"

퍼뜩 눈을 부릅떴다.

"앗!"

나는 조그만 창으로 몸을 내밀고 있었다. 눈앞에 산과 밤하늘, 아래에는 아주 멀어진 시커먼 아스팔트. 낙하할 것 같은 공포에 반사적으로 몸을 뺐다. 찬물을 뒤집어쓴 듯 갑자기 생각났다. 상승하는 곤돌라 안에 있는 것이다. 이미 초원도 사라지고 둘의 모습도 없다.

"스즈메, 이리 와!"

그 목소리에 돌아봤다. 곤돌라의 작은 출구에서 미미즈의 탁류가 밖으로 뿜어져 나가고 있다. 그 흙탕물 사이로 소타 씨가 필사적으로 앞다리를 이쪽으로 뻗고 있다.

"소타 씨!"

구르듯 곤돌라의 바닥에 무릎을 대고 오른손으로 소타 씨의 다리를 잡는다. 강력한 힘으로 소타 씨는 나를 미미즈가 분출하는 곤돌라에서 끌어내 주었다. 관람차 프레임에 손발이 닿았다. 그곳은 이미 회전하는 관람차 정상에 가까웠다. 고베의 야경을 훤히 볼 수 있을 만큼의 높이에 우리는 서 있었다.

"스즈메. 문을!"

"응!"

가는 철골을 받침대 삼아 덜컹덜컹 흔들리는 문 바깥으로 돌아가 다시 그것을 밀기 시작했다. 발밑에서 문을 누르는 소타 씨의 힘은 전보다 훨씬 강했다. 곤돌라의 문이 빠르게 닫혔다. 좁아지는 출구로 미미즈의 탁류가 가늘게 흘러나왔다.

"……아뢰옵기도 송구한 히미즈의 신이시여."

소타 씨가 암송하기 시작한 축사에 이끌리듯 나는 눈을 감았다. 예전에 이곳에 있었을 환호성에 귀를 기울인다. 저곳이 문을 열었을 때는 정말 사람 많았어……. 루미 씨의 목소리가 갑자기 되살아났다. 틀림없이 주말마다 주변 도로는 혼잡했을 것이고 고카트에, 회전목마에 사람들이 줄을 섰으리라. 상상한다. 관람차의 높이에, 제트코스터의 움직임에, 바이킹의 가속도에 모두 놀라서 떠들고 비명을 지르고 깔깔대고 웃는다. 와, 높아, 진짜 높아! 저기, 커피 컵도 일단 타보자! 애야, 뛰면 위험해! 첫 데이트에서 유원지라니, 우리 참 한심하다.

"머나먼 선조의 고향 땅이여. 오래도록 배령받은 산과 하천이여. 경외하고, 경외하오며……."

내 가슴에 달린 열쇠가 파랗게 빛나기 시작했음을 열로 알 수 있었다. 감은 눈꺼풀 안에 드디어 오래전 유원지의 모습이 보였다. 사람들이 환하게 웃고 있고 발밑의 아스팔트는 선명한 파스텔 색깔로 칠해져 있고 반짝반짝 빛나는 놀이기구들에는 녹슨 데가 하나도 없다. 소녀가 놓친 노란 풍선이 푸른 하늘을 조용히 가르며 하늘로 올라간다. 앗, 가버렸어. 하지만 그렇게 말하며 하늘을 올려다보는 소녀의 얼굴에, 아쉬움은 조금도 없다.

"……지금이야!"

소타 씨는 향수에 젖은 내 생각을 찢듯 날카롭게 말했다.

나는 "돌려드립니다……!"라고 소리치면서 빛의 열쇠 구멍에 열쇠를 꽂았다.

철커덕— 문이 잠기는 느낌이 온 직후 하늘을 뒤덮은 적동색 꽃이 탁 터졌다. 마치 무거운 마개가 갑자기 빠진 듯 공기가 단숨에 가벼워지더니 조금 후 밤인데도 무지개색으로 빛나는 비가 한바탕 폐허를 쓸고 지나갔다. 이윽고 힘을 다한 듯 유원지 안의 조명이 모두 꺼져, 주변은 다시 조용한 밤으로 돌아왔다.

쿵! 갑자기 발밑 철골에서 온몸을 울리는 저음이 났다.

"아, 악!"

순간적으로 곤돌라에 매달렸다. 아래를 본다. 지면은 아주 멀고 어둠에 녹아 있어 빨려들어 갈 것만 같다. 무릎이 덜덜 떨린다. 쿠궁, 발밑이 또 삐걱댔다.

"안으로 들어가자." 소타 씨의 차분한 목소리에 나는 방금 닫은 문을 다시 열고 완전히 정적을 찾은 곤돌라 안으로 서둘러 들어갔다. 문을 닫자 귓가에 울리던 바람 소리가 훨씬 약해졌다.

"……정말 무서웠다."

스위치가 꺼진 듯 다리에서 힘이 빠져 곤돌라 바닥에 털썩 주저앉았다. 우리는 *관람차 정상에 서 있었던 것이다.* 새삼스레 온몸이 떨리기 시작하더니 눈가에 눈물이 맺혔다. 후…… 하, 한심한 숨이 절로 흘러나왔다. 갑자기 아주 우습다는 듯 소타 씨가 웃음을 터뜨렸다.

"하하하! 스즈메, 굉장했어……. 그리고 고마워."

::　　::　　::

창밖에는 고베의 가로등 불빛이 가득했다. 다시금 살펴본 곤돌라 내부는 넓지도 좁지도 않았다. 누군가와 친밀하게 지낼 공간을 신중하게 계산한 듯한 크기였다. 우리는 플라스틱 시트에 마주 앉아 천천히 다가오는 지상을 바라봤다. 관람차는 정전이 되더라도 안에 사람이 있으면 그 무게로 인해 천천히 회전해 지상에 내려오도록 설계되어 있다고 소타 씨가 설명해주었다.

다이진은 어떻게 되었냐고 묻자 소타 씨는 또 놓쳤다고 말하고 씁쓸하게 웃었다. 제트코스터에서 함께 떨어진 후 땅바닥에서 다이진을 제압했는데 움직이기 시작한 관람차에 내가 매달리는 것을 발견하고 서둘러 달려왔다고 한다. 미안하다는 내게 그는 네가 사과할 이유는 하나도 없다며 웃고 다음에는 꼭 잡겠다고 자신만만하게 말했다.

"스즈메……." 불어오는 밤바람에 슬쩍 목소리를 실어 소타 씨가 조용히 말했다.

"응?"

"아까 뒷문 안에서 뭘 봤어……?"

"아……."

꿈에서 깬 뒤처럼 기억이 급속히 옅어지고 있음을 깨달았다.

"아주 눈부신 밤하늘과 초원……."

"그거 저세상인데?" 소타 씨가 놀란 목소리로 말했다.

"응?"

"네게는 저세상이 보이는구나……."

"저세상?"

"이 세상의 이면. 미미즈가 사는 곳. 모든 시간이 동시에 존재하는 곳."

모든 시간이, 동시에 존재하는 곳. 순간 머릿속 저 아주 깊은 곳에서 뭔가가 딱 잡히는 듯한 감각이 들었다. 하지만 그곳은 손이 전혀 닿지 않을 만큼 깊었다.

"……볼 수는 있는데 들어갈 수가 없어요."

"저세상은 죽은 자가 가는 곳이라고 해."

소타 씨는 그렇게 말하고 창밖을 봤다. 나도 그의 눈길을 좇았다. 새카만 바다 바로 앞에 별을 가득 뿌린 듯한 밤 거리가 펼쳐져 있다. 한층 밝은 공장지대가 있고 빛의 탑 같은 빌딩가가 있고 서로 기대어 있는 듯한 주택가가 있다. 손을 뻗으면 저마다의 빛의 입자를 손에 담을 수 있을 듯 아주 가깝게 보였다.

"현세를 사는 우리는 들어갈 수 없는 곳, 가면 안 되는 곳이야. 그러니까 안 가길 잘했어. 당연히 들어가서는 안 되지."

소타 씨는 어쩐지 조금 서글프게 들리는 목소리로 거리를 바라보며 말했다.

"우리는 이곳에서 살아야 하니까……."

거대한 금속이 삐걱대는 소리를 내며 관람차는 천천히 회전했고 야경은 아래로 조금씩 내려가 가까이 다가온 검은 나무들 뒤로 숨더니 나뭇잎 틈으로만 이따금 반짝였다. 그 빛의 마지막 입자가 사라질 때까지 우리는 가만히 창밖을 바라봤다.

뭐라고 변명해야 좋을까. 아니면 다시 돌아가지 않는 게 좋을까. 이대로 안 가버리면 너무 제멋대로 구는 게 아닐까. 수없이 고민하고 또 고민하다가 스마트폰 시계를 확인해 심야 2시라는 사실을 알고는 한숨짓고, 그래도 다시 숨을 들이켜고 스낵 문을 열었다. 딸랑, 도어벨이 경쾌한 소리를 냈다.

"아! 불량소녀 돌아왔다."

미키 씨가 잔을 닦다가 벨 소리에 고개를 들고 씁쓸하게 웃으며 말했다. 가게 안은 어두컴컴하게 조명이 낮춰져 있고 손님은 하나도 없었으나 술 냄새는 살짝 감돌았다. 카운터에 얼굴을 묻고 있던 루미 씨가 천천히 고개를 들어 이쪽을 바라봤다.

"……스즈메!"

루미 씨는 자리에서 일어나 내게 달려왔다. 나는 소타 씨를 든 손을 반사적으로 등 뒤로 돌렸다. 피로에 찌든 루미 씨의 표정을 보니 가슴이 너무 아팠다.

"도대체 어디 갔었어!"

"죄송해요. 저……."

"갑자기 사라지더니 이렇게 늦게까지 오지 않아서 얼마나 걱정했는지 알아?"

"그만 해요." 내게 달려들 기세의 루미 씨를 카운터 안의 미키 씨가 말리며 말했다. "무사히 왔으니까 됐잖아요."

"그리고 말이야, 가출은 나도 많이 해봤어."

그랬구나. 그렇게 생각하는데 뱃속에서 꼬르륵 소리가 울렸다.

"앗!"

서둘러 손으로 배를 눌렀다. 절로 얼굴이 붉어졌다. 루미 씨는 어쩔 수 없다는 듯 한숨을 내쉬고 쓸쓸하게 웃으며 내 얼굴을 봤다.

"……일단 뭐 좀 먹을까?"

그리하여 우리 셋은 좁은 부엌에 서서 뭘 먹을지 후보를 대기 시작했다. 이 시간에 라면은 살이 찐다, 야키소바도 위험하다, 녹찻물에 말은 밥은 죄책감은 적으나 뭔가 부족하다, 역시 채소 요리여야 하지 않을까, 아니, 아니다. 아무리 생각해도 지금 우리가 원하는 것은 탄수화물이 아닌가……라는 협의 끝에 채소를 가득 넣은 볶음 우동을 만들기로 했다. 그렇다면 달걀구이도 올려야지, 나는 붉은 생강 절임을 잔뜩 올릴 거야, 스즈메는? 질문을 받고 우리 집은 감자샐러드를 넣어 먹는다고 했더니 둘은 순간 할 말을 잃었으나, 조금 뒤 아니야, 의외로 어울리지 않을까? 하지만 칼로리 장난 아니지 않나? 그러니까 지금 우리가 원하는 음식은 결국……이라는 협의 끝에 채소가 잔뜩 들어가고 감자샐러드와 함께 달걀구이를 올린 볶음 우동을 정식 메뉴로 택했다. 루미 씨가 프라이팬에 참기름을 두르고 예열하는 동안 내가 채소를 자르고 미키 씨는 랩에 말아둔 우동을 레인지로 가볍게 데웠다. 그리고 채소를 볶는 루미 씨 옆에서 내가 동시에 우동을 삶고 미키 씨가 가게에 만들어 둔 감자샐러드를 커다란 스푼으로 퍼 우동에 올리면 내가 긴 젓가락으로 섞었다. 우리는 가정 수업의 정예 요원들처럼 척척 요리를 함께 만들면서 끊임없이 재잘거리고 계속 웃었다.

"잘 먹겠습니다!"

가게 중앙의 소파 자리에 앉아 우리는 볶음 우동을 먹었다. 아, 맛있다! 루미 씨가 소리를 높이자 나는 어쩐지 칭찬을 받은 듯 조금 들떴다. 이거, 틀림없이 맥주와 잘 어울릴 거야! 미키 씨의 말에 루미 씨가 냉장고에서 캔 맥주를 꺼내 왔고 내게는 진저에일을 건넸다. 수고했습니다! 서로의 캔을 부딪쳤다. 차가운 탄산 방울이 볶음 우동의 농후한 맛을 매끄럽게 위로 흘려보내 한없이 먹고 마실 수 있을 것만 같았다. 볶음 우동을 다 먹어 치운 우리는 가게에 있던 카라무초 칩과 진미채와 카망베르 치즈를 테이블에 늘어놓았다. 학교 축제 뒤풀이 같았다. 루미 씨가 3학년, 미키 씨가 2학년, 내가 신입생. 루미 씨와 미키 씨의 화려한 드레스는 축제 의상처럼 보였다. 노란 간접 조명을 받은 어두컴컴한 가게 안은 장식해 놓은 방과 후의 교실

같았다.

문득 돌아보니 교실 한쪽 구석에 고고하게 자리 잡은 꽃미남 선배처럼 어린이용 의자가 벽 쪽에 다소곳이 있었다. 소파에서 일어나 소타 씨에게 몸을 기울이고 속삭였다.

"저기요. 소타 씨도 같이 놀아요."

"응?" 소타 씨가 조그맣게 대답했다. 대답을 기다리지 않고 의자를 들었다. "어? 이봐, 너, 잠깐만!"이라는 속삭임을 무시하고 테이블 옆에 쿵 의자를 놓고 그 위에 앉았다.

"……!"

소타 씨가 숨을 삼켰다. 체중을 실었는데도 다리가 세 개뿐인 의자는 꿈쩍도 하지 않았다. "이런, 이런……." 그가 조그맣게 한숨을 토하는 소리가 등 뒤로 들렸다.

"어머, 그게 뭐야?"

"아이, 귀여워라. 어린이용 의자야?"

"뭐야? 갑자기."

"아…… 고베의 추억으로 삼을까 싶어서요."

내 솔직한 대답에 둘은 무슨 소리래, 도무지 무슨 소린지 모르겠다며 키득키득 웃었다. 마지막으로 다 같이 기념사진을 찍고 어제오늘 완전히 익숙해진 뒷정리 기술을 발휘해 설거지를 싹 해버리고 자, 내일부터는 또 학교야, 라는 듯한 자연스러움으로 그 밤은 해산했다.

"······이상한 애라고 생각하지 않았을까?"

조금 전까지 파티를 벌였던 소파에 누웠을 때 머리맡의 소타 씨가 웃으면서 말했다. 나는 루미 씨의 집에서 샤워하고 담요까지 빌려와 티셔츠 차림으로 잠자리에 들려던 참이었다.

"아, 의자에 앉은 거요?"

"갑자기 사라졌다가 한밤에 다시 나타났잖아."

"그런가?"

루미 씨도 미키 씨도······그리고 치카도, 누군가의 이상한 부분에 전혀 신경 쓰지 않는 대범함이 있다. 다른 사람에게는 자신과는 다른 세계가 존재함을 온전히 알고 있다. 고향을 떠난 지 고작 이틀밖에 지나지 않았는데 내 세계는 전보다 훨씬 다채로워졌다.

"저기요. 소타 씨는 계속 이렇게 여행을 다녔어요?" 그렇다면 너무 부럽겠다고 생각하며 물었다.

"계속 그렇지는 않아. 도쿄에 아파트가 있어."

"네?"

"대학을 졸업하면 교사가 될 생각이야."

"잉?" 너무 놀라 소타 씨의 얼굴을 바라봤다. "아니! 대학생이었어요?!"

"응. 맞아."

"어, 취직도 해요?! 그러면 토지시는?"

직업이 방랑자 아니었어?! 포커페이스를 유지하며 지극히 평범한 생활을 얘기하는 어린이용 의자 탓에 내 머리는 지독하게 혼란스러워졌다. 소타 씨는 웃음을 머금은 채 말했다.

"토지시는 대대로 이어져 온 우리 집 가업이야. 앞으로도 계속 해야 해. 하지만 그것만 해서는 먹고살 수 없어."

"……그렇구나."

그렇지. 나는 생각한다. 먹고살아야지. 생활해야 한다. 들어보니 맞는 말이다. 문을 닫고 다닌다고 해서 누가 돈을 주지는 않는다. 하지만……. 나는 생각했다.

"……하지만 아주 중요한 일인데."

"중요한 일은 다른 사람에게 보이지 않는 게 더 좋아."

소름이, 빠르게 등을 훑고 지나갔다. 그렇게 생각한 적도, 그런 생각을 들어본 적도 없다. 중요한 일일수록 당연히 많은 사람의 주목을 받고 많은 돈을 받아야 한다고 생각했다. 소타 씨는 내 눈을 들여다보며 위로하듯 다정하게 말했다.

"괜찮아. 얼른 원래 모습으로 돌아가 교사도, 토지시도 다 할 거야."

온화한 그 목소리에 안심하고 그만 잠에 빠지고 말았는데……, 그 짧은 시간 동안에 내 머리는 그 관람차를 떠올리고 있었다. 그 정상은, 우리가 서 있던 그곳은 우리 이외에는 아무도 갈 수 없는 곳이었다. 그 정상에, 그 꼭대기의 하늘에, 우리는 다른 누구도 보지 못하는 비밀스러운 표시 같은 것을 살그머니 그려놓은 것이다. 그것이 너무나도, 너무나도, 온몸이 조용히 떨릴 만큼 자랑스러웠다. 나는 그 감각을 소중히 어루만지며 잠들었다.

:: :: ::

내가 꿈도 꾸지 않는 깊은 잠에 빠졌을 무렵 소타 씨는 꿈을 꾸고 있었다. 그것은 누구와도 공유할 수 없는, 소타 씨 본인조차 잠에서 깨면 기억하지 못할, 무엇과도 이어지지 않을 고독한 꿈이었다.

소타 씨는 다리가 세 개인 어린이용 의자에 앉아 있다. 앉은 채 자신이 내뱉은 말을 반추하고 있다. 얼른 원래 모습으로 돌아가 교사도 토지시도 다 할 거야.

……하지만. 소타 씨는 생각한다. 하지만 나는 벌써. 어쩌면 이미.

그렇게 생각하자마자 몸이 갑자기 무거워졌다. 문득 중력이 늘어난 듯했다. 허리가 의자 좌석에 짓눌리더니, 몸의 무게가 한 점에 집중하는 순간 폭, 거품이 터지는 듯한 느낌으로 좌석이 사라졌다.

"……!"

떨어진다. 가라앉는다. 놀라 위를 올려다보니 그곳에는 의자에 앉은 자신이 보였다. 피곤한 듯 등을 구부리고 의자에 앉은 채 가만히 눈을 감고 있다. 껍데기만 남은 듯한 그 모습이 점점 멀어지더니 마침내 녹아버리듯 어둠 속으로 사라진다. 아, 멀어지네, 체념하듯 생각한다. 그는 이미 받아들이고 있다. 바라지는 않았으나 그런 건가 하고 받아들이고 있다. 이윽고 지평선 저 너머에 붉게 타오르는 마을이 나타난다. 마을은 아주 멀리에 있는 데도 응시하자 세부까지 극명하게 보인다. 활활 타오르는 불을 등지고 부서진 전봇대와 겹겹이 쌓인 승용차와 깨진 창에서 흔들리는 커튼과 불타면서 바람에 흩날리는 빨래 같은 것들이 정교한 미니어처처럼 또렷하게 보인다. 보이는데 그 마을도 그냥 시야를 흘러간다. 저기에도 못 가나. 그는 생각한다. 그렇다면 나는 어디로 갈 수 있나. 그것은 어떤 림보[11]일까. 색도 감촉도 없는 투명한 진흙탕 속으로 한없이 떨어지며 소타 씨는 이 세계에서 떨어져 나간다. 그와 세계를 연결하는 소중한 실이 하나 또 하나, 차례대로 끊어진다.

빛이 사라진다.

11 limbo, 경계라는 뜻의 라틴어. 죽은 자들이 가는 변방의 영계

목소리가 사라진다.

몸이 사라진다.

기억이 사라진다.

춥다. 춥다. 춥다. 춥다…….

그리고 마지막 실이 툭 끊어진다.

"……."

그러나 마음은 아직 있다. 그렇다면, 여기가.

그는 눈을 뜬다.

그는 여전히 의자에 앉아 있다. 고개를 드니 눈앞에 낡은 나무문이 있다. 주위를 둘러본다. 그곳은 물가다. 광대한 해변에 하나의 문과 의자에 앉은 자신만 있다. 그리고 바다와 해변의 경계에는 파도가 밀어낸 무수한 뼈가 일렬로 늘어서 있다. 사람의 것인지 물고기의 것인지 모를 뼈들은 마치 그것만 색칠을 잊은 듯 하얗다. 줄 선 새하얀 뼈는 세계를 둘로 나누는 경계선처럼 보인다. 그는 이쪽에 있고 문은 저쪽에 있다.

그는 다시 문을 올려다본다. 문 표면에는 식물을 새긴 목조 장식이 있고 페인트가 너덜너덜 벗겨져 있다. 아주 낯익은 문인 듯한데 그런 감정이 전혀 어떤 기억과 이어지지 않는다. 아무것도 기억나지 않는다. 감정과 기억을 연결하는 끈이, 끊어져 있다.

"……나는."

이어 나갈 말을 찾지 못한 채 그는 중얼거린다. 입김이 하얗다. 저 문 너머에는— 속으로 생각한다. 일어나려 한다. 하지만 하반신이 움직이지 않는다. 자연스레 밑을 본 그는 놀란다. 모래밭을 밟고 있는 맨발이 얼음으로 뒤덮여 있다. 벌레가 우는 듯 잘그락잘그락 작은 소리를 내면서 두꺼운 얼음이 금방 그 범위를 넓혀간다. 얼음이 무릎을 덮고 허벅지를 얼리고 상반신으로 퍼진다. 그를 이 림보에 붙들어 두려는 듯 얼음은 의지를 품고 그의 몸을 뒤덮는다. 그런가? 그는 생각한다. 깊이 숨을 내뱉는다. 숨까지도 반짝반짝 빛나는 얼음 입자가 되어 있다.

"여기가 내가, 올 곳인가……?"

입가에 미소의 형태를 만들며 그는 고개를 떨군다. 얼음으로 뒤덮여 가는 몸은 점점 무거워진다. 그러나 차가운 냉기가 그 무게조차 마비시킨다. 공백과 같은 무감각이 묘하게 달콤하다.

"……"

멀리서 누군가의 목소리가 들려온다. 그러나 퍼져가는 무(無)의 달콤함에 그는 깜빡 잠든다.

"……"

누구지? 갑자기 초조해졌다. 왜 이대로 가게 내버려 두지 않나. 나는 이렇게 잠들기를 택했는데. 드디어 지금이야말로, 모든 게 사라지려는데.

"……소타 씨!"

그 목소리와 함께 눈앞의 문이 열렸고, 그는 너무 눈이 부셔 실눈을 떴다.

::   ::   ::

"……스즈메?"

소타 씨는 잠이 덜 깬 목소리로 말했다. 진짜로? 나는 생각 했다. 정말 일어났어. 치카, 의심해서 미안해. 소타 씨는 끼익, 등판의 눈을 들어서 내 얼굴을 바라봤다.

"좋은 아침."

"……드디어 일어났다."

한숨을 내쉬며 소타 씨를 소파에 놓았다. 스마트폰 화면을 그에게 보여줬다.

"자 보라고요, 다이진! 또 사진 찍혀 올라왔어요!"

소타 씨는 천천히 고개를 숙여 SNS 화면을 물끄러미 바라 봤다.

"……스즈메." 소타 씨는 화면을 응시한 채 조용히 말했다.

"응?"

"방금, 내게 뭐 했어?"

키스하면 일어나. 그 의기양양한 목소리. 역시, 치카!

"……아니 딱히."

자, 다음 목적지가 정해졌으니까 나가야죠. 그렇게 말하고 면 재킷을 입고 어린이용 의자를 가방에 넣었다. 창밖으로 보이는 하늘은 오늘도 아주 화창했다.

4
일
째

Suzume

보이지만 관여할 수 없는 풍경들

"이거, 스즈메에게 줄게."

루미 씨는 그렇게 말하고 쓰고 있던 스포츠 모자를 벗어 내 머리에 씌웠다.

"어머! 더 가출 소녀 같아졌네."

그러고는 키득키득 웃었다. 혼자 떠난 여행이 아니라는 거 다 들켰구나. 새삼스레 얼굴을 붉혔다. 루미 씨가 나를 꼭 안아 줬다. 문득 뜨거운 무언가가 솟구쳐 나도 그녀의 부드러운 어깨에 얼굴을 묻었다.

"루미 씨, 정말 고마웠습니다……."

"그래."

루미 씨의 손이 내 등을 톡톡 다정하게 두드렸다.

"부모님께는 꼭 연락해."

"네……!"

신고베역 앞, 등 뒤로 끊임없이 울리는 신칸센 발착 벨 소리를 들으면서 멀어져 가는 루미 씨의 차가 완전히 사라질 때까지 계속 손을 흔들었다.

큰일 났다, 타마키 이모를 완전히 잊고 있었어!

역 기둥에 쭈그리고 앉아 알림을 꺼놓은 LINE을 서둘러 열었다.

"오, 오십오 건……?"

저도 모르게 소리 내어 말하고 말았다. 55건. 하루 만에 이모에게서 55건의 메시지가 와 있었다. 이거 큰일인데. 읽었다는 표시라도 해야 하나 아니면 계속 씹어야 할까. 이제는 어떻게 해야 할지 도통 모르겠다. 아니야. 무엇보다 이 숫자가 계속 늘어나는 상황을 견딜 수 있을까. 에잇! 내 손가락은 타마키 이모의 아이콘을 터치했다.

"어, 뭐? 데리러 와?! 뭐?!"

"스즈메!" 가방에서 얼굴을 내민 소타 씨가 재촉하듯 말했다. "다음 편이 딱 좋아. 표를 사, 얼른!"

"어? 신칸센을 타고 가요?"

"도쿄에 가려면 그게 제일 빠르지!"

오늘 아침 SNS에 실린 「#다이진과함께」 해시태그로 찍힌 사진은 가미나리몬, 도쿄타워 등등 시골에만 산 나도 단박에 알 수 있는 도쿄 관광지 사진들이었다.

"도쿄까지 신칸센이라니, 저금이 바닥나겠네……."

투덜대면서도 발매기에서 표를 샀다. 조금씩 모아둔 용돈 잔고의 앞자리가 달라졌다.

"나중에 꼭 주셔야 해요, 대학생!" 내가 그렇게 말하자,

"내게 맡겨." 스포츠가방이 웃으며 대답했다.

인생 통틀어 신칸센을 몇 번 안 타본 탓에 루미 씨에게 받은 모자를 깊숙이 쓰고 긴장한 채 자유석 차량 내부를 둘러보다가 벽에 몸을 밀착하듯 창가 빈자리에 앉았다. 신칸센은 조금 믿어지지 않을 정도로 조용하고 매끄럽게 움직이기 시작하더니 점차 속도를 올렸다. 몇 개의 터널을 통과하자 빌딩이 빼곡한 풍경이 순식간에 흘러갔다. 커다란 강을 몇 개 건너니 점차 밭과 논이 이어지는 풍경으로 바뀌었다. 지도 앱을 열어 보니 엄청난 속도로 지도가 왼쪽으로 흘러간다. 내가 조그만 목소리로 그 놀라움을 소타 씨에게 전하자 아이고, 예, 물론이죠, 같은 느낌으로 흘려들었다. 하지만 그 정도 반응으로는 시들해지지 않을 만큼 내 감동은 이상하게 컸다. 아까부터 창밖을 휙휙 흘러가는 풍경에서 한시도 눈을 떼지 못했다.

산이 보이고 바다가 보이고 여러 형태의 빌딩과 주택과 공장과 가게가 있고 인적이 없는 곧게 뻗은 직선의 논두렁길이 있고, 멀리서 천천히 이동하는 경트럭이 있다. 운전석에는 작은 사람 그림자가 보였다. 황록색으로 물결치는 논 옆에는 무

슨 시대극에나 나올 법한 조그만 목조 오두막이 있고, 산 경사면에는 햇빛을 반사하는 묘지가 있고 강가에는 개를 산책시키는 커플이 보였다. 그런 풍경을 바라보면서 저기에 내가 서 있을 일은 평생 없겠다는 생각과 기묘한 놀라움을 품었다. 저 편의점에 들어갈 일도, 저 패밀리레스토랑에서 주문할 일도, 저 창으로 이쪽을 바라볼 일도, 내 인생에서는 거의 확실히 없을 것이다. 내 몸은 너무나 작고 주어진 인생의 시간도 유한해 순식간에 통과하는 이 풍경의 모든 곳에 실제로 내가 설 일은 없을 것이다. 그리고 *거의 모든 사람이 나와 관련될 일 없는 그런 풍경 속에서 나날을 보낼 것이다.* 그것은 내게 놀라움과 쓸쓸함이 뒤섞인, 왠지 감동적인 발견이었다.

그런 생각을 되풀이하다가 어느새 꾸벅꾸벅 졸던 내가 눈을 떴을 때 창은 온통 바다 풍경으로 가득했다. 황급히 지도 앱을 열었다. 이제 곧 가나가와현에 도착하려 하고 있었다. 이제 곧 아타미입니다! 합성음이 천장에서 울렸다.

"소타 씨……!"

거의 우는 목소리로 호소했다.

"혹시 후지산 지나갔어요?"

"아, 그러고 보니……."

"뭐예요! 봤으면 알려줬어야죠!"

미안, 미안! 이번에도 가볍게 넘기는 태도에 너무 화가 나 차에서 판매하는 샌드위치와 커피와 아이스크림을 사서 다 먹어 버렸다. 아, 그렇게 진심으로 후지산이 보고 싶었어? 왜, 그럼 안 돼요? 이런 대화를 나누다 보니 경치는 순식간에 건물로 뒤덮였다. 지평선까지 끝없이 건물이 늘어서 있고 그것이 한없이 이어지는 풍경을 보고 있자니 지금까지와는 명백히 질적으로 차이가 나는, 사회 시간에나 봤던 '수도'라는 글자가 자연스럽게 머리에 떠올랐다. 이곳은 바다나 산맥과 똑같은 존재감과 질량을 지닌 채 인간이 만든 것만으로도 빼곡하게 채워져 있었다.

신칸센을 내린 도쿄역은 습기와 인간의 무리로 가득했다. 거의 질식할 것 같은 기분을 품은 채 스포츠가방의 목소리를 따라 오른쪽으로 왼쪽으로 인파에 떠밀리며 걸었다. 간신히 목적지 플랫폼에 도착해 냉방이 잘 된 전차 자리에 드디어 앉았다 싶었는데 가방이 느닷없이 다음 역에서 내리라고 재촉했다. 오차노미즈라는 이름의 역에 내려 온통 시커멓게 빛나는 디스플레이로 SF 같은 분위기를 자아내는 자판기에서 차가운 물을 사서 플랫폼 끝에 앉아 벌컥벌컥 들이켰다. 겨우 한숨 돌리고 내 어깨에 편안히 매달려 있는 가방을 노려봤다.

"……장기판의 말이 된 기분이라고요!"

"하하하." 소타 씨는 웃으며 말했다.

"다이진을 찾기 전에 가고 싶은 곳이 있어. 스즈메. 잠깐 전화 좀 걸어줄래?"

"네?"

"전화번호는……."

"아, 자, 잠깐만요."

서둘러 스마트폰에 번호를 입력하고 통화 아이콘을 터치해 스마트폰을 의자 등판에 댔다. 벨 소리가 끊어지며 "여보세요"라는 여성 목소리가 들려왔다.

"기누요 씨? 오래간만이에요. 소타예요."

응?

"……네. 저는 잘 지내요. 기누요 씨도 잘 지내시는 것 같아 안심했습니다!"

소타 씨는 아주 친근한 목소리로 말하고 미남이나 낼 법한 목소리로 호방하게 웃었다.

"하하하!"

이게 뭐야?

정원 같은 방

말차처럼 짙은 녹색을 띤 강변을 한참 걸어 커다란 고등학교 옆 언덕길을 올라, 조용한 주택가를 한참 걸으니 목적지인

한 가게가 있었다. 상상했던 것과는 조금 다른, 내 고향에도 있을 법한 고즈넉한 편의점이었다. 주택가 한 모퉁이에 있는 3층짜리 빌딩의 1층으로, 입구 주위에 놓인 화분 몇 개에서는 차도를 방해할 정도로 풀과 꽃이 무성하게 피어 있고, 문 위에 달린 전국 체인점의 파란 로고 마크에는 2층 베란다에서 늘어진 식물이 당당히 뒤덮고 있다. 사소한 부분까지는 전혀 신경 쓰지 않는다는 듯한 대범한 태도가 건물 전체에서 풍겨 나왔다.

자동문을 통과하자 낯익은 방문 벨이 너무나 크게 울렸다. 쓱 훑어봤는데 가게에 손님은 없는 듯했다.

"저, 죄송합니다······." 계산대 안쪽에 웅크리고 앉아 작업 중인 여성 점원의 등에 대고 조심스럽게 말을 걸었다.

"네?"

고개를 든 점원은 또렷한 이목구비를 지녔고 가슴에 '캐럴'이라는 명찰을 달고 있었다.

"아, 저, 저는 이와토라고 하는데요."

"네?"

"저, 조금 전에 전화로······."

"네?"

"아니······."

의아한 눈빛으로 물끄러미 나를 바라봤다. 소타 씨, 이거 어쩌면 좋아요! 내 생각을 텔레파시로 보내면서 등에 멘 가방을 꽉 잡았다. 그렇다고 해서 여기서 대답할 수는 없는 노릇일 테니 일단 물러날까 생각하던 참에 "아! 네!"라며 가게 안쪽에서 목소리가 울렸다.

"아, 네! 당신이 소타 씨 친척인가요? 들었어요."

샌들을 딱딱 울리며 나온 사람은 백발의 버섯 모양 머리를 한 몸집이 조그만 할머니였다. 캐럴 씨와 똑같은 파란색 줄무늬 유니폼 차림으로 가슴에 '오기누'라는 명찰을 달고 있다.

"자, 여기 소타 씨 방 열쇠요. 301호실이랍니다."

그렇게 말하며 내게 열쇠를 건넸다. 그러니까 이 사람이 소타 씨가 말한 집주인이라는 소리다.

"친척?" 캐럴 씨가 집주인에게 묻자, 집주인은 영어처럼 들리는 말로 뭐라고 대답했다. 그 말을 들은 캐럴 씨가 환히 웃으며 나를 봤다.

"그는, 언제 여행에서 돌아와요?"

"아, 죄송해요. 그건 저도 잘 몰라서요."

"빨리 돌아왔으면 좋겠네." 집주인 할머니가 너무 적적하다는 듯 말하자 캐럴 씨가 스위트나 큐트 같은 가끔 알아들을 수 있는 단어를 내뱉었고 "정말 잘 생겼지"라며 집주인 할머니가 황홀한 표정으로 말했다. 참, 인기 많으시네. 등에 멘 가방을 더 꽉 잡았다.

"저, 감사합니다!" 고개 숙여 인사를 건넸다.

"가게를 나가 왼쪽에 계단이 있어요. 편히 지내요."

집주인 할머니는 얼굴 옆에서 살살 손을 흔들며 말했다.

∷　　∷　　∷

열쇠를 사용해 문을 열자 방을 채우고 있던 열기가 확 얼굴에 달려들었다. 뒤이어 학교 도서관 같은 냄새가 나고 그다음 비누와 세제 같은 생활 냄새가 나더니 마지막에는 낯선 외국 마을에서나 날 법한 세련된 냄새가 슬쩍 코를 스쳤다. 어른의 향기로구나.

"들어와."

가방에서 얼굴을 내민 소타 씨가 권해 깊이가 30센티미터 정도밖에 안 되는 좁은 현관에서 신발을 벗고 방으로 들어갔다. 바로 이어진 부엌은 방이라기보다는 넓은 복도라고 해야 할 크기였다. 그 끝에 4평 정도의 어두컴컴한 공간이 있었다.

"와……."

살짝 숨을 흘렸다. 커튼 틈으로 들어오는 바깥의 빛을 통해 어슴푸레 드러난 방은 벽도 바닥도 책으로 뒤덮여 있었다. 다다미에는 두꺼운 고서가 쌓여 있어서 마치 대학 연구실— 실제로 가본 적은 없으나— 같은, 뭔가 전문가를 위한 공간 같았다. 책들 사이에 끼어 쇼와 시대 문호가 사용했을 법한 낮은 책상과 동그란 찻상, 그리고 커다란 책장이 셋이나 있었다. 방 한쪽 구석에 IKEA 스타일의 철제 책상과 그와 비슷한 파이프 침대가 있고 그 주위의 책만은 대학생답게 컬러풀했다.

"덥지? 창문 좀 열래?"

"아. 응."

커튼을 열자 기울기 시작한 오후 햇살이 방을 눈부시게 덧칠했다. 창을 여니 기분 좋은 바람이 들어왔다. 스포츠가방을 바닥에 놓고 모자를 벗어 가방 위에 놓았다. 환해진 방을 둘러보며 어쩐지 조그만 정원 같다고 생각했다. 온통 많은 물건으로 뒤덮여 있는데 이상하게도 지저분한 인상은 없다. 식물처럼 자연스럽고 자유롭게 물건들이 놓여 있다.

"스즈메." 소타 씨가 책장 앞에서 이쪽을 보며 말했다. "조사하고 싶은 게 좀 있어. 이 책장 위에 종이상자가 있지?"

"응."

"꺼내줄래?"

"응."

책장 앞에 서서 손을 뻗었으나 너무 높아 손이 닿지 않았다. 발돋움했으나 소용없었다. — 영차, 소타 씨 위에 올라섰다. 내 아래에서 다리가 세 개인 어린이용 의자가 내 몸무게를 견디려고 황급히 용을 쓰고 있었다. 손이 상자에 닿았다. 꽤 무겁다.

"......"

문득 이 상황이 우스워져 싱글대기 시작했다. 상자를 들고 하나, 둘, 그 자리에서 제자리걸음 했다. 편의점을 나와 내가 "소타 씨, 인기인이네요"라고 하자 "그렇지도 않아"라며 새침하게 대답한 미남의 목소리가 생각났다. 하나, 둘, 하나, 둘. 발밑을 보며 웃으면서 말했다.

"소타 씨. 이렇게 밟아도 괜찮아요?"

"……올라가기 전에 물어!"

발밑에서 의자가 아등바등 몸부림쳤다. 꺄악, 소리를 지르며 실컷 웃었다.

::   ::   ::

종이상자 안도 책으로 가득했다. 소타 씨가 열라고 지시한 책은 『토지시의 비전 초록』이라고 적힌 고서였다. 사진으로만 본 거칠거칠한 전통 종이를 끈으로 묶은 책이었다. 당장이라도 무너져 내릴 듯한 낡은 전통 종이가 찢어지지 않도록 조심스럽게 페이지를 펼쳤다.

펼친 페이지 양쪽 모두에 그림이 잔뜩 그려져 있다. 순간 온몸에 소름이 확 돋았다.

분화하는 그림이었다. 마을과 산은 검은 묵으로, 산에서 뿜어져 나오는 불꽃은 새빨간 물감으로 그려져 있다. 하늘의 거대한 강물처럼 구불구불 일렁이는 붉은색은 내가 봤던 형태를 빼닮아 있다.

"이거……, 미미즈?"

"맞아." 소타 씨가 그림을 보며 대답했다. 자세히 보니 불꽃이 분화구에서가 아니라 산 정상의 도리이에서 뿜어져 나오고 있다. 그렇다면 이게 뒷문인가? 그림 끝에 '덴메이 3년[12]'이라고 내가 읽을 수 있는 글자가 있다. 에도시대? 소타 씨의 지시에 따라 다음 페이지를 넘겼다.

용 그림이었다. 구불거리는 기다란 몸 사이사이로 산과 마을과 호수가 그려져 있어 용과 땅이 하나인 듯한 인상을 받았다.

그 끝과 끝, 머리와 꼬리 각각에 거대한 검처럼 보이는 게 찔려 있다.

"이게 요석이야. 서쪽 기둥과 동쪽 기둥이지."

그렇게 말하면서 의자 다리가 그 두 개를 순서대로 가리켰다.

"아니, 요석이라는 게……."

"맞아. 두 개야."

12　1783년

"아……, 그, 그러면 고양이가 한 마리 더 있다고요?"

"그 형태는 일시적인 현현(顯現)이야."

그가 낮은 목소리로 말했다. 나는 페이지를 한 장 더 넘겼다. 양쪽 페이지에 비석과 그곳에 기도를 바치는 군중이 그려져 있다. 두 비석에는 붉은 문자로 '요석'이라고 적혀 있다. 산에서 수행하는 사람 같은 행색의 몇 사람이 그 돌을 땅에 묻으려 하는 듯했다. 나는 읽지 못하는 흘림체로 그림 사이에 문장이 빼곡하게 적혀 있고 각 요석 옆에는 간신히 읽을 수 있는 글자로 「흑요석수습지~(黑要石收拾之~)」라거나 「인의대변백요석~(寅ノ大白要石~)」이라고 적혀 있다.

"인간을 위협하는 재해나 돌림병은," 소타 씨가 페이지를 보면서 말했다.

"뒷문을 통해 저세상에서 현세로 나와. 그래서 우리 토지시가 뒷문을 닫으러 돌아다녀. 문을 닫아 그 땅 자체를 원래 주인인 우부스나— 토지 신에게 돌려드려 진정시키는 거지. 하지만 어떤 종류의 재앙, 수백 년에 한 번씩 일어나는 거대한 재해는 뒷문만으로는 막을 수 없어. 그럴 때를 대비해 이 나라에는 예로부터 두 개의 요석이 주어졌어."

소타 씨는 이야기를 끝내고 다른 책을 가리켰다. 표지에는 『요석 목록』이라고 적혀 있었다. 마찬가지로 전통 종이로 엮은 책인데 방금 본 책보다 수십 년쯤(어쩌면 수백 년일까) 새것인 듯 보였다. 그 책을 펼쳤다. 낡은 지도 같은 게 그려져 있다. 지형은 녹아내린 돌을 붙인 듯 모호한 형태로, 「후조쿠니의 그림」으로 읽히는 한자가 적혀 있다. 섬 같은 지형 끝과 끝에 커다란 검이 두 개 꽂혀 있다.

"그리고 요석은 시대에 따라 그 장소를 바꿔."

페이지를 넘기니 또 고지도가 나왔다. 하지만 조금 전보다 해안선의 형태가 사실적이고 두 개의 검은 아까와는 조금 다른 곳에 꽂혀 있다.

"이건……."

다시 페이지를 넘겼다. 해상도가 더 좋아진 지도가 나왔는데 상세한 길과 국경도 빼곡하게 그려져 있다. 검은 *도호쿠* 끝과 *비와코* 아래쯤에 꽂혀 있다.

"일본 지도네!" "맞아. 지도의 변화는 일본인의 우주관 변화와 이어져 있어. 사람의 인식이 바뀌면 토지의 형태도 바뀌고 용맥(龍脈)과 재해의 형태도 변해. 그에 따라 요석이 필요한 장소도 바뀌지. 천천히 변화하는 사람과 토지가 상호작용하는 가운데 그 시대마다 정말 필요한 장소에 요석이 모셔진다고. 인간의 눈이 닿지 않는, 사람들에게 잊힌 장소에서, 요석은 수십 년, 수백 년에 걸쳐 그 토지를 달래고 있는 거지."

담담하게 이야기하는 소타 씨의 설명 대부분은 제대로 이해할 수 없었다. 하지만 그의 이야기는 처음 봤던 요석을 떠올리게 했다. 아무도 없는 여름의 폐허, 얼어붙은 듯 차가운 물웅덩이, 그곳에 고독하게 서 있던 석상— . 그때 석상에 손을 대자 흡사 내게 말을 거는 듯한 느낌이 들었다. 그것은 백 년의 사명에 질릴 대로 질린 고양이가 놀이 상대를 발견한 기쁨이 아니었을까. 그런 상상이 왠지 소타 씨의 설명과 함께 가슴에 와닿았다. 마치 내 마음을 읽은 듯 소타 씨가 말했다.

"규슈에 있던 요석은 지금 고양이의 모습으로 도망치고 있잖아?"

"아, 응."

"다른 요석은……."

책상다리의 지시에 따라 페이지를 더 넘겼다. 이번에는 아주 낯익은 현대의 일본 지도로, '메이지 34년[13]'이라고 적혀 있다.

소타 씨가 가리킨 곳을 보니, 간토에 검 모양을 한 비석이 그려져 있다.

"도쿄……?!"

"맞아. 도쿄에 있어. 지금도 미미즈의 머리를 누르고 있지. 내가 알고 싶은 건, 그 구체적인 장소야. 요석은 지금, 도쿄 어디에 있을까? 내 기억으로는 어디에도 적혀 있지 않았고 아무

---

13   1901년

도 가르쳐주지 않았어. 하지만 여기 있는 책 어딘가에 그 기록이 있을지 몰라."

의자의 재촉을 받아 페이지를 계속 넘겼다. 다 넘기면 다른 책을 펼쳤다. 전혀 읽을 수 없는 흘림체를 소타 씨는 척척 훑어봤다. 읽으면서 무겁게 말했다.

"도쿄의 요석이 있는 자리에는 거대한 뒷문도 있대. 백 년 전에 한 번 열려 간토 일대에 커다란 재해를 일으키고 당시 토지시에 의해 닫혔다고 해. 도쿄의 뒷문. 어쩌면……."

목소리가 더 낮아졌다.

"다이진은 그 문을 다시 열려는 것일지 몰라. 우리를 우롱하며 놀고 있다면 앞질러 막아야 해."

창으로 바람과 함께 끊임없이 비행기 소리가 들어왔다. 이렇게 자주 비행기가 뜬다는 사실에 놀랐다. 그 제트엔진 소리 틈틈이 오토바이 소리, 구급차 소리, 이불 터는 소리, 하굣길에 한껏 신이 난 아이들 목소리, 쩔걱쩔걱, 멀리서 전차 지나가는 소리가 났다. 새가 지저귀고, 멀지 않은 곳에서 누군가가 누군가와 수다를 떨고 있다. 누군가가 세탁기를 돌리고 있다. 수만 대의 차가 어울려내는 낮은 소리가 끊이지 않고 계속 울렸다. 방대한 수의 생활이 이곳에 있음을 새삼 깨닫는다. 이 거대한 거리 어딘가에 낡은 석상인지 비석인지가 오롯이 서 있는 모습이 좀처럼 상상되지 않았다. 내가 넘기는 책은 전통 종이를 엮어 만든 책에서 낡은 대학 노트로 바뀌었고 글자는 붓에서 만년필로 바뀌며 필적도 달라졌다. 지금 펼치고 있는 책은 다이쇼 시기[14]의 일기 같다. 가타카나가 섞인 달필은 내게는 여전히 읽기 힘든 글씨였다.

"……틀렸어."

종이상자 속에 있던 책의 모든 페이지를 넘긴 뒤 소타 씨가 한숨을 섞어 말했다.

"일기에 비슷한 기록이 있는데 중요한 부분을 검게 칠해 놨어……."

확실히 펼쳐진 페이지 몇 군데가 검은 묵으로 칠해져 있다. 조금이라도 도움이 될까 싶어 열심히 살펴봤으나 검게 칠해진 부분 앞뒤로 '9월 초하루 토요일 맑음' '이른 아침 당직이 알림' '오전 8시' '해가 나오지 않고 신이 나타남'이라는 뜻의 글자만 읽을 수 있었다. 음…….

"……그렇군!" 내가 말해봤다.

"알겠어?" 소타 씨가 놀라 물었다.

"미안해요. 그냥 말해봤어요."

소타 씨가 씁쓸하게 웃었다.

"……할아버지에게 물어보는 수밖에 없겠네."

14 1912~26년

"네?"

"이 일기는 할아버지의 스승님이 쓰셨어."

"할아버지?"

"응. 나를 키워준 분이야. 근처에 입원해 계셔." 소타 씨는 대답하고 다시 책으로 눈길을 떨구고 조그맣게 말했다. "이런 모습을 보여 실망을 안겨드리고 싶지 않은데……."

그 등은 완전히 피로에 지친 듯 보였다. 할아버지도 토지시가 아니었을까 하고 생각했다. 그러면 처음부터 할아버지를 만나러 갔으면 됐을 텐데. 게다가 할아버지라면 실망하기보다 손자를 걱정하지 않을까. 힘이 되어주지 않을까. 혹시 그렇게 하지 못하는 사정이 따로 있나……. 이런저런 생각에 잠겨 있는데 갑자기 누가 문을 격렬하게 두드렸다. "헉!" 절로 소리가 나오고 말았다.

"어이, 소타. 안에 있어? 있지?"

남자 목소리였다. 얇은 나무문을 탕탕 두드리고 있다. 소타 씨를 봤다. 의자는 특별히 동요의 빛을 보이지 않고 포커페이스를 유지한 채 문을 바라보고 있었다.

"창이 열린 거 봤다고! 소타, 돌아왔어? 어이!"

탕탕.

"세리자와야……. 내 참, 하필 이럴 때." 소타 씨가 졌다는 듯 중얼거렸다.

"네, 누구요?"

"아는 사람. 적당히 둘러대 줄래?"

"제가요?!"

소타 씨는 벽 쪽을 향해 꽈당꽈당 걷기 시작했다. 세리자와라는 남자는 거침없이 문을 계속 두드렸다.

"야, 소타! 문 연다?"

"연다고!"

"연다? 연다니까?"

탕탕. 매달리듯 소타 씨를 봤다. "나쁜 놈은 아니야"라고 말하고는 쿵 하고 벽에 기대고 만다. 탕탕. 아니, 어쩌지?!

— 철커덕. 문이 열렸다.

금발에 가깝게 밝게 물들인 머리에 웨이브를 주고 새빨간 새틴 셔츠를 가슴까지 푼 양아치처럼 보이는 젊은 남성이 문앞에 서 있었다.

"아, 안녕하세요."

나는 그의 바로 앞에서 고개를 꾸벅 숙였다.

"오! 앗!"

세리자와가 놀란 표정으로 나를 봤다. 어떻게든 이 상황을 넘겨야 한다.

"어, 당신 누구야?!"

"아, 여동생입니다!"

"응? 녀석에게 여동생이 있었나?"

"아니, 동생이나 마찬가지인 사이……? 사촌이에요!"

"뭐라고?"

치켜 올라가 차가워 보이는 눈매가 세련된 동그란 안경 속에서 의심스럽다는 듯 가늘어졌다. 이런!

"아, 저, 세리자와 씨 되시죠?"

"응?"

"소타 오빠에게 말씀 많이 들었어요."

안경 속의 날카로운 가시가 확연히 약해졌다.

:: :: ::

"교원 채용 시험이요?"

도무지 믿어지지 않아 금방 들은 말을 그대로 따라 했다.

아니, 교원 채용 시험이라고? 세리자와 씨는 책장 앞에 서서 내게 등을 돌린 채 불만스럽다는 듯한 태도로 이야기를 계속했다.

"응. 어제가 2차 시험이었는데 녀석 오질 않았어. 말도 안 돼."

"어제가 시험일……이라고요?"

벽 쪽에 서 있는 소타 씨를 바라봤다. 그는 어린이용 의자인 척하며 내내 노을을 받으면서 나와는 눈도 마주치지 않고 있다.

"너무 바보 같지 않아? 이러면 4년간의 노력이 완전히 물거품이 된다고."

세리자와가 어이없다는 듯 말했다. 세리자와는 책장에 빼곡하게 꽂힌 참고서를 보고 있었다. 『교원 채용 시험 · 마스터 교직 교양』『교원을 목표로 하는 사람을 위한 책』『도쿄도 기출 문제집』『즐거운 마스터 초등학교 전과』. 색 바랜 고서 사이에서 그것들만 특별한 장소인 듯 선명한 표지를 드러낸 채 꽂혀 있다.

"어제 녀석이 안 와서 걱정하는 바람에 나까지 시험을 망쳤다고."

세리자와 씨는 긴 앞머리를 신경질적으로 쓸어올리고 고개를 돌려 나를 노려봤다.

"너 말이야! 스즈메라고 했나?"

저도 모르게 몸을 움츠리고 말았다. 이 사람, 눈매가 너무 날카롭다.

"소타를 만나면 말이야, 열 받으니까 두 번 다시 내 눈에 띄지 말라고 전해."

"아, 네……."

"아, 하지만 2만……엔 빌려줬지." 세리자와가 갑자기 뭔가 생각난 듯 내게서 눈길을 떼고 조용히 중얼거렸다. 그리고 다시 나를 노려보고 말했다.

"그건 빨리 갚으라고 해."

"네……?"

"가업이 힘들다는 얘기를 듣기는 했는데……."

세리자와 씨는 몸에 착 붙는 검은 청바지에 양손을 찔러넣고 현관으로 돌아가면서 중얼거렸다.

"녀석은 자신을 제대로 돌보질 않아……. 정말 화가 나……. 무슨 일이 있든 연락 정도는 해야지. 완전 애야? 상식이란 게 없어……?"

세리자와 씨는 내게 더는 볼일도 흥미도 없다는 태도로 현관에서 신발을 신었다. 나도 서둘러 현관으로 달려갔다. 그는 앞이 뾰족한 신발을 신고 문을 열더니 혼란스러운 상태 그대로 나를 힐끗 보며 아주 간단히 말했다.

"그럼, 안녕."

문으로 나갔다.

그때였다. 주머니 속의 스마트폰이 갑자기 부저 소리를 냈다.

"으악!"

세리자와 씨가 놀라 걸음을 멈췄다. 그의 스마트폰도 울리고 있다. 무시무시한 불협화음. 청바지에서 꺼내 화면을 본다.

"지진 속보……네. 흔들렸어?"

나는 말없이 신발을 신고 세리자와 씨의 곁을 지나쳐 방을 나왔다. 뒤에서 그가 뭐라고 말했으나 대답할 여유도 없이 공용 복도 난간에서 몸을 내밀고 거리를 살폈다.

"어, 멎었다." 세리자와 씨가 말했다. 스마트폰 경보가 멈춘 것이다.

"……잠깐만, 너 괜찮아?" 그가 내 얼굴을 들여다봤다.

"……가까워."

그에게 대답할 겨를도 없이 혼자 중얼대고 말았다. 생각보다 가까운 곳에 그것이 있었다. 주택과 다용도 빌딩이 늘어선 구역 안쪽, 여기서부터 2, 3백 미터 정도 떨어진 거리에 검붉은 몸통을 꿀렁이고 있다. 빌딩 사이로 천천히 솟아오르는 탁류는 마치 도시 공간에 방출된 거대하고 무의미한 붉은 오브제 같았다. 그것을 둘러싸듯 엄청난 수의 까마귀가 꺅꺅 울어대고 있다.

"어라, 새가 엄청 많네."

내 옆에서 세리자와 씨가 그리 놀랄 일도 아니라는 듯 말했다.

"저거, 간다가와 근처네. 강에 무슨 일 있나?"

이 사람에게는 안 보이는 것이다. 중요한 게 보이지 않는다. 쾅당, 의자 다리가 내는 소리가 들렸다.

"가자."

어느새 내 발밑까지 온 소타 씨가 날카롭게 속삭였고 나는 끄덕였다. 의자를 들고 달리기 시작했다.

"어? 이봐, 잠깐만, 얘!"

뒤에서 세리자와 씨가 소리쳤으나 돌아보지 않았다. 아파트 계단을 뛰어 내려가면서 생각했다. 교원 채용 시험? 하지만……

하지만 소타 씨는 한마디도, 내게 알려주지 않았다.

하늘의 마개가 빠지면

"나 몰랐네요. 소타 씨 시험 얘기요!"

노을을 받은 주택가를 달리면서 말했다.

"어제였다면서요…… 뭐죠?!"

"네 탓이 아니야."

"하지만…… 아무래도 내가 요석을 빼는 바람에."

지나치는 학생들이 어린이용 의자를 안고 혼자 소리치는 나를 뚫어져라 봤다.

"괜찮아." 소타 씨가 선언하듯 말했다.

"오늘이야말로 모든 게 끝날 거야. 뒷문을 닫고 고양이를 요석으로 돌려놓으면 오늘이야말로 나는 원래 모습으로 돌아와!"

고등학교 옆 언덕길을 뛰어 내려갔다. 눈앞의 막다른 곳에 넓은 차도가 있고 그 너머로 격렬하게 꿈틀대는 붉은 탁류가 보였다. 언덕을 다 내려가 모퉁이를 돌자 인도가 나왔다. 늘어나기 시작한 귀갓길 사람들을 좌우로 피하면서 힐끔힐끔 미미즈를 노려보며 달렸다. 내 오른쪽, 차가 다니는 4차선 도로를 끼고, 수십 미터 떨어진 거리에 도로와 나란히 붉은 몸통이 꿈틀대고 있다. 차도 너머는 강이 흐르는 움푹 팬 제방으로, 미미즈는 그 제방의 상공을 기어가듯 흘러오고 있다. 수십 마리, 수백 마리나 되는 까마귀가 강 위에서 춤추는 모습을 사람들이 불안한 눈빛으로 지켜보고 있다.

"저기요. 뒷문이 있는 장소가……" 달리면서 말했다.

"아, 이 앞, 간다가와 하류인가!" 내 손안에서 소타 씨가 말했다.

가로수에 막혀 미미즈의 근본은 아직 보이지 않았다. 더 가면 오차노미즈역이다. 귀갓길에 오른 인파가 점점 늘어나고 있다. 피하지 못해 부딪혀 불평을 들었고, 의자를 안은 모습에 의아한 눈길을 받으면서 계속 달렸다. 빨리. 빨리 미미즈의 근본으로. 그곳에는 뒷문이 있을 것이다. 그리고 틀림없이 다이진도…….

문득 위화감을 느꼈다.

어머, 귀여워라. 지나가는 누군가가 말했다.

내 발밑으로 슬쩍 눈길을 던졌다.

와, 고양이! 지나가는 누군가가 말했다. 발밑을 봤다.

"스즈메!"

"……다이진!"

하얀 고양이는 어느새 나와 나란히 달리고 있었다. 나를 올려다보며 어린 목소리로 기뻐하며 말했다.

"놀자!"

"요석!"

소타 씨는 호통치며 내게서 뛰어내려 구르듯 인도를 달리기 시작했다. 다이진도 도망치기 시작했다. 밀집한 사람들의 발 사이를 고양이와 의자가 쫓고 쫓기며 달렸다. 어머, 저게 뭐야? 의자?! 길 가던 사람들 속에 수런거림이 퍼지고 모두가 스마트폰을 꺼내 사진과 동영상을 찍었다. 나는 그들과 멀어지지 않으려고 필사적으로 인파를 헤쳤다.

"앗!"

다이진이 차도로 뛰어들고 소타 씨가 그 뒤를 쫓는다. 자동차 경적이 여기저기 울리고 모두가 일제히 누르는 셔터 소리도 울린다. 둘은 교통량이 많은 4차선 도로를 아무런 주저 없이 달린다. 다이진이 중앙선을 넘어 정면에서 달려오는 트럭

밑을 통과하자 소타 씨는 그 옆을 지나친다. 간발의 차이로 다음 차가 둘에게 달려든다. 부딪히기 직전 다이진은 가볍게 보닛 위에 올라탄다. 소타 씨도 차에 올라타 차 지붕을 우당탕퉁탕 소리를 내며 달린다. 다이진은 차에서 크게 점프하고 소타 씨도 뒤를 쫓는다. 둘은 머리 위에 걸린 아치형 다리로 날아들었다.

"소타 씨!"

내가 소리쳤다. 다리 난간 너머로 사라진 둘의 모습이 설핏 보인다. 야, 저거 봤어? 고양이와 개야? 의자 아니었어? 흥분한 사람들이 떠드는 가운데 그들을 헤치고 다리 옆에 도착했다. 왼쪽에 있는 계단을 뛰어오르다가 양산 쓴 할머니와 어깨가 부딪치고 말았다. "죄송합니다." 하지만 숨이 너무 차 제대로 말이 되어 나오질 않았다. 속으로 죄송하다는 말을 필사적으로 건네며 계단을 다 올라 다리 위로 나왔다. 그곳에서도 사람들이 스마트폰을 들고 있다. 그 렌즈가 향한 방향을 바라봤다.

차가 다니는 다리 한가운데 소타 씨가 있다. 조그만 하얀 고양이를 좌석으로 꽉 누르고 있다. 둘은 마치 언쟁하는 듯 보였다. 카메라를 댄 사람들이 저게 뭔가 싶어 당황하고 있다. 오가는 차도 놀라 경적을 울리며 도로에 나타난 이상한 물체를 피해 달린다. 나는 그 자리에 멀거니 서 있을 수밖에 없었다.

"어쩌지……."

그때 차 한 대가 속도를 줄이지 않고 둘에게 달려오는 게 보였다. 치이겠어— 그렇게 생각한 직후 의자와 고양이가 튕기듯 그 자리에서 점프했다. 차는 브레이크 소리와 경적을 길게 울리며 멀어졌다. 소타 씨는 차도 너머, 다리 반대편 인도로 뛰어든 상태였다. 나는 순간적으로 달리기 시작했다. ……그때였다.

"앗!"

경적을 울리며 바로 눈앞을 차가 지나갔다. 쿵쾅대는 심장을 안고 좌우를 살피고는 숨을 멈추고 단숨에 차도를 가로질렀다.

"소타 씨!"

드디어 그를 따라잡았다. 다이진의 모습은 주위에 없고 소타 씨는 난간에 선 채 가만히 다리 아래를 내려다보고 있었다. 그 시선을 그대로 쫓았다.

—숨을 멈췄다.

아래에는 간다가와가 흐르고 있고 강 제방에는 전차용 터널이 크게 입을 벌리고 있는데 그곳에서 검붉은 탁류가 분출되고 있었다. 쿨렁쿨렁 불길하게 대기를 흔들면서, 불쾌하면서도 달콤한 향기를 내뿜으면서 옅은 빛을 내는 무수한 실들이 뒤엉킨 듯 미미즈는 전차용 터널에서 뿜어져 나오고 있었다.

"저 안에, 뒷문이 있어요……?"

탁류 속에서 불쑥 전차가 모습을 드러냈다. 은색 차량이 아무 일도 없었다는 듯 터널을 빠져나와 미미즈의 몸을 통과해 다음 터널로 들어갔다. 절망적인 기분으로 중얼거렸다.

"저런 곳을, 어떻게 가……."

미미즈의 몸은 우리가 있는 아치형 다리 밑을 통과해 강의 상류로 뻗어나갔다. 몸을 돌려 그것이 뻗어나가는 끝을 바라봤다.

미미즈의 끝이 고개를 쳐들고 있다.

제방을 따라 쭉 상류까지 뻗은 몸통의 검붉게 빛나는 그 끝이, 보이지 않는 손가락에 잡혀 올라가듯 천천히 하늘로 올라가고 있다. 까마귀 떼도 그것을 쫓아 상승한다. 석양을 배경으로 붉은 한 줄기 탁류가 기묘하고 아름다운 빛을 내고 있다. 녹은 유리에 가늘고 긴 숨을 불어넣은 듯 미미즈는 반짝이면서 하늘을 향해 천천히 뻗어나갔다.

"……어?"

그 상승이 갑자기 멈췄다.

제방 양쪽에 늘어선 고층 빌딩과 비슷한 높이에서 미미즈가 그대로 정지했다. 마치 생각에 잠겨 몸을 굳힌 듯 그 몸통의 표면에서는 탁류가 소리도 없이 천천히 소용돌이치고 있다.

"어…… 멈췄네?"

"……아니야."

소타 씨가 말했다. 그 목소리가 떨리고 있다. 저도 모르게 그를 쳐다봤는데 소타 씨는 발밑을 바라보고 있었다.

"……?"

나도 발밑을 봤다. 그곳은 돌로 단단하게 조합된 길이었다.

"……윽!"

갑자기 발바닥을 쓰다듬는 듯한 느낌이 들어 반사적으로 발을 들었다. 땅울림? 발밑에서 뭔가 커다란 것이……너무 커서 시야에 제대로 담을 수 없는 무언가가 꿈틀대고 있다. 발밑에서부터 천천히 슬금슬금 소름이 돋았다. 식은땀이 났다. 정신을 차리니 새도 매미도 전부 울음을 멈추고 있었다. 기묘한 정적 속에서 메마른 전차 소리만이 이곳과 어울리지 않게 느긋하게 울렸다.

"……틀렸어."

너무나 고통스러운 목소리로 소타 씨가 중얼거렸다. 내가 그를 보려는 순간― .

쿵!

지면이 크게 흔들렸다. 그 힘에 몇 센티미터나 공중에 떴다가 몸의 균형을 잃고 땅에 털썩 주저앉았다. 다리에 늘어선 가로등이 커다란 금속음을 내며 추처럼 흔들렸다. 바로 주머니 안의 스마트폰에서 엄청난 음량으로 경보가 울리기 시작했다. 무시무시한 불협화음의 부저 소리와 『지진입니다』라고 되풀이하는 합성음. 동시에 여기저기서 사람들의 스마트폰도 울리기 시작했다. 비명과 술렁임이 퍼져갔다. 서둘러 스마트폰을 꺼내 화면을 봤다. 붉은색과 노란색 글자로 「긴급 지진 속보·간토 내륙·강한 흔들림에 대비하시기 바랍니다」라고 표시되어 있었다.

"……!"

몸이 굳었다. 그런데 다음 순간 그 표시가 꺼졌다. 경보도 꺼졌다. 주위의 스마트폰도 조용해지고 사람들의 술렁임도 가라앉았다. 땅도 더는 흔들리지 않았다.

"멈췄어……. 어? 왜 그래요?!"

딱 한 번 수직진동이 있고 미미즈는 멈춘 상태였다. 소타 씨를 봤다. 의자도 창백한 얼굴로 나를 봤다.

"……빠졌어."

"네?"

"두 번째 요석 말이야!"

무슨 소리냐고 물으려 했으나 말문이 막혔다. 터널에서 거품 터지는 듯한 저음이 울려왔다. 흠칫 놀라며 다리 밑을 내려다봤다. 터널에서 나온 미미즈의 근본이 한층 부풀어 있다. 마치 호스 끝을 누군가가 발로 밟은 듯 미미즈의 근본에 거대한 혹이 생겼다. 혹이 부들부들 떨면서 부풀어 올랐다.

"……온몸이 나오고 있어!"

소타 씨가 비통하게 소리친 다음 순간, 혹이 터졌다. 터널에서 엄청난 기세로 탁류가 흘러넘치고 두둥, 땅울림과 함께 미미즈의 꼬리가 터널을 빠져나왔다. 다리 밑에서 거대한 뱀 같은 거센 흐름이 나와 사라지고 강한 바람이 휘몰아치며 내 피부를 때리듯 세차게 두드렸다. 그때 그 성난 탁류 위에 하얀 고양이가 새초롬하게 앉아 있는 모습이 눈에 들어왔다.

"다이진!" 내가 소리치자 소타 씨가 고양이를 바라보며 낮게 말했다.

"……대재앙은 내가 반드시 막을 거야. 스즈메."

"네?"

"갔다 올게."

소타 씨는 쿵 난간에서 발을 내밀더니 갑자기 다리 아래로 몸을 던졌다.

"아니?! 소타 씨!"

비명을 질렀다. 그를 쫓으려고 난간으로 상반신을 내밀었다. 의자는 미미즈의 탁류에 빨려들어 다리 밑을 지나 흘러갔다. 반사적으로 몸을 돌려 미미즈가 가는 방향으로 달리기 시작했다. 차도로 뛰어들었다. 오른쪽 귀에서 자동차 브레이크 소리가 들리고 왼쪽 귀에는 경적이 다가왔으나 개의치 않고 더 빨리 달렸다. 왼쪽 귀 바로 옆에서 급브레이크 소리가 울리고 그 소리는 스치듯 등을 지나쳤다. 다리를 횡단해 인도로 올라가 그대로 난간으로 뛰어올랐다. 주위 사람들이 소란해진다. 다리를 통과한 미미즈의 탁류는 눈앞에서 급커브를 그리며 상승한다. 사람들에게는 다리 난간에 올라 허공을 응시하는 나만 보일 것이다. 하지만 나는…….

"소타 씨, 기다려요!"

소리치면서 다리 밑으로 몸을 던졌다. 사람들이 비명을 질렀다.

"스즈메?!"

상승하는 미미즈와 뒤엉켜 있던 소타 씨가 놀라 다리를 뻗었다. 간신히 그 다리를 붙잡은 순간, 몸의 속도가 단숨에 높아졌다. 미미즈와 함께 내 몸이 하늘로 올라가고 있다. 덜렁덜렁 흔들리는 내 발에서 왼쪽 로퍼가 벗겨지고 만다. 신발이 회전하면서 땅으로 떨어진다. 오른손으로 의자 다리를 잡은 채 왼손으로는 필사적으로 미미즈의 표면에 손가락을 박았다. 미지근한 미립자를 쥔 듯한 감촉이다. 질퍽질퍽 손에서 으깨지는 입자를 필사적으로 움켜쥐었다. 우리 몸은 미미즈에 실린 채 까마귀 떼를 지나쳐 올라간다. 바람의 압력을 거스르며 내 몸은 필사적으로 하늘로 떠오른다.

"너는……."

드디어 소타 씨 옆에 웅크리고 앉을 수 있게 되자 소타 씨가 호통을 쳤다.

"왜 이런 말도 안 되는 짓을 했어!"

"그야 혼자 가 봤자……꺅!"

미립자 형태의 표피가 주르륵 녹듯 손에서 빠졌다.

"스즈메!"

그의 목소리가 머리 위에서 멀어진다. 허공으로 떨어지고 있다. 시야가 빙글빙글 돈다. 채 목소리가 되지 못한 비명을 속으로 질러댔다. 미미즈의 지류 같은 가지가 아래에서 다가오는 게 보여 지나치려는 순간 얼른 손을 뻗었다. 움켜쥔다. 하지만 그것은 옅은 죽처럼 푹 뭉개지고 만다. 몸이 떨어진다. 시야가 빙글빙글 돈다. 지상의 빌딩군이 석양을 반사하며 내 시야를 수없이 스친다.

"스즈메, 바로 구해줄게!"

목소리가 어디선가 내게 다가오고 있다. 하지만 보이지는 않았다.

"그……!"

뭔가가 배에 부딪히는 충격으로 윽 목소리가 끊겼다. 의자였다. 점프한 소타 씨가 내 몸을 누르고 있다.

"윽!"

철퍼덕, 나는 의자를 안은 채 뭔가에 착지해 데굴데굴 몇 번 구른 다음 간신히 멈췄다.

"스즈메! 괜찮아?"

"소타 씨!"

소타 씨를 안은 채 상반신을 일으켰다. 우리는 탄력이 있는 얼음 같은 물체 위에 있었다. 거친 젤리의 흐름 같았던 미미즈의 몸이 이곳에서는 살짝 딱딱해져 있다. 미미즈의 체내에 흐르는 거품 상태의 입자가 얼음 밑의 작은 물고기 떼처럼 투명하게 보였다. 소타 씨가 내 품에서 말했다.

"미미즈의 표면은 불안정해. 서로 떨어지지 않는 게 좋겠어."

"응……!"

우리를 태우고 미미즈의 몸은 상승했다. 올려다보니 그 끝은 저녁 하늘을 향해 거대한 소용돌이를 천천히 그리기 시작했다.

∷   ∷   ∷

보이지 않는 미미즈가 도쿄 상공에 퍼질, 그 무렵.

학교 수업과 회사 업무를 마치고 해방된 기분의 사람들이 해 저무는 거리를 오가고 있었다.

대기는 사람들의 숨결과 목소리로 가득 차고 여기저기 늘어선 가게와 주택에서는 저녁밥 냄새가 감돌고 거리에는 햇빛을 대신해 형형색색의 전등에 불이 들어왔다. 페인트를 겹겹이 칠한 듯이 해가 저물자 사람들의 삶의 그림자도 점점 짙어졌다.

사람들은 알아차리지 못했다.

저물고 있는 붉은 태양 바로 앞에 평소와는 다른 기묘한 흔들림이 있음을.

고층 빌딩의 반들반들한 유리창에, 정체에 걸린 자동차 앞 유리에, 생수를 담은 유리잔 테두리에, 달리기를 즐기는 사람들이 오가는 황궁 앞 해자 수면에— 기묘한 무지개가 아주 옅게 뜬 것을. 옥상에 나란히 앉아 하늘을 물끄러미 바라보는 새들의 눈동자에, 소용돌이치는 거대한 탁류가 비치고 있음을.

사람들은 두근거리는 마음으로 생각하고 있었다.

앞으로 만날 연인과의 시간을. 혼자 즐기는 저녁 식사를. 만나기로 한 친구와 나눌 대화를. 데리러 가면 보게 될 아이의 미소를.

사람들은 거의 잊고 있었다.

조금 전 발생했던 지진을.

소녀가 다리에서 뛰어내린 것처럼 보인 것도.

그 조금 뒤에 느닷없이 하늘에서 떨어진 로퍼 한쪽도.

하지만 새들과— 우리에게는, 보였다.

도쿄 하늘에 퍼진 거대한 붉은 소용돌이가. 하늘 꼭대기에 있던 마개가 툭 빠져 붉은 흙탕물이 회전하며 빨려 들어가는 듯한 모습이. 그 소용돌이는 도무지 사라지지 않았고 시간이 흐를수록 커져만 갔다. 이 도시에 뚜껑을 꼭 덮은 듯 그 소용돌이는 하늘을 온통 뒤덮고 있다.

나는 소타 씨를 안고, 그 소용돌이 위를 달리고 있었다.

::　　::　　::

"미미즈가, 거리를 덮고 있어요!"

저도 모르게 소리치고 말았다. 나는 소타 씨를 안고 미미즈 위를 달리고 있었다. 지금, 미미즈의 표면은 탄력 있는 아스팔트처럼 반투명하게 굳어 있었다. 내 시야 끝에 흐릿한 지평선이 있고 눈 아래로는 무수한 건물이 보인다. 그 모든 것을 덮으려는 듯 미미즈의 지류가 뻗어나간다. 지류는 저마다 복잡한 소용돌이를 그리고 있다. 그것들은 멀리서 보면 붉은 눈처럼 보였다. 발광하는 무수한 붉은 눈이 도쿄를 무표정하게 내려다보고 있다.

"소타 씨, 이게……."

"맞아. 이게 땅에 떨어지면 간토 전체가……."

분노 때문인지, 공포 때문인지 모르겠으나 그의 목소리는 떨렸다.

"이제는 요석을 꽂는 것밖에 방법이 없어. 다이진은

어디……!"

고양이가 어디 있는지도 모른 채 우리는 정신을 차려보니 미미즈의 중심을 향해 달리고 있었다. 똬리를 튼 미미즈의 몸은 거대한 원반 모양이 되어 있고, 지금 그 중심은 부풀어 올라 붉은 언덕이 되어 있다. 땅속을 지나는 어린 물고기 같은 기포들도 그 언덕을 향해 빨려 올라오듯 흐르고 있다. 석양이 뒤로 숨어 붉은 언덕의 윤곽은 황혼의 하늘에서 옅은 빛을 내고 있다. 악몽 속에 있는 듯 불길하면서도 아름다운 풍경 속을 달리고 있었다.

"스즈메!"

갑자기, 어린아이의 목소리가 들려왔다.

그 자리에서 멈춰 목소리가 난 방향을 올려다봤다. 가느다란 나뭇가지 같은 분홍색 촉수가 언덕 주위에 여러 개 뻗어 나와 있고 그 가지 하나 위에 다이진이 얌전히 앉아 있다. 바람에 나부껴 가지째 살랑살랑 흔들리고 있다. 감정이 없는 노란색 눈동자로 나를 내려다보고 있다.

"미미즈가 쓰러져 지진이 일어날 거야."

아이 같은 쨍한 목소리에는 기뻐하는 듯한 감정의 울림이 있다.

"다이진!" "요석!"

우리는 동시에 외쳤다. 소타 씨가 내 손에서 뛰어내려 달리기 시작했다. ……그런데 끼익 뒤틀리는 소리가 나더니 의자의 움직임이 갑자기 멈췄다. 쾅당, 소타 씨가 옆으로 쓰러지고 말았다.

"소타 씨? 왜 그래요?" 의자를 들고 들여다봤다. 후후후, 웃음처럼 들리는 소리가 머리 위에서 울렸다. 올려다보니 노란 눈동자가 더 커져 있다.

"지금부터 많은, 사람이 죽어."

"……뭐!"

나는 소타 씨를 안은 채 가지 밑까지 달려가며 고양이에게 소리쳤다.

"왜 그러는데?! 너, 이제 좀 요석으로 돌아가!"

"그건 무리야." 그런 것도 모르냐고 나무라는 듯한 목소리로 고양이가 말했다.

"다이진은 이제 요석이 아니야."

"뭐라고?"

다이진이 가지에서 살포시 뛰어내려 의자 좌석에 소리도 없이 착지했다. 소타 씨는 얼굴을 가까이 대고 내게만 들릴 만한 목소리로 짧게 속삭였다.

"이 녀석!"

한쪽 손으로 다이진의 목덜미를 잡으려 했으나 고양이는 훌쩍 의자에서 뛰어내렸다. 다시 몸을 숙여 잡으려 했으나 휙 빠져 나갔다. 다이진은 나를 놀리듯 내 주위를 빙글빙글 돌면서 절대 손에 잡히지 않았다. 이래서는 안 되겠어.

"소타 씨, 어쩌죠……!"

숨을 헐떡이면서 손에 든 의자에 물었다. 대답이 없다.

"소타 씨?"

"……스즈메. 미안해."

소타 씨가 느릿느릿 대답했다.

"네?"

"미안해……."

소타 씨가 같은 말을 반복했다. *왜 사과하지?* 소타 씨는 이상하게도 아주 느리게 말했다.

"드디어 알았어……. 지금까지 전혀 몰랐어……. 알아차리지 못했어……."

"응? 자, 잠깐만요!"

차갑다. 소타 씨를 든 내 손가락 끝이, 차갑다.

"지금은……."

소타 씨가 차가워지고 있다. 의자 표면에 서리가 살짝 끼기 시작했다.

"지금은…… 내가 요석이야."

"뭐라고요……?"

의자를 덮은 서리가 점점 두꺼워진다. 얼음이 되어 간다. 소타 씨의 목소리는 온도를 잃고 평탄해졌다.

"의자로 변했을 때…… 요석의 역할도…… 내게 옮겨진 거야."

아, 그런 거야? 감정보다 먼저 내 머리가 그의 말을 이해했다. 하지만 내 감정은 무너졌다. 혼란스러워졌다. 소타 씨의 얼굴이, 의자의 등판이, 얼음에 묻힌다. 하, 길게 숨을 내뱉듯 그가 말했다.

"아……, 이제 끝인가……? 이렇게…….."

"소타 씨?"

얼어붙어 간다. 가벼웠던 어린이용 의자가 돌처럼 무거워졌다.

"하지만…… 나는…….."

얼어붙는 의자 안에서 우물거리는 목소리가 들려왔다.

"나는…… 너를 만나"

목소리가 끊겼다. 그 순간 품에 안은 그것은 의자가 아니었다.

더는 소타 씨가 아니다. 손가락 끝으로 그 사실을 깨닫는다. 몸으로 깨닫는다. 그러나 마음은 이해를 거부했다.

"소타 씨!"

나는 소리쳤다. 싫어. 진심으로 생각한다. 의자였던 것은 완전히 얼음으로 뒤덮여 짧고 뾰족한 검의 형태로 변했다. 싫어.

이런 거 싫어. 수없이 소리쳤다.

"소타 씨, 소타 씨, 소타 씨, 소타 씨……!"

"이미 그거, 소타가 아니야."

다이진이 발랄한 걸음걸이로 이쪽을 향해 걸어왔다.

"다이진, 너……!"

고양이를 노려봤다. 시야가 흐려지고 흔들렸다. 나는 울고 있었다. 양쪽 눈에서 눈물이 하염없이 흘러나왔다. 그런 내 얼굴을 보며 천진난만한 아이의 목소리가 말했다.

"요석, 미미즈에 안 꽂아?"

"그런 일을……."

"그러면 말이야." 내 눈앞에 다이진이 톡 앉았다. "미미즈가 떨어지는데? 지진이 일어나는데?"

그 말을 듣고 깨달았다.

"……떨어지기 시작했어?!"

미미즈의 몸이 이제 충분히 무거워졌다는 듯 천천히 지상을 향해 떨어지고 있었다. 구름이 천천히 위쪽으로 흘러가고 몸이 살짝 떠오르는 듯 느껴졌다.

"소타 씨!"

양손에 힘을 주고 의자였던 것을 향해 절규했다.

"소타 씨, 부탁이니까 제발 일어나요. 소타 씨!"

"아이 정말……." 어쩔 수 없다는 듯한 목소리로 다이진이 나섰다. 톡톡 앞발로 내 허벅지를 두드렸다.

"그거, 소타가 아니라고."

나는 더는 참지 못하고 한 손을 휘둘러 고양이 때리려 했으나 고양이는 가볍게 피했다.

낙하 속도가 빨라졌다. 몸의 부유감이 늘어났다. 머리카락이 흩날린다. 지상이 점점 가까워지고 있다.

"소타 씨!" 목청이 터지게 소리쳤다. "이봐요! 나 보고 어쩌라고요?! 소타 씨, 소타 씨!"

"사람이, 잔뜩 죽어."

느긋하게 엎드린 자세를 취한 다이진이 노란 눈동자를 부릅떴다.

"이제 곧이야!"

감정이 없던 그 눈동자에 지금은 흥분으로 가득한 고양감이 있었다.

다 싫어. 이제 이런 거, 다 싫어. 나는 생각했다.

내게는 보인다. 상상할 수 있다. 가능한 것이다. 어느샌가 하늘은 이미 어둡고 별이 반짝반짝 빛나기 시작했다. 지상의 사람들은 저마다 목적지를 향해 역을 걷고 교차점을 걷고 전차를 타고 있다. 누군가와 저녁을 먹는다. 편의점에서 뭔가를 산다. 누군가에게 메시지를 보낸다. 잔뜩 신이 나 반 친구들과 거리를 걷고 있다. 세상에서 제일 좋아하는 엄마와 손을 잡고 집으로 돌아가고 있다. 여름이 끝나가는 계절의 공기를, 세상을 짓누를 악취와는 *아직* 무관한 상쾌한 밤공기를 가슴 가득 들이켜고 있다.

내게는 보인다.

그들의 머리 위에는 새빨갛게 익어 왕관처럼 펼쳐진 거대한 과육이 말없이 떠 있다. 그것이 떨어진다. 당장이라도 닿을 듯 육박하고 있다. 숨쉬기가 힘들어졌다. 아까부터 온몸의 떨림이 멈추질 않았다. 싫어. 다 싫어. 이런 거.

"다 싫어……"

목소리가 나왔다. 마음이 엉망진창이다. 눈을 꼭 감았는데 고장난 수도꼭지처럼 눈물이 줄줄 흘렀다. 양손으로 받치고 있는 요석을 높이 들어 올린다. 눈을 뜬다. 흐릿한 시야 속에서 그것을 본다. 그것은 이미, 그가 아니다. 앞이 뾰족한, 그것은 얼음의 창이었다. 천천히 눈을 감고 그것을 높이 쳐든다.

"으아아아아악!"

몸에 남은 모든 힘을 다해 요석을 미미즈에 꽂았다.

::   ::   ::

똬리의 중심을, 새파란 섬광이 관통했다.

다음 순간— 간토 전부를 뒤덮을 정도의 크기였던 미미즈의 몸이 한 점으로 압축되더니 지면에 빨려 들어가며 사라졌다. 남은 자리에는 하늘에 빨려 올라간 수증기만이 남았는데 그것도 다음 순간 팡 터져버렸다. 터진 수증기는 오로라처럼 하늘에 파문을 그리며 수십 초 동안 도쿄의 밤하늘에 밝고 선명하게 깔렸다. 무지개색으로 반짝이는 이슬비가 도쿄의 모든 지붕을 깨끗이 씻어내렸다. 사람들은 놀라 요란을 떨며 일제히 사진을 찍고 찍은 사진을 공유했다. 불가사의한 밤의 무지개는 사람들의 마음을 한동안 즐겁게 했다.

한편 그 시간, 밤하늘에서 떨어지고 있는 소녀의 모습을 알아차린 사람은 한 명도 없었다. 정신을 잃고 축 늘어진 그 몸은 천천히 회전하며 바람을 가르며 떨어졌다. 그 바로 옆에 마찬가지로 새끼 고양이 한 마리가 떨어지고 있었다. 고양이는 떨어지면서 소녀의 몸에 발톱을 세워 그 몸에 달라붙더니 소녀의 머리를 보호하려는 듯 작은 몸을 안았다. 고층 빌딩 높이를 지나쳐 드디어 지표와 가까워졌을 때 새끼 고양이의 몸이 돌연 부풀었다. 사람보다 더 큰 짐승이 되어 소녀를 꼭 안고 있다.

다음 순간, 어두운 수면에 물이 높이 튀었다. 그곳은 빌딩으로 둘러싸여 있으면서도 도쿄 중심에 덩그러니 남겨진 오래되고 큰 해자였다. 커다란 물소리가 돌담에 울려 잠들어 있던 물새가 놀라 날아오르고 수면에 크게 파도가 일었다. 마침내 파도가 가라앉자, ─ 아무도 이 일을 알아차리지 못한 채 밤의 정적이 다시 주위를 감쌌다.

탁탁.

불규칙한 리듬처럼 마음을 간지럽히는 소리가 울린다.

탁탁, 탁. 탁탁.

이 소리가 뭐였더라.

엄마가 아침을 준비하는 소리? 술래잡기할 때 "여기 있나요?"라며 하는 노크 소리? 엄마가 듣기를 바라며 내가 너스 스테이션을 두드리는 소리? 바닷바람에 날아온 작은 돌이 집 창문을 두드리는 소리?

탁탁, 탁.

아니야. 나무망치 소리다. 그렇다면 이것은 그날─ 네 살 생일날이다.

눈을 뜬다.

엄마가 마당에서 나무망치를 두드리고 있다. 우리 집의, 해가 가득한 조그만 정원에서 엄마가 종이상자를 바닥에 깔고 책상다리하고 앉아 뭔가를 만들고 있다. 나무판과 막대기, 대패와 실톱 등이 들어 있는 공구함이 옆에 있다.

"엄마, 아직 멀었어?"

내가 말한다. 혀 짧은 그 목소리는 아직 어려 어리광이 섞여 있다.

"응, 아직이야. 멀었어."

엄마가 노래하듯 대답한다. 엄마의 긴 머리카락을, 황금빛 햇살이 물들이고 있다. 긴 속눈썹에도, 나보다 훨씬 통통한 입술에도, 황금빛이 물방울처럼 놓여 있다.

엄마는 툇마루에 나를 세우고 줄자를 이용해 다리 길이를 잰다. 톱으로 막대기를 몇 개 자른다. 전동 드릴을 이용해 나무 판에 구멍을 뚫는다. 우리 엄마는 요리도 운전도, 목공까지 뭐든 잘한다.

"분홍과 파랑, 노랑, 뭐가 좋아?"

페인트통을 늘어놓고 엄마가 내게 묻는다.

"노랑!"

내가 대답한다. 그때 마침 엄마 뒤에서 노랑나비가 춤을 추고 있었는데 그게 너무 예뻤기 때문이다.

깡, 엄마가 소리를 내며 페인트통을 따자 가슴을 뛰게 하는 냄새가 마당에 퍼진다. 솔에 페인트를 잔뜩 묻혀 사방 30센티미터쯤 되는 크기로 잘라놓은 판 두 장에 색을 칠한다. 반들반들한 노란색은 5월의 햇빛을 반사해 눈부신 빛을 여기저기 흩

뿌린다.

점심으로 둘이 볶음 우동을 먹었다. 오후가 되니 페인트는 다 말라 있었다. 선명한 노란색으로 칠해진 판을 만지니 거칠거칠한 이상한 감촉이 났다. 엄마는 그 판에 몇 개의 막대기를 꽂는다. 탁탁탁. 나무망치가 다시 가슴을 간지럽히는 소리를 울린다.

"엄마, 아직 멀었어?"

조금 지루해져 화단에 작은 돌들을 늘어놓으며 불만스럽게 말한다. 배가 부르니 졸음이 쏟아진다.

"그게…… 말이야."

엄마가 일부러 안달 나게 말한다. 탁탁, 탁탁. 그리고 나를 보며 생긋 웃는다.

"완성! 스즈메, 생일 축하해."

엄마는 노란색 의자를 내게 내민다.

"와!"

너무 기뻐 소리를 지른다. 소리는 지르는데 뭔가 확 와닿질 않는다. 그 의자는 사각형의 등판과 좌석에 나무 막대기가 꽂힌 아주 심플한 형태였다. 어린 나는 좀 더 극적인 뭔가를 기대하고 있었다.

"엄마. 이 애 얼굴이 여기야?"

내가 등판을 가리키며 말한다.

"응? 이건 의자야. 스즈메 전용 의자!"

엄마가 씁쓸하게 웃으며 잠깐만 기다리라고 내게 말한다.

엄마는 의자를 들고 잠시 생각한 뒤 등판에 연필로 두 개의 동그라미를 그린다. 공구함에서 조각칼을 꺼내 등판에 홈을 판다. 다 파낸 뒤 사포로 매끄럽게 다듬고 다시 페인트를 싹 칠한다. 의자 등판이 두 눈이 제대로 달린 얼굴이 된다.

"자! 어때?"

"우와!!"

이번에야말로 진심에서 나오는 환호성을 지른다. 눈동자가 있는 노란 의자는 당장이라도 말을 시작할 듯한 얼굴이다. 나와 친구가 되어줄 것처럼 보인다. 졸음기도 지루함도 순식간에 날아가 버린다.

"스즈메 전용이다!"

의자에 앉는다. 내게 딱 맞는 크기에 전용이라는 말을 또 읊조린다.

"엄마, 고마워!"

의자에 앉은 채 옆에서 허리를 숙이고 있는 엄마에게 달려들듯 안긴다. 우리는 셋이 한 덩어리가 되어 마당에서 구르고 만다. 엄마의 가슴에 안긴 채 자신만만하게 선언한다.

"꼭, 영원히, 평생 소중하게 쓸게!"

"평생?! 와, 엄마가 만든 보람이 있네."

엄마가 웃는다. 나도 기뻐 웃는다. 우리의 웃는 소리도, 그날 정원의 빛도, 해안에서 들려오는 파도 소리도, 이따금 지저귀던 휘파람새의 울음까지 모든 게 또렷하게 여기에 있다. 계속 잊고 있었는데, 다시는 기억하고 싶지 않았는데, 그것들은 내가 생각해도 당황스러울 정도로 선명하게, 지금도 내 안에 있었다.

따뜻하고 진흙처럼 농밀한 깜빡 잠을 안타까워하면서 천천히, 꿈에서 깼다.

::　　::　　::

귓가에서, 낮게 바람이 불고 있다.

졸졸 흐르는 작은 물소리가 바람 소리에 섞여 있다.

번뜩 눈을 떴다.

주위는 캄캄했다. 머리 위쪽 아주 높은 곳에 살짝 푸른 기가 도는 옅은 빛이 있다. 하지만 그 빛은 너무나도 옅어 눈꺼풀 안에 비친 허상처럼도 보인다. 자신이 정말 눈을 뜨고 있는지조차 판단할 수 없어 불안해졌다. 몇 번이나 세게 눈을 깜빡였다.

"……"

이윽고 눈이 어둠에 익숙해졌다. 뿌연 영상에 내 눈이 초점을 맞추기 시작했다. 천장은 4, 5층 건물의 빌딩처럼 높았고 거대한 블록이 조합된 듯 기묘한 요철이 있다. 곳곳에 있는 직선의 틈에서 옅은 빛이 살며시 스며들고 있다. 인공 시설치고는 질서가 없고 천연 동굴치고는 기하학적인 형태가 너무 많은 거대한 공간에 나는 똑바로 누워있었다. 등에 닿은 돌 표면은 살짝 축축했다.

"여기는……?"

중얼거리며 상반신을 일으키고. 치마바지 주머니에 손을 넣어 스마트폰을 꺼냈다. 옷감 스치는 소리가, 터널 안에 있는 것처럼 크게 울렸다.

"어디지……?"

사이드 스위치를 누르자 액정 화면이 환하게 빛나 절로 눈을 가늘게 뜨고 말았다. 지도 앱을 켰다. 평소보다 조금 더 시간이 걸리더니 지형이 표시되었다. 화면 가득 강의 지형이 있고 현재 위치는 그 한가운데이다.

"강……밑?"

훨씬 넓은 범위를 보려고 손가락으로 지도를 잡고 축소하자……, 홀쩍 화면이 꺼져버렸다. 충전이 안 되어 있다는 붉은 배터리 아이콘이 화면에 나타났다가 그것도 곧 꺼졌다.

"아앗!"

폐에서부터 숨을 토해냈다. 배터리가 완전히 꺼져버렸다. 머리는 여전히 안개가 낀 듯 뿌옇다. 꿈의 잔향이 귓속까지 아직 설핏 남아 있다. 축축한 땅에 앉은 채 천천히 주위를 살폈다.

"아……."

멀리 작은 빛이 있다. 내가 있는 넓은 공간에서부터 몇 개인지 통로가 나 있고 그 하나 안에 옅은 파란색으로 빛나는 빛이 있다.

"소타 씨……?"

나도 모르게 중얼거리면서 다리에 힘을 주고 몸을 일으켰다.

일어날 때의 위화감으로 왼발에 신발이 없음을 깨달았다.

"그런가……?"

빛을 향해 걸으면서 서서히 기억을 떠올렸다. 상승하는 미미즈에서 한쪽 신발을 떨어뜨렸다. 그리고— 의자를— 요석을, 미미즈에 찌른 것. 그 직후 미미즈가 사라지고 하늘에서 떨어졌다. 그리고…….

"……!"

통로를 빠져나온 나는 눈앞의 광경에 숨을 멈췄다.

그곳은 폐허였다. 아주 오래전 시대의 폐허가 지하 공간에 펼쳐져 있었다.

"여기는……."

그 폐허는 모든 것이 나무와 돌로 만들어져 있었다. 지붕은 모두 기와이고 기둥은 모두 나무, 담도 전부 돌을 쌓아 만들었다. 그 폐허의 중앙에 아주 큰 거대한 성문이 덜렁 서 있다. 그 성문만이 무너진 폐허 속에서 유일하게 형태를 유지하고 있다. 성문에는 양쪽으로 열리는 커다란 문이 있고 그 안에 별이 가득한 하늘이 펼쳐져 있다.

"……도쿄의 뒷문?"

순간적으로 달리기 시작했다. 철퍼덕, 발이 물을 밟는 소리가 났다. 성문 주위에는 차가운 물이 살짝 고여 있었다.

"앗!"

너무 놀라 문 앞에 서서 소리를 질렀다. 성문 안에는 반짝반짝 빛나는 저세상의 별밤이 있고 그 아래 새카만 언덕이 실루엣으로 보였다. 그 언덕 정상에 박혀 있는 뭔가가 있었다.

의자였다.

의자 다리가 검은 언덕이 된 미미즈의 몸에 단단히 박혀 있다.

"소타 씨!"

달리기 시작했다. 그 언덕은 아주 멀리 있는 것처럼도, 손이 닿을 만큼 가깝게도 보였다. 원근감이 마구 뒤섞였다. 달린다. 문이 다가온다. 문을 통과해 언덕 기슭에 왔다고 생각한 순간
—.

"어?!"

그곳은 원래 내가 있던 캄캄한 폐허였다. 돌아본다. 통과했

던 성문이 있고 문 안에는 여전히 저세상이 말갛게 펼쳐져 있다. 규슈에서 다이진을 뽑을 때의— 최초의 문과 똑같았다.

"들어갈 수가 없어……."

하지만 보이기는 한다. 이렇게 가까운 곳에 그가 있다. 다시 달리기 시작했다. 하지만 신발을 신은 쪽 발이 걸리는 바람에 물속에 넘어지고 말았다. 차갑고 까칠한 물이 입으로 들어온다. 벌떡 일어났다. 물을 뱉고 오른쪽 신발을 뜯어내듯 벗어 버렸다. 양말만 신은 채 달리기 시작해 문을 통과했다.

"……!"

안 되네. 다시 폐허였다. 돌아보니 소타 씨는 문 안, 검은 언덕의 정상에 있었다.

"……저세상에 있어."

절망적으로 중얼거렸다. 하지만 그렇다고 해도 *그는 저기에 있고 내 눈에 보인다.*

"소타 씨!"

소리친다.

"소타 씨, 소타 씨!"

대답은 없다. 무릎에서 힘이 빠진다.

"소타 씨……, 소타 씨……!"

서 있을 수 없어서 물에 무릎을 꿇는다. 소리치려고 했으나 그냥 숨이 되고 만다.

"소타 씨……."

"스즈메."

갑자기 아이 목소리가 들렸다. 퍼뜩 정신이 들어 소리가 난 쪽을 보니 어둠 속에 노랗게 빛나는 동그란 눈이 있다. 리드미컬한 물소리를 내며 꼬리를 똑바로 치켜든 실루엣이 다가왔다. 무릎을 짚고 일어난 내 허벅지에 이리저리 몸을 비벼댔다. 흑! 비명이 흘러나왔다.

"스즈메. 드디어 단둘이 되었네."

"다이진!"

하얀 털 뭉치에서 도망치듯 벌떡 일어났다.

"너 때문에……." 분노가 치밀어 올랐다. "소타 씨를 돌려줘!"

"그건 무리야."

"왜?!"

감정이 없는 눈동자와 천진난만한 목소리로 고양이가 말했다.

"이제는, 사람이 아니니까."

"……!"

몸을 숙여 양손으로 다이진을 잡았다.

"와!" 기쁜 듯 소리를 높이는 다이진에게 호통을 쳤다.

"소타 씨를 내놓으라고!"

"스즈메. 아파."

응석 부리는 목소리. 고양이를 움켜쥔 손에 힘을 더 준다.

"내놓으라고!"

"아프다고, 스즈메."

"너 정말……!"

새끼 고양이의 부드러운 몸은 너무나 작고 연약하다. 이제 조금만 더 힘을 주면 틀림없이 온몸의 뼈가 우두둑 부러질 것이다. 다이진의 입에서 냥, 냥 하는 가녀린 비명이 흘러나왔다. 어린애의 목소리가 고통스러운 소리를 냈다.

"다이진을 안 좋아해?"

"뭐?"

귀를 의심했다.

"좋아할 리가……."

"좋아하지?"

"진짜 싫어……!"

소리치면서 움켜쥔 양손을 휘둘렀다. 고양이가 또 비명을 질렀다. 뼈를 다 부러뜨려 차가운 물에 내던진다— 는 상상이 순식간에 머리를 스친다. 생생한 감촉이 손으로 전해진다. 잔혹함이 부른 고양감과 죄책감이 내 등을 타고 내달렸다. 세게 움켜쥔 손 안에서 조그만 심장이 필사적으로 뛰고 있다.

"……"

— 이건 아니야. 힘을 뺀다. 불가능해. 들어 올린 팔이 아주 무거워져 툭 떨어졌다. 손가락을 펼쳐 고양이를 놓아줬다. 풍 덩 물소리를 내며 다이진은 내 발밑으로 떨어졌다. 네 발로 서 서 낯빛을 살피는 눈으로 나를 올려다봤다.

"……어디든 가버려."

내가 말했다. 눈 속 깊은 곳이 불쾌감으로 뜨거웠다. 다시 울고 있었다.

"다시는 내게 말 걸지 마……."

"스즈메……."

부르르 다이진은 몸을 떨었다. 갑자기 고양이의 몸이 야위기 시작했다. 포동포동했던 몸은 공기가 빠져버린 듯 앙상해지고 눈도 푹 꺼져 수명을 다한 늙은 고양이처럼 초라해졌다.

"……스즈메는." 고양이가 갈라진 목소리로 말했다. "다이진을 좋아하지 않았어……?"

다이진은 그대로 타박타박 어딘가로 사라졌다. 작은 발소리가 등 뒤에서 멀어졌다.

뒷문 앞에 혼자 남겨졌다.

— 어떻게 해야 하지? 혼자 생각했다.

화가 났다. 불안하고 가슴이 아프고 슬프고 고독했다. 앞으로 어떻게 해야 좋을지 알 수 없었다. *바로 다음에* 뭘 해야 하는지, 전혀 짐작이 가질 않았다. 1분 후, 5분 후, 나는 무엇을 생각하고 어디로 가고 뭘 해야 좋을까. 아무것도 생각나지 않았다. 눈물은 여전히 양쪽 눈에서 멋대로 뚝뚝 떨어지고 있었다. 눈물이 멈출 때까지 그 자리에 그냥 우두커니 서 있었다. 차가운 물에 잠긴 양쪽 발은 이미 아무 감각이 없었다.

:: :: ::

자세히 보니 성의 대문에는 미미즈의 잔재가 여기저기 붙어 있었다. 짓이겨진 미립자 같은 가늘고 긴 줄기가 문 표면에 여러 개 남아 있다. 그것들은 아직 검붉다. 살짝 빛을 내고 있다. 여기서부터 미미즈가 나오고 이 안으로 미미즈는 돌아간 것이다.

닫아야 한다고 생각했다.

두껍고 무거운 나무문을 양손으로 밀었다. 처음에는 꿈쩍도 하지 않았는데 점차 문이 삐걱대는 소리를 내며 천천히 움직이기 시작했다. 그러나 조금만 힘을 늦추면 문은 마치 암벽에 부딪힌 듯 전혀 움직이지 않았다. 움직이게 하려면 온 힘을 다해 밀어야 했다. 두 팔로 문을 밀며 고개를 낮추고 힘껏 온몸으로 계속 밀었다. 몸에서 땀이 분출하고 힘주어 버티고 있는 발바닥에는 피가 배었다. 발밑의 투명한 물이 내 피로 붉게 오염되는 걸 문을 밀며 무심하게 바라봤다. 꼬박 30분 정도의 시간을 들여 간신히 양쪽 문을 닫았다. 발도 팔도 저릿저릿하고 온 몸을 쥐어짠 듯 너무나도 피곤했다. 정신을 놓으면 물속에 쓰러질 것만 같았다.

몇 번 심호흡하고 양쪽 다리에 힘을 주고 목에 건 문 닫는 자의 열쇠를 쥐었다. 그리고 눈을 감고 이 폐허에 예전에 있었을 정경을 떠올렸다.

— 이윽고 손안의 열쇠가 호흡하듯 열을 띠더니 어디선가 속삭이는 소리가 들리기 시작했다. 남녀가 뒤섞인 그 목소리들의 기억은 너무나 멀어 건물 사이를 빠져나온 바람 소리 같다. 그래도 열쇠에서 뻗어 나온 빛은 문의 표면에 연하게 흔들리는 열쇠 구멍을 그리기 시작했다. 세 개의 잎이 동글게 나열된 문양 같은 형태였다. 그곳에 토지시의 열쇠를 꽂았다. 꽂은 채 꼭 구하러 올게요— 라고 다시 한 번 맹세했다.

"돌려드립니다."

그렇게 말하고 열쇠를 돌리자 뭔가가 단단히 잠기는 듯한 감촉이 손에 남았다.

바람의 흐름을 가늠하며 들어온 통로와는 다른 쪽으로 걸었다. 바람의 흐름은 약했으나 일정했고 반대쪽은 완만한 오르막길이었다. 젖은 지면은 곧 마른 바위가 되었다. 내가 있는 지하 동굴은 분명 사람의 손으로 파낸 인공 동굴이었다. 벽에도 천장에도 어떤 공구로 깎아낸 듯한 일정한 직선이 여럿 그어져 있다. 지면과 벽 곳곳에 묵으로 적은 글자 같은 게 흐릿하게 남아 있다. 천장 부근의 좁은 틈으로 옅은 빛이 흘러들어와 주변 풍경을 달빛처럼 살며시 드러내고 있다. 지금 몇 시인지, 아침인지 낮인지 판단이 서질 않았다. 차가운 물에 마비된 발이 지금은 타는 듯 저릿저릿 아팠다. 치카에게 받은 하얀 양말은 어느새 검붉게 말라붙은 피 색깔이 되어 있었다.

계속 걸으니 주위 벽이 조금씩 달라지고 있다는 사실을 깨달았다. 끌의 흔적이 남은 암벽에서 벽돌로 쌓은 벽이 섞여 나오더니 곧 콘크리트 제방이 나타났다. 발소리 울림도 변하고 녹슨 철제 난간이 나타난 후 콘크리트 계단으로 이어졌다.

좁은 터널 속 계단을 올랐다. 계단은 한참 똑바로 이어졌고 이따금 넓은 광장이 나오고 다시 또 계단이 이어졌다. 터널 천장에는 좁은 파이프가 복잡하게 얽혀 있다. 이따금 층계참에 앉아 몸을 쉬며 아무렇게나 그려놓은 듯한 모양의 천장 파이프를 멍하니 바라보다가 다리의 통증이 어느 정도 가시면 다시 걷기를 반복했다. 아무것도 생각하지 않았다. 생각하고 싶지 않았다. 그저 무심하게 계단을 오르기만 했다. 마침내 차가운 바람 속에 어떤 이질적인 냄새가 섞이기 시작했다. 그런데 그게 뭔지 좀처럼 생각이 나지 않았다. 자동차 배기가스구나—드디어 기억이 났을 무렵 머리 위에 조그만 문이 보였다.

동그란 철제 손잡이를 돌려 조그만 철문을 열자 바로 앞에 차가 지나다녔다. 벽에서 상반신을 내밀고 조심스레 주위를 둘러봤다. 오렌지색의 어두운 조명 빛을 받는 그곳은 자동차 전용 터널 속이었다. 옆 벽에는 녹색 유도등과 SOS라고 적힌 비상용 전화가 쭉 설치되어 있었다. 2백 미터 정도 앞에 터널 출구가 하얗게 빛나고 있다. 벽에 손을 짚고 아마도 점검에 쓰일 좁은 통로를 종종걸음으로 걸었다. 차와 스칠 때마다 운전사가 놀란 표정으로 나를 봤다. 사람이 없어야 할 터널을 걷는 내 모습에 어떤 사람은 입을 크게 벌렸고 다른 사람은 이상하다는 듯 눈을 가늘게 떴고 또 다른 사람은 나무라는 듯한 눈빛을 보냈다. 다른 사람은 순식간에 스마트폰을 꺼내 사진을 찍었다. 출구의 빛이 가까워짐에 따라 어둠에 익숙해졌던 내 눈은 뭔가에 찔린 듯 아프기 시작했다. 하지만 개의치 않고 걸음을 재촉했다. 다리의 통증은 어느새 사라지고 없었다.

터널 출구에는 작업원을 위한 회색 철제 계단이 붙어 있어서 그곳을 뛰어올랐다. 발바닥이 철판을 뚫고 자란 풀을 밟자 아침 햇살이 눈을 찔렀다. 다 오르자 건축자재를 놓아둔 조그만 공터가 나왔다. 눈부심에 눈물이 나와 뿌옇게 된 눈으로 앞에 펼쳐진 풍경을 살폈다. 철책 너머, 저 멀리 펼쳐진 지평선에는 사각형의 고층 빌딩이 빼곡하게 솟아 있고 아침 해가 그 틈으로 솟아오르고 있다.

"여기는……?"

풍경을 바라보며 낮은 목소리로 말했다.

눈 아래에는 짙은 녹색의 물을 품은 거대한 해자가 있다. 그 제방은 성벽 같은 거대한 돌담이었고 그 위에 녹음이 우거진 광대한 숲이 있다. 하얀 벽에 검은 기와를 얹은 낮은 성 같은 건조물이 녹음 속에 여기저기 숨겨진 듯 지어져 있다. 아침 햇살을 받고 반짝이는 근대적인 빌딩에 둘러싸인 채 그곳만 시간을 빗겨 간 듯 오랜 숲이 되어 있었다. 도쿄에 온 적 없는 나도 이곳은 안다.

"황거[15]……네."

지금까지 자신이 어떤 장소의 지하에 있었는지, 그제야 이해했다.

아침 공기를 가르듯 직박구리가 날카롭게 울었다. 올려다보니 하늘은 오늘도 너무나 무의미하게 푸르렀다.

---

15 皇居, 도쿄 지요다구에 있는 일왕이 살고 있는 궁성

5
일
째

Suzume

당신이 들어갈 유일한 문은

아침 햇살에 드러난 내 모습은 조금 놀랍게 처참했다.

온몸은 진흙과 찰과상으로 엉망에, 옷도 여기저기 찢어져 있고 면 재킷의 어깨는 올이 풀려 소매가 뜯어져 있었다. 마른 피와 진흙으로 양말은 생전 처음 보는 색깔로 더러워져 있었다. 하지만 어쩔 수 없다. 옷과 신발을 살 돈도 없고 스마트폰 배터리도 떨어졌다. 무엇보다 지금은 아직 새벽이라 문을 연 가게도 없을 것이다. 도쿄를 잘 모르는 나로서는 여기가 어디쯤인지도 몰랐다.

어쩔 수 없이 자재를 놓아둔 그늘에서 옷에 묻은 진흙을 열심히 털고 손으로 머리를 정리했다. 그리고 해자 반대편 철책을 넘어 인도로 내려왔다. 마침 지나가던 샐러리맨이 놀란 표정으로 나를 봤으나 아무 말도 하지 않았다. 그 남자는 이쪽을 힐끔힐끔 돌아보면서도 걸음을 멈추지 않고 사라졌다.

그곳은 '우치보리도리'라고 적힌 지극히 평범한 차도 옆길이었다. 근처 편의점에 들어가 창가에 설치된 무료 충전기에 스마트폰을 꽂았다. 편의점 구석에 선 채 전원이 켜지기를 가만히 기다리고 있는데 젊은 남자 직원과 눈이 마주쳤다. 그는 미간을 찌푸리고 나를 물끄러미 바라보았으나 끝내 아무 말도 하지 않고 가게 안쪽으로 돌아갔다. 얼마 후 나와 또래인 여고생 두 명이 가게에 들어왔다. 그녀들은 내 모습을 보자 몇 미터 앞에 멈춘 채 얼굴을 마주 대고 속삭였다. 쟤, 신발 안 신었어, 어머, 저거 피 아니야? 학대인가? 말을 붙여야 하나? 그런 소리가 조그맣게 들렸다. 아무래도 진심으로 걱정해주는 듯해 말을 걸면 뭐라고 변명해야 하나 생각하기 시작할 무렵 땡, 하고 작은 전자음이 나고 액정이 켜졌다. 서둘러 충전 케이블을 뽑고 성큼성큼 걸어 건전지 방식의 휴대 배터리를 진열장에서 꺼내 계산대로 가져가 스마트폰으로 결제했다. 그리고 그녀들 앞을 지날 때 고개를 까딱 숙이고 재빨리 통과했다. 걱정해준 것은 고맙지만 말까지 걸지는 않았으면 좋겠다.

앞으로 갈 곳은 정해져 있다.

배터리가 연결된 스마트폰에 지도 앱을 켜고 오차노미즈역까지의 경로를 조사했다.

소타 씨의 아파트에서 가장 가까운 병원은 올려다봐야 할 정도로 큰 빌딩에 있는 대학병원이었다. 넓고 완만한 슬로프가 인도부터 병원 입구까지 이어져 있고 이른 아침임에도 불구하고 통근하는 사람들이 드문드문 출입하고 있었다. 경비원의 순찰이 보이지 않는 틈을 노려 종종걸음으로 건물로 들어갔다. 천장이 높은 홀이 나오고 안에 있는 카페는 아직 영업 전이었다. 에스컬레이터로 2층으로 올라갔는데 그곳에는 아직 아무도 없고 외래용 창구에는 셔터가 내려져 있었다. 안내판을 보고 확인한 후 다른 사람과 마주치지 않으려고 계단을 이용해 병실이 있는 플로어까지 올라갔다. 좌우로 병실이 늘어선 복도를 몸을 숙여 재빨리 이동하면서 문 옆의 이름 팻말을 살폈다.

두 번째 플로어를 뒤지기 시작하자마자 무나카타 히츠지로라고 표시된 팻말을 발견했다. 무나카타, 입 속으로 확인하듯 중얼거렸다. 슬라이드 문손잡이에 손을 대고 힘을 주자 약간의 저항은 있었으나 곧 스르륵 열렸다.

::   ::   ::

어두컴컴한 병실에는 병원 특유의 냄새가 한층 짙게 감돌았다.

알코올 소독약과 세탁한 시트, 문병을 오며 가져온 꽃다발, 오랫동안 같은 장소에 있는 사람의 체취. 그런 온갖 냄새가 뒤섞인 가운데 삐삐……, 바이탈 모니터의 규칙적인 전자음이 낮고 조그맣게 울리고 있었다.

2인실의 앞쪽 침대는 비어 있고 안쪽 창가 침대에 덩치가 큰 사람이 누워 잠들어 있었다. 그가 무나카타 노인— 소타 씨의 할아버지임을 단박에 알 수 있었다.

꼭 빼닮았다. 오뚝하고 아름다운 콧날도, 드러난 이마의 형태도, 그 밑에 숨은 긴 속눈썹도. 지금도 눈 속에 박혀 있는 소타 씨의 그 아름다운 모습과 노인의 얼굴은 판박이였다. 그러나 소타 씨가 지닌 강인한 생명력 같은 것이 저 노인에게는 쏙 빠져 있다. 얼굴 가득 깊은 주름이 새겨져 있고 낯빛은 종이로 만들어진 듯 새하얬다. 머리맡에 부채처럼 펼쳐놓은 긴 머리카락도, 눈썹도 속눈썹도, 눈처럼 새하얗다. 왼손 검지에는 클립 같은 작은 기계가 끼워져 있다. 그 손등에 얇게 튀어나온 혈관에도 색깔다운 게 거의 없었다. 환자복으로 보이는 목덜미와 빗장뼈는 물을 가득 채울 수 있을 정도로 깊고 어둡게 패여 있다. 침대에 누워 조용히 잠든 저 노인은 깊은 상처를 입어 죽음의 위기에 몰린 대형 야생동물처럼 보였다.

갑자기, 낮고 쉰 목소리가 들렸다.

"……소타는, 실패했나?"

너무 놀라 눈을 부릅떴다. 무나카타 노인이 눈을 감은 채 말했다.

"죄, 죄송해요. 함부로 들어와서!"

황급히 말했다. 잠들어 있지 않았구나. 아니면 내 기척에 깼나.

"아니, 저, 소타 씨에게 할아버지가 입원하고 계신다는 얘기를 들어서……."

"아, 하……."

대답이라고 해야 할지, 한숨이라고 해야 할지 모를 숨을 흘리며 할아버지는 천천히 눈을 떴다. 할아버지는 잠시 천장을 바라본 후 시간을 들여 눈길을 옮겨 나를 봤다.

"자네, 휘말렸나?"

목소리 역시 소타 씨와 비슷해 온화하고 조용했다. 나를 보는 눈동자도 소타 씨와 마찬가지로 살짝 푸른 기가 돌고 흰 눈동자의 혈관만이 또렷하게 붉었다.

"내 손자는 어떻게 됐나?"

"아……." 절로 고개를 숙이고 말았다. "요석이 되어, 저세상에……."

"……그래?"

감정이 없는 숨 같은 목소리로 할아버지는 중얼거렸다. 고개만 돌려 반쯤 열린 커튼으로 눈길을 던졌다.

"어제, 이 창으로 미미즈를 봤다네. 나도 달려가고 싶었으나 늙은 몸이 도통 말을 듣지 않아서."

"저, 그래서 말인데요……!"

할아버지 머리맡으로 다가가 내내 알고 싶었던 의문을 꺼냈다.

"저, 저세상으로 들어갈 방법을 알고 싶어요!"

"……왜?"

"아니…….." 왜라니? "소타 씨를 구해야 하니까요!"

"쓸데없는 짓이야."

"네?"

"소타는 앞으로 수십 년 동안 신을 품은 요석으로 지내야 해. 현세에 사는 우리 손은 이제 닿을 수 없어."

선언 같은 그 말을 듣자 내 등골이 흠칫 떨렸다.

"자네는 모르겠지만, 인간으로서 그것은 더할 나위 없는 명예야. 소타는 부족한 제자였으나……, 그랬나? 마지막에는 각오했나 보군……."

할아버지는 그렇게 말하고 마치 천장이 너무 눈부셔 견딜수 없는 듯 눈을 가늘게 떴다.

"말도 안 돼요……!" 저도 모르게 허리를 구부리며 목소리를 높였다. "하지만 무슨 방법이 있겠죠!"

"자네는 소타의 마음을 저버릴 생각인가?"

할아버지는 색이 없는 표정으로 천천히 음미하듯 말했다.

"아니."

"요석은 누가 꽂았나?"

"아, 그게……."

"자네가 소타를 꽂았나?"

"네. 그게……, 하지만."

"대답하게!"

갑자기 할아버지가 큰 소리를 냈다.

"접니다!"

떠밀리듯 대답했다.

"그래? 그걸로 됐어! 자네가 꽂지 않았으면 어젯밤 백만 명이 죽었어. 자네는 그걸 막은 거야. 그것을 평생 자랑으로 가슴에 새기고 입을 다물고……."

어조가 강해졌다. 공기를 흔드는 듯한 목소리로 할아버지가 말을 뱉어냈다.

"……원래 있던 세계로 돌아가!"

강풍과 같은 위압에 저절로 뒷걸음쳤다. 할아버지는 길고 깊은 한숨을 내쉬었다. 말하는 데 지친 듯 다시 눈을 감고 얼굴을 천장으로 향한 채 조용히 말했다.

"……일반인은 관여하지 말아야 할 일이야. 다 잊어."

그 자리에 멀거니 서 있을 수밖에 없었다. 가슴 속에서는 심장이 쿵쿵 뛰고 뺨이 활활 타는 듯 뜨거웠다. 숨을 한 번 깊이 들이쉬었다.

"······잊을 수 없어요."

억눌린 목소리로 중얼거렸다.

너무나 화가 났다.

"······저는 지하의 뒷문을 다시 열 겁니다."

나는 눈을 감은 채 할아버지에게 말하고 병실 출구로 향했다. 누군가에게 부탁하려 한 내가 바보였다. 이것은 나와 소타 씨의 싸움이다.

"······무슨 소리야? 기다려!"

뒤에서 할아버지가 큰소리를 냈다.

"열어서 어쩌려고?!"

"어떻게 해서든 안에 들어가겠습니다."

"무리야. 거기부터는 못 들어가!"

개의치 않고 방을 떠나려고 문에 손을 댔을 때 할아버지가 뒤에서 호통을 쳤다.

"뒷문을 열어선 안 돼!"

할아버지는 말을 끝내자마자 격렬하게 기침했다. 쿨럭쿨럭, 관이 막히는 듯한 커다란 소리에 놀라 뒤돌아봤다. 할아버지는 고통스럽게 경련을 일으키고 있었다. 반사적으로 할아버지에게 달려갔으나 어떻게 해야 좋을지 몰라 침대 앞에서 멈추고 말았다. 할아버지는 상반신을 격렬하게 흔들면서 왼손에 든 리모컨 버튼을 눌렀다. 낮은 모터 소리가 나고 의료용 침대가 상반신을 일으켰다. 기침이 서서히 가라앉고 독촉하듯 울려대던 바이탈 모니터의 전자음도 원래 속도로 떨어졌다.

상반신을 일으킨 할아버지는 하아……, 천천히 시간을 들여 긴 숨을 토해냈다. 눈을 감고 있는 그 얼굴에 여기저기 땀이 나 있었다. 그의 오른팔이 없다는 사실— 오른쪽 어깨부터 툭 떨어진 듯 환자복이 푹 꺼져 있는 것을 그때 처음 깨달았다.

"……저세상은 아름답지만 죽은 자들의 장소야."

풀무처럼 가슴을 들썩이며 할아버지가 말했다. 그 목소리에는 다시 차분한 위엄이 돌아와 있었다. 눈을 뜨고 충혈된 눈으로 똑바로 나를 봤다.

"……자네는, 무섭지 않나?"

그 질문에, 언젠가 소타 씨가 했던 말을 떠올렸다. 그때— 에히메에서도 고베에서도 우리는 전우였다. 무적이 된 기분이었다. 우리만 할 수 있는 중요한 일을, 아무도 모르게 해왔다. 하늘 꼭대기에도, 둘이서 표시를 해뒀다.

"……무섭지 않아요." 나는 할아버지를 노려보며 말했다. "죽고 사는 건 그냥 운이라고 어려서부터 쭉 생각해 왔어요. 하지만……"

하지만, 하지만 지금은.

"소타 씨가 없는 세계가, 무서워요!"

두 눈의 깊은 곳이 뜨거워지더니 눈물이 또 멋대로 흘러나왔다. 하지만 더는 울고 싶지 않아서 눈을 꼭 감았다.

"하!" 갑자기 할아버지가 크게 숨을 토했다.

"하하하……!"

너무나 큰, 진심으로 기뻐하는 듯한 웃음이었다. 야위고 바싹 말라버린 듯 보이는 몸에서 이렇게 큰 소리가 나온다는 사실에 놀랐고 뭐가 그렇게 웃긴 일인지 이해할 수 없어 입을 벌리고 할아버지를 바라봤다.

"하하하, 하하, 하……"

아주 오랫동안 웃은 후 이제 다했다는 듯 할아버지는 입을 다물었다. 싱긋 입가에 웃음의 여운을 남긴 채 툭 내뱉었다.

"인간이 통과할 수 있는 뒷문은 평생 딱 하나뿐이야."

"네……?"

"자네는 뒷문 속 저세상을 봤겠지? 거기서 무엇을 봤나?"

"아니, 그게……."

갑자기 던져진 질문에 당황하며 기억을 더듬었다. 저세상 풍경은 기억하려고 할수록 신기루처럼 멀어져 갔다. 하지만 그것은……. 수없이 본 그 밤하늘의 초원은……, 그곳을 걸은 것은……, 그곳에서 만난 것은…….

"어릴 때의 나와…… 돌아가신 엄마……요."

할아버지가 살짝 고개를 끄덕였다.

"저세상은 보는 사람에 따라 모습을 바꾸지. 인간 영혼의 수

만큼 저세상이 있고 동시에 그 전부는 하나야."

그 말이 내게 스며들고 있음을 확인하듯 할아버지는 천천히 이야기했다.

"아무래도 자네는 어릴 때 저세상에 들어가 헤맨 적이 있는 것 같군. 기억하나?"

그 질문에 번뜩 어떤 광경이 떠올랐다. 눈 내리는 밤, 차가운 진창을 혼자 걷는 모습. 눈이 쌓인 잔해 속에 문이 똑바로 서 있는 모습. 어린 손으로 손잡이를 미는 모습. 그 끝에 눈부신 밤하늘이 펼쳐져 있던 것.

잠자코 내 얼굴을 탐색하듯 보던 할아버지가 소타 씨와 흡사한 깊은 목소리로 말했다.

"그 문이, 자네가 들어갈 수 있는 유일한 뒷문이야. 그 문을 찾게."

그리고는 다시 눈을 감고 깊은 주름이 잡힌 입을 굳게 다물었다. 이제 가라고 노인은 말없이 얘기하고 있었다. 저 입술은 다시 열리지 않으리라. 하지만 그 입술 끝은 살며시, 정말 몇 밀리미터 정도, 미소를 남기고 있는 것처럼 보였다.

할아버지 앞에 똑바로 서서 깊고 오래 고개를 숙였다. 그리고 나도 말없이 병실을 나섰다.

아파트 문을 열자 그리운 소타 씨의 냄새가 났다. 먼 외국처럼 한없이 동경하나 손에 닿지 않는, 안타까운 냄새였다. 불과 하루 전에는 이 방에 함께 있었다. 아니다. 겨우 14시간 전이었는데 아주, 정말 오래전 일인 것만 같았다.

4평 크기의 서재는 어질러져 있었다. 적당히 자유롭게 바닥에 쌓여 있던 책들은 무너져 있고 책장에 꽂혀 있던 책의 반쯤은 다다미에 흩어져 있다. 열린 창으로 불어오는 바람이 그런 책들의 페이지를 바스락바스락 소리를 내며 흔들고 있다. 미미즈 탓이구나. 천천히 기억해내듯 이해했다. 요석이 빠진 순간 느꼈던 상하 진동이 이 방의 정교한 질서를 무너뜨린 것이다.

우선 책부터 정리해야겠다.

부엌 옆에 조그만 세면실이 있고 그 안에 욕실이 있었다. 샤워기와 아주 조그만 욕조도 달려 있다. 치카에게 받은 옷을 벗고 조심스럽게 개어 세탁기 위에 놓았다. 알몸이 되어 욕실로 들어가 샤워 헤드에서 나오는 뜨거운 물을 머리부터 뒤집어썼다. 내 머리카락은 이제까지 경험해본 적 없을 정도로 딱딱하게 굳어 있고 몸을 타고 흘러내리는 뜨거운 물은 시커멓고 더러웠다. 바닥 타일을 따라 흐르는 물이 아주 투명해질 때까지 오랫동안 머리와 온몸을 씻었다. 그러고 나니 발바닥에 신경이 미쳤다. 깊은 자상 여러 개가 양쪽 발바닥에 나 있었다. 들러붙은 피를 손가락 끝으로 문질러 지우고 상처에 박힌 작은 돌들을 손톱으로 하나씩 제거했다. 눈가에 눈물이 맺히고 어금니를 악물었으나 머릿속 심지 저 먼 곳부터 통증이 찾아왔다.

목욕 수건은 세탁기 위의 조그만 선반에 깨끗하게 개어져 수납되어 있었다. 같은 선반의 플라스틱 통에 약도 들어 있었다. 샴푸와 비누, 칫솔과 면도기, 헤어 무스 등도 모두 깔끔하게 정리되어 있다. 제대로 된 어른이었구나. 이런 모든 꼼꼼함이 너무 애달팠다. 수건 한 장을 빌려 온몸을 닦고 통에 든 밴드를 발바닥에 붙였다.

속옷 차림으로 드라이어로 머리를 말린 다음 스포츠가방에서 교복을 꺼냈다. 치카에게 받은 옷은 이미 너덜너덜해져 다른 옷으로 갈아입어야 했다. 하얀 와이셔츠를 입고 짙은 녹색 치마를 입고 감색 양말을 신었다. 가슴에는 빨간 리본을 묶었다. 그리고 머리카락은 하나로 모아 뒤통수에서 고무줄로 묶어 포니테일로 했다. 정신을 차려보니 규슈를 나온 날과 같은 옷, 머리 스타일이다. 그런데 내 몸에서는 뭔가가 결정적으로 사라졌다. 자신을 세상에 묶어둬야 하는 무게 같은 무언가가 완전히 사라지고 없었다. 겉모습은 전과 다름없는데 체중이

반으로 줄어든 듯한— 몸이 공기로 더 채워진 듯, 허무했다. 여전히 화가 나 있었다. 마음대로 주어지고 일방적으로 맡기더니 이유도 없이 빼앗아 갔다. 또 *그래?* 그런 생각이 들었다. 웃기지 마. 이 세계의 관리자나 신에게 호통을 치고 싶었다. 세면실 거울에 비친 조금 야윈 자기 얼굴을 노려보며 "웃기지 마"라고 조그맣게 소리 내어 말했다. 하지만 그 목소리는 자기가 듣기에도 한심할 정도로, 울음을 머금은 채 떨리고 있었다.

방을 나오기 직전에 무너진 책들을 싹 치웠다. 어떤 규칙으로 책장에 꽂는지는 몰라 흩어진 책을 무릎 높이까지 나란히 바닥에 쌓았다. 그리고 창문과 커튼을 닫았다.

"소타 씨. 신발 좀 빌릴게요."

그렇게 중얼거리고 현관에 있던 소타 씨의 검은 작업 부츠에 발을 넣었다. 내게는 너무 컸으나 신발 끈을 세게 당겨 발에 단단히 묶어 그 커다란 신발을 신었다. 그리고 아파트 문을 잠그고 역을 향해 걷기 시작했다.

이제 막 아침 8시가 지났다.

거리에는 이제 통근과 통학에 나선 사람들이 넘치기 시작했다. 말없이 역으로 흘러가는 사람들의 행진에 섞여 머릿속으로 하나, 둘, 셋⋯⋯, 손가락을 꼽으며 셌다.

5일째다.

소타 씨와 만나고 5일째 되는 아침이었다.

∷ ∷ ∷

일단 도쿄역으로 갈 생각이었다. 도쿄역에서 신칸센으로 갈아탄다. 거기까지의 여정이라면 굳이 스마트폰을 볼 것도 없다.

간다가와 강변의 인도를 걷고(어제는 이 제방을 따라 미미즈가 있었다), 교차점을 끼고 돌아 큰 다리를 건너면 오차노미즈역이 나온다. 마침 러시아워라 역 앞은 다양한 나이대의 사람들로 혼잡했다.

"⋯⋯어이, 잠깐 너!"

개찰구로 이어지는 슬로프를 오르려는데 바로 옆에서 목소리가 들렸다. 나를 부르는 건 아니겠지. 이런 곳에 아는 사람이 있을 리 없으니까.

"스즈메!"

"어?!"

저도 모르게 돌아봤다. 역 앞 자동차 승차장에 새빨간 오픈카가 세워져 있고 운전석에 앉은 남자가 나를 노려보고 있었다.

"⋯⋯세리자와 씨?!"

어제 아파트를 찾아왔을 때 소타 씨의 지인이라고 했던 남자다. 검은 재킷을 입고 붉은 브이넥 셔츠에 은 액세서리를 주렁주렁 달고 있다.

"아니, 어떻게……?"

"너 어디 가? 소타에게 가?"

내 의문을 무시하고 동그란 안경 안에서 불쾌한 눈빛으로 나를 노려보고 있다. 어떻게 그가 여기 있는지 도무지 알 수 없었다. 하지만 불쾌함이라면 지금 나 역시 만만치 않다.

"……문을 찾으러 가요."

그에게 들리지 않을 목소리로 입 속에서 조용히 말했다.

"뭐?"

"죄송해요. 제가 좀 바빠서요."

몸을 획 돌렸다.

"어이, 잠깐만. 너를 얼마나 찾았는지…….''

세리자와 씨가 뒤에서 팔을 잡았다.

"네?! 왜요?!"

"소타의 사촌이란 말 거짓말이지?"

"상관없잖아요. 이거 놔요!"

"타."

차에서 손을 뻗어 내 팔을 잡은 채 그가 말했다.

"뭐라고요?"

지나가는 사람들이 힐끔힐끔 우리에게 눈길을 던졌다.

"왜 내가……."

"너, 소타에게 가는 거지? 어디든 내가 데려다줄게."

"왜 당신이?!"

"친구를 걱정하는 게 나빠?!"

그는 내 눈을 똑바로 응시하며 심각하게 말했다. 친구……
그 말에 문득 혼란스러워졌다. 물론 소타 씨에게도 친구는 있
을 것이다. 중요한 시험에 친구가 나타나지 않으면 나 역시 걱
정할 것이다. 하지만 웬만한 친구가 아니라면…….

"아, 있다!"

느닷없이 이번에는 개찰구 쪽에서 소리가 들렸다. 이 목소
리……, 어라?!

"타마키 이모?!"

"스즈메!"

개찰구 앞의 인파를 헤치며 타마키 이모가 돌진하듯 달려왔
다. 저도 모르게 눈길이 못 박혔다. 타마키 이모는 파란색 여름
니트에 옅은 분홍색 스카프를 두르고 커다란 토트백을 어깨에
배고 있었다. 휴가에 나선 어른스러운 차림인데 부릅뜬 눈에
는 핏발이 서 있다.

"아니, 어떻게?!"

"아, 정말 다행이다! 너를 얼마나 찾았는지 알아!"

타마키 이모는 울음을 터뜨릴 듯한 목소리로 말하고 나를 품에 안듯 감싸며 세리자와 씨로부터 떼어냈다.

"당신, 더는 이 애에게 접근하지 마! 경찰 부를 거야!"

"뭐라고요!" 세리자와 씨가 놀란 표정으로 나를 봤다. "누구야? 부모님?!"

"이 남자가 우리 집에 왔던 녀석이야? 너, 속은 거야!"

"뭐라고!" 저도 모르게 나와 세리자와 씨가 동시에 소리를 질렀다. 타마키 이모는 마음대로 어떤 결론을 내린 듯 내 팔을 끌고 개찰구로 걷기 시작했다.

"자, 돌아가자!"

"자, 잠깐만. 이모."

"얼른 와!"

나는 자리에 멈춰 그녀의 팔을 뿌리쳤다.

"미안해 이모. 나, 아직 돌아갈 수 없어."

그렇게 말하고 어리둥절한 표정을 짓고 있는 세리자와 씨와 빨간 오픈카를 번갈아 봤다. 어쩔 수 없다. 차 문을 열고 세리자와 씨 옆에 재빨리 올라탔다.

"세리자와 씨. 출발해요."

"뭐? 아, 어, 오케이!"

아까 한 말을 겨우 기억한 듯 세리자와 씨는 키를 돌렸다. 엔진이 요란한 소리를 냈다.

"자, 잠깐. 스즈메. 기다려!"

타마키 이모가 달려왔다. 눈이 잔뜩 충혈되어 있다. 이 사람, 정말 경찰을 부를지 모른다.

"세리자와 씨, 빨리!"

"야, 스즈메!"

타마키 이모는 와이드팬츠를 입은 다리를 들어 올리며 오픈카 문에 가방을 올렸다.

"으악?!" 세리자와 씨가 눈을 부릅떴다.

"혼자는 절대 못 가!"

차 문을 넘어 떨어지듯 타마키 이모가 조수석에 엉덩이를 밀어 넣었다.

"좀! 이모, 내려요!"

"스즈메. 너 도대체 어쩔 셈이야?! 이건 가출이잖아!"

"계속 LINE 했잖아!"

"그냥 읽고 씹었잖아!"

한껏 목소리를 높이는 우리에게 "여보세요. 좀 진정해요"라고 세리자와 씨가 말했다. 지나치는 통근객들이 미간을 찌푸리고 소곤소곤 속삭였다.

"치정 싸움인가?" "삼각관계네." "호스트와 손님이겠지." "아수라장이네."

아니라고요! 크게 소리치고 싶었다. 그때였다.

"시끄러워."

뒤에서 *어린애 목소리*가 들렸다. 반사적으로 우리는 돌아봤다.

뒷좌석에 새초롬하게 새끼 고양이— 다이진이 앉아 있었다. 홀쭉하게 야윈 모습 그대로 커다랗고 노란 눈동자로 나를 뚫어져라 보고 있다.

"……고양이가 말을 했어?!"

세리자와 씨와 타마키 이모가 내 양옆에서 나란히 소리쳤다.

"어?" 재빨리 미소를 지었다. "그럴 리 있겠어?"

"그……" 둘은 얼굴을 마주 보고 다시 고양이를 보더니, "그렇지……!"라고 동시에 말했다.

아, 맞다, 고양이는 말을 못 하지, 당연하지. 응, 그래, 고양이가 말할 수는 없지, 맞아, 맞아. 저마다 중얼중얼 떠들어댔다. 더는 깊이 생각하지 않기를 바라며 황급히 핸들 옆의 자동차 내비게이션을 조작했다.

"그보다……!" 주소를 입력하고 안내 버튼을 눌렀다. 느닷없이 『목적지를 설정했습니다』라는 합성음이 밝게 울렸다. "세리자와 씨, 그러면 여기까지 가주세요."

"아……." 세리자와 씨는 자동차 내비게이션을 들여다보며 말했다. "와, 너무 멀어."

"어디든 가겠다고 했잖아요?"

"어머? 너, 여기는……."

타마키 이모도 화면을 들여다보며 놀랐다. 나는 둘 사이를 통과해 뒷자리로 옮겨 시트에 앉았다. 경찰을 부르게 할 수도, 규슈에 돌아갈 수도 없다. 세리자와 씨가 어떤 사람인지는 모르겠으나 데려다준다고 했으니까 그렇게 해달라고 하면 된다. 타마키 이모도 그토록 나를 혼자 두기 싫다면 따라오면 그만이다. 다이진은 무슨 생각인지, 이미 좌석 끝에서 몸을 동그랗게 말고 있었다.

뭐든 괜찮아. 다들 맘대로 하라고 해. 나와는 상관없어. 나는 그저 내 뒷문을 찾으러 갈 거야. 안전띠를 매고 세리자와 씨를 보며 강하게 말했다.

"부탁해요. 꼭 가야 해요."

"진짜……?"

한참 내 눈을 바라본 후 세리자와 씨는 포기한 듯 숨을 내쉬었다. 사이드브레이크를 올리면서 툭 내뱉었다.

"이거 원, 오늘 안으로는 못 돌아오겠네."

∷　　∷　　∷

역 앞에서 출발한 차는 넓고 새로운 도로를 한참 달린 뒤 요금소를 통과해 수도고속도로를 타고 속도를 올렸다.

아무도 입을 열지 않았다.

세리자와 씨는 말없이 핸들을 잡고 있었고 타마키 이모는 부루퉁한 얼굴로 거리를 노려보고 있고 다이진은 내 옆 시트에서 몸을 동그랗게 말고 잠들었다. 오픈카에 그대로 불어오는 바람과 강력한 가속이 내 몸을 시트에 밀어붙였다. 9월 아침의 하늘은 한없이 투명하고 푸르고, 바람은 촉촉했다.

천천히 눈을 감았다.

차가 빌딩 그늘을 드나들 때마다 눈꺼풀 안쪽에 스르륵 불가사의한 그림이 흘렀다. 그것을 가만히 바라보고 있자니 머릿속을 가득 채운 감정의 윤곽이 서서히 녹아내렸다. 분노가 애매해지고 초조함이 애매해지고 외로움도 흐려졌다. 동시에 내내 긴장하고 있던 온몸의 근육에서 힘이 쓱 빠졌다. 지금만은……, 녹아가는 감각 속에서 생각했다. 지금만은 눈을 감는 것을, 힘을 빼는 것을, 감정이 애매해지는 것을, 스스로 허락하기로 하자. 지금만은 모르는 누군가의 운전에, 그 가속에, 전부 맡기자. 다음에 눈을 뜨면 나는 아마도 어떤 것과 대면해야 한다. 싸워야만 한다. 불과 몇 시간 뒤에는 틀림없이 무언가와 마주해야 한다. 하지만 지금만은…….

그렇게 생각하면서 축축한 수렁에 끌려 들어가듯 잠에 빠졌다.

세리자와 씨가 침묵을 견디지 못하겠다는 듯 음악을 틀기 시작한 것은— 이것도 나중에 들은 이야기지만— 내가 뒷자리에서 잠들고 얼마 안 지나서였다. 핸들 옆에 붙인 스마트폰을 조작하자 양쪽 문에 설치된 커다란 스피커에서 흥겨운 드럼과 기타 연주 인트로가 흘러나왔고 이어서 여성 보컬이 경쾌한 노래를 부르기 시작했다.

"그 사람의, 엄마를 만나려고, 지금 혼자, 열차를 탔어."

수십 년 전 일본의 올드 팝이다. 핸들을 쥔 손끝으로 톡톡 리듬을 타면서 세리자와 씨는 즐겁게 흥얼거렸다.

"해 질 무렵, 좁은 거리와 자동차들의 흐름, 곁눈질로 쫓으며"

"참 시끄럽네."

아직 정체를 모르는 젊은 남자를 따갑게 노려보며 타마키 이모가 조용히 중얼거렸다.

"아이, 왜 그러세요? 여행에는 당연히 이 노래 아닌가요? 고양이도 있고."

"뭐?"

"저 고양이, 스즈메 고양이인가요?"

"우리는 고양이 안 키워."

그런 질문을 받아도 특별히 할 말이 없었던 타마키 이모가 불쾌한 듯 대답했다. 세리자와 씨는 한 손으로 대시보드 안을 뒤져 지갑에서 카드 한 장을 꺼냈다.

"저는 세리자와라고 합니다. 따님의 친구의 친구입니다. 아마도."

타마키 이모는 자기 앞에 나타난 카드를 두 손가락으로 집듯 받았다. 학생증이었다. 일어나자마자 튀어나온 듯한 금발에 동그란 안경을 쓴 졸린 듯한 얼굴의 사진. 그 옆에는 세리자와 토모야라는 이름과 생년월일, 소속 학부 등이 적혀 있었다.

"······교육학부?"

타마키 이모가 이맛살을 찌푸렸다. 너무나 경박해 보이는 외모와는 전혀 어울리지 않았다.

"아니, 그게, 교사가 되고 싶어서요." 세리자와 씨는 간단히 대답했다.

"······이와토예요." 타마키 이모는 학생증을 돌려주면서 짧게 이름을 밝혔다.

"옷깃만 스쳐도 인연이라는 말도 있잖아요. 앞으로 오래 가야 하니 사이좋게 지내죠."

세리자와 씨는 뭐가 좋은지 반쯤 싱글대며 말하고 철커덕 기어를 바꿨다. 그러자 차가 격렬하게 기침하듯 쿨렁쿨렁 흔들렸다. 흔들리면서 속도를 높이더니 앞을 달리는 승용차를 속속 추월했다.

"……고물차네."

"이거, 중고로 엄청나게 싸게 샀어요!" 세리자와 씨가 신이 나 말했다. "보통은 백만 엔 밑으로는 절대 안 떨어지는데 가부키에서 일하는 선배가 헐값에 넘겨줬어요. 죽이죠?"

가부키초[16]? 타마키 이모는 내가 상관할 바 아니라는 듯 한숨을 내쉬었다.

"그보다 학생, 정말 괜찮겠어? 편도에만 일곱 시간이 걸린다고?"

"상관없어요. 소타를 찾는 사람은 따님만이 아니니까요."

"스즈메는 내 딸이 아니라고……."

타마키 이모는 흘러가는 도로로 눈길을 떨구고 잠시 생각한 뒤 입을 열었다.

"……조카야. 언니 딸. 언니가 세상을 떠나 내가 맡았어. 이아이, 엄마랑 둘이 살았거든."

"네?"

갑자기 신변에 관한 이야기가 나와서 당황했는지 세리자와 씨는 어정쩡하게 대답했다. 그런데 타마키 이모는 개의치 않고 계속 말했다.

---

16 도쿄 신주쿠의 술집과 윤락업소가 밀집해 있는 지역

"언니의 죽음은 업무 중 사고라고 해야 하나, 어쨌든 갑자기 일어났어. 나, 연락받고 다급하게 스즈메에게 달려갔어. 이 아이, 나 말고는 친척이 없었으니까."

타마키 이모는 상대의 얼굴을 보지 않고 고개를 숙인 채 말했다. 타마키 이모는 누군가에게 말하고 싶었던 것이었다. 누구라도 좋으니까 들어주길 바란 것이었다. 도쿄로 향하는 신칸센 안에서 초조한 마음으로 경치를 바라보며 내내 이런 것들을 떠올리고 끊임없이 생각했다.

"그때 스즈메는 아직 네 살이었어. 이모와 함께 규슈에 가자고 하니까 스즈메도 그러자고 했지. 하지만 그날 밤에 애가 갑자기 없어졌어. 나 몰래 엄마를 찾으러 나갔다가 길을 잃었어. 3월이었고 눈이 내리는 추운 날이었지. 나는 본가를 떠나 오랫동안 규슈에서 살아서 3월이 아직 이렇게 춥다는 데 놀랐고, 이렇게 추운 날 스즈메가 밖에 있다는 게 너무 걱정되었어. 어두운 마을을 정말 오래 헤매며 찾아다녔지."

타마키 이모는 그날 밤의 불안과 공포를 지금도 생생하게 떠올릴 수 있었다. 스즈메, 스즈메! 목청껏 이름을 부르면서 질퍽거리는 거리를 돌아다니며 손전등으로 그늘진 곳을 비추고 다녔다. 만에 하나의 사태를 생각하면 숨이 멎을 것만 같았다. 길고 긴 악몽 속에 던져진 듯한 밤이었다.

"드디어 아이를 찾았을 때, 스즈메, 눈 쌓인 초원에 웅크리고 있었어. 엄마가 만들어준 보물인 어린이용 의자를 꼭 안은 채. 나, 그게 너무나 안타까워서⋯⋯."

너무나 안타까워 타마키 이모는 나를, 어린 스즈메를 꼭 안고 눈물을 흘리며 "우리 집 아이가 되렴"이라고 말했다. 그때 품에 안긴 조그맣고 차가운 몸을 타마키 이모는 지금도 또렷하게 기억하고 있었다.

차는 아라카와에 걸린 거대한 다리를 건넜다. 아주 멀리 있는 철교를 은색의 전차가 나란히 달렸다. 강변 둔치의 갈색 운동장에서는 남녀 혼성 축구팀이 공을 차고 있다. 그들을 바라보고 빛의 입자가 박혀 있는 듯한 강물을 바라보며 타마키 이모는 눈을 가늘게 떴다. ⋯⋯12년, 조그맣게 읊조렸다.

"⋯⋯그래. 헤아려보니 그로부터 12년이야. 규슈로 데리고 돌아와 줄곧 둘이, 둘이서만 살았어. 그랬는데⋯⋯."

후, 메마른 소리가 나서 타마키 이모는 고개를 돌렸다. 세리자와 씨가 무표정하게 담배를 피우고 있었다.

"⋯⋯아. 연기 싫으세요?" 타마키 씨의 눈길을 느끼고 별일 아니라는 듯 그가 말했다.

"⋯⋯당신 차인데 뭘." 타마키 이모는 저도 모르게 쓴웃음을 짓고 말았다.

맞아, 남이지. 이런 이야기를 해봤자 어쩌라고. 타마키 이모는 천천히 제정신을 차리며 생각했다. 이 사람이 이런 식으로 행동해서 그나마 다행이다. 상대를 신경 쓰지 않으니 상대도 신경 쓸 필요가 없다. 피차 기대하지 않으니 실망할 일도 없다. 어차피 겨우 하루 정도 어울리는 사이다. 그렇다면 이렇게 다른 사람 일에 관심 없는 사람이 제일 좋다. 타마키 이모는 그렇게 생각하고 나서야 비로소 호감 같은 감정을 세리자와 씨에게 품게 되었다. 세리자와 씨는 맛있게 담배를 피우면서 말했다.

"그런데요, 이제부터 그 스즈메의 본가로 돌아가는 거잖아요. 뭐가 뭔지는 잘 모르겠는데 그곳에 소타가 있다는 건가요?"

"글쎄……. 하지만 그곳에는 이제 아무것도 없어."

타마키 씨는 대답하고 뒷좌석을 돌아봤다. 나는 여전히 완전히 곯아떨어져 있었다.

"저기, 지금 도쿄로 돌아가 주지 않을래? 그러면 이 아이도 그만 포기할지도 모르고."

"아니요. 저는 소타에게 빌려준 2만 엔을 받아야 해서요."

"뭐?" 타마키 이모는 어이가 없었다. "학생, 빚쟁이 같아."

하하하. 세리자와 씨는 칭찬이라도 받은 듯 호탕하게 웃었다. 어떻게 될지 나도 모르겠다. 타마키 이모는 그의 환한 얼굴을 흘끗 보며 생각했다. 이 애, 교사와 전혀 어울리지 않네. 빨간 오픈카는 현의 경계를 넘어 짙은 숲이 늘기 시작한 풍경 속을 북상했다. 혼날게요, 마이 달링. 세리자와 씨는 음악에 맞춰 노래를 불렀다.

::   ::   ::

차에 흔들리며 꽤 오랫동안 잠들어 있었다. 가끔 깨어나 바다에서 얼굴을 내밀고 숨을 이어가는 기분으로 멍하니 풍경을 바라보다가 다시 잠수하듯 깊이 잠드는 일을 되풀이했다.

눈을 뜰 때마다 주위 풍경이 바뀌어 있었다. 체인점이 늘어선 길가였다가, 민가가 드문드문 흩어져 있는 마을이었다가, 짙은 숲만이 이어지는 산간의 자동차도로였다 언제부터인가는 지나가는 차들은 대형 트럭뿐이었다. 트럭 앞에는 커다란 제킨[17] 같은 천이 걸려 있고 '환경성'이나 '제거 토양' '오염 토양' 같은 글자가 잠깐씩 눈에 들어왔다. 뭔가를 생각할 의지도 기력도 없어 그런 광경을 그저 망막으로 통과시키다가 다시 잠들었다.

몇 번째인가 눈을 떴을 때 차는 한가로운 밭길을 달리고 있었다. 도로는 요철이 없는 매끄러운 아스팔트였고 도로 옆의 하얀 선과 노란색의 중앙선은 짙게 칠해져 눈부셨다. 하지만

---

17 운동선수나 경마용 말이 가슴이나 등에 붙이는 번호판

자세히 보니 지나치는 집들과 상점은 모두 폐가라 죄다 반쯤 수풀에 덮여 있었다. 주차장에 비스듬하게 세워진 차도, 열린 창도, 문 옆에 놓인 런치타임 간판도, 어떤 이의 생활을 일시 정지시킨 듯한 기묘한 멈춤으로 도로 양옆에서 말없이 썩어가고 있었다. 사람의 기척이 완전히 사라진 마을 한가운데 도로만이 깔끔하게 정비되어 곧게 뻗어 있고 그 길을 트럭만이 오가고 있다. 너무나도 꿈의 연장 같은 풍경이라 한참을 바라보다가 다시 수렁에 빠지듯 잠들었다.

내가 튕기듯 번쩍 눈을 뜬 것은, 흔들렸다고 생각했기 때문이다.

차의 진동과는 확연히 다른 흔들림이었다. 옆을 보니 다이진도 눈을 뜨고 주위를 살피고 있다.

"지금, 흔들리지 않았나요?!"

운전석의 세리자와 씨에게 묻자 태평한 목소리가 대답했다.

"아, 드디어 일어났어? 지금은 이모님이 주무신다."

조수석을 들여다보니 타마키 이모가 시트에 깊게 몸을 맡기고 쌕쌕 잠들어 있었다.

"둘 다 수면 부족이었나 봐." 세리자와 씨가 설핏 웃었다. 그때 핸들 옆에 거치된 스마트폰이 삐 하고 작은 소리를 냈다.

"……진짜였네. 진도 3이었대. 달리느라 몰랐어."

뒤늦게 내 스마트폰도 짧게 진동했다. 보니 1분 전에 진도 3의 지진이 관측되었다는 알림이었다.

"세워요!"

"뭐?!"

도로 옆에 세운 차에서 뛰어내려 주위를 살폈다. 도로 양쪽에는 대지를 뒤덮듯 키가 큰 초목이 왕성하게 자라 있다. 「귀환 곤란 구역에 출입 금지」라고 적힌 입간판과 철제 펜스가 있고 그 안쪽에는 풀로 뒤덮인 가느다란 길이 있으며 그 끝에 조그만 언덕이 보였다.

"어이, 잠깐만, 스즈메!"

뒤에서 세리자와 씨가 말리는 소리가 들렸으나 개의치 않고 펜스 틈으로 몸을 밀어 넣어 경사면을 뛰어오르기 시작했다.

언덕 정상에 서서 둘러보니 짙은 수풀의 풍경이 눈 아래 펼쳐져 있다. 민가와 전봇대가 숨을 죽인 채 나무들 틈에 드문드문 숨어 있는 풍경을 온몸에 땀을 흘리면서 응시했다.

"안 나오네……." 중얼거린 직후 발바닥에 땅울림이 전해졌다. 순간적으로 발밑을 바라봤다. 살짝, 흔들렸다. 풀에 파묻힌 작은 돌이 달그락달그락 아주 작은 소리를 냈다. 숨을 죽이고 바라보는데 곧 흔들림이 잦아들었다. 고개를 들어 다시 주위 풍경을 휙 둘러봤다.

……안 나와. 다시 중얼거렸다.

미미즈의 모습은 어디에도 없었다. 땅울림도 이제는 사라졌다.

소타 씨가 누르고 있는 거야……. 소타 씨가 요석이 되어 미미즈를 봉인하고 있다는 생각이 들었다. 도쿄 뒷문에서 본 그 풍경. 검은 언덕과 그곳에 박힌 의자의 모습을 떠올렸다. 가슴이 먹먹해진다. 그것은, 압도적으로 고독한 광경이었다.

갑자기 풀 흔들리는 소리가 났다.

"……다이진."

나를 따라왔는지, 다이진이 조금 떨어진 곳에 얌전히 앉았다. 뼈가 고스란히 드러난 등을 돌리고 가만히 마을을 내려다보고 있다.

"너, 도대체 어떻게 하고 싶은 거야?"

날카로운 목소리를 냈다. 새끼 고양이는 등을 돌린 채 그대로 있다.

"왜 말을 안 해? ……응!"

반응이 없다. 교복 셔츠 속에 걸고 있는 토지시의 열쇠를 가슴의 리본과 함께 꽉 움켜쥐었다.

"요석은……." 더는 대답을 기대하지 않고 조그맣게 혼잣말처럼 물었다. "토지시만이 아니라 누구든 될 수 있어……?"

"이봐!"

느긋한 목소리가 들려 고개를 드니 세리자와 씨가 양손을 주머니에 꽂은 채 경사면을 오르고 있다.

"스즈메. 왜 그래? 괜찮아?"

내 얼굴을 올려다보며 걸으면서 딱히 걱정스럽지도 않은 듯 물었다.

"죄송해요. 아무것도 아니에요. 서둘러야……."

그렇게 말하고 경사면을 내려가려는데 세리자와 씨는 나를 지나쳐 언덕을 올랐다. 자기도 모르게 걸음을 멈추고 눈으로 그의 모습을 좇았다. 세리자와 씨는 언덕 정상에 서서 두 팔을 쭉 뻗고 머리 위에서 손깍지를 낀 다음 크게 숨을 들이켰다.

"아! 몸이 완전히 굳었어! 이제 반쯤 왔나?"

그렇게 말하고 주머니에서 담뱃갑을 꺼내 한 개비를 꺼내 라이터로 불을 붙였다. 땀이 번진 얼굴로 마을을 내려다보며 기분 좋게 담배 연기를 빨아들였다.

일단 포기하고 나도 세리자와 씨와 경치를 바라봤다. 그렇지. 새삼 깨달았다. 내가 계속 잠들어 있는 동안 세리자와 씨는 계속 운전한 것이다. 그것조차 깨닫지 못할 정도로 여유가 없었다. 지금도 초조하기는 마찬가지다. 하지만…….

"바람이 좋네. 도쿄보다 조금 서늘한가?"

세리자와 씨가 말했다. 눈 아래에는 전원의 푸른 수풀이 한 껏 펼쳐져 있다. 바람이 풀들을 쓰다듬어 주위에 파도 소리 같은 수런거림을 가득 채웠다. 지붕 몇 개가 정오의 태양을 눈부시게 반사하고 있다. 그 너머로 푸른 수평선이 얼핏 보였다. 어디선가 뻐꾸기가 울고 있다. 눈부신 듯 눈을 가늘게 뜨고 세리자와 씨가 입을 열었다.

"이 근처, 이렇게 아름다운 곳이었구나."

"네?"

경치를 응시한 채 저도 모르게 중얼거렸다.

"여기가……, *아름다워*?"

검은 크레용으로 마구 칠해놓은 일기장의 하얀 종이. 내가 눈앞의 풍경을 보며 떠올린 것은 그 기억이었다. 그래서 그저 놀라웠다. 아름다워?

"어?" 세리자와 씨가 나를 봤다.

— 틀렸어. 역시 여유 따위 가질 수 없어.

"죄송해요."

그렇게 말하고 경사면을 내려가기 시작했다. 입속으로 빨리 가야 한다고 중얼거렸다. 다이진도 말없이 뒤를 따랐다. 이거야 원 졌다는 듯 따라 걷기 시작한 세리자와 씨의 발소리가 뒤에서 들려왔다.

"이봐, 고양이. 야!" 세리자와 씨는 다이진에게 말을 걸었다.

"뭔가 사연 많은 일가 같네."

……다 들리거든요!

노려보듯 돌아봤는데 세리자와 씨 뒤로 적란운이 번쩍 빛을 냈다. 조금 늦게 낮은 천둥소리가 우르르 울렸다. 하늘을 올려다보니 검은 구름 떼가 마치 불길한 뭔가로부터 도망치듯 빠르게 바람을 타고 흐르고 있었다.

::　　::　　::

「찾는 게 뭐죠……? 찾기 어려운 건가요?」

세리자와 씨의 스마트폰에서 흘러나오는 음악은 다 옛날 가요였다.

내가 모르는 노래가 많았는데 지금 흐르는 노래는 어디선가 들어본 것 같다. 부루퉁하니 입을 다물고 있는 나와 타마키 이모를 전혀 신경 쓰지 않고 세리자와 씨는 여전히 콧노래를 섞어 흥겹게 가사를 흥얼대고 있다. 가방 속도 책상도 다 찾아봤는데 찾지 못했는데…….

"아, 비 온다."

갑자기 조수석의 타마키 이모가 중얼거렸다.

"진짜요!"

세리자와 씨가 웬일로 감정이 담긴 목소리로 말했다. 오픈카에서 올려다보니 하늘은 완전히 회색 구름으로 뒤덮여 있었다. 아스팔트에 검은 반점이 급속이 늘어났다. 커다란 물방울이 이마에 툭 떨어졌다.

"이거 곤란한데……." 세리자와 씨는 왠지 서글프게 말했다.

"왜? 지붕 있잖아, 얼른 닫아."

"아……, 그게…… 일단 해볼까요?"

세리자와 씨가 대답하고 기어 옆의 스위치를 누르자 느닷없이 내 뒤에서 모터 소리가 울려 퍼졌다. 돌아보니 트렁크가 덜컹 열리고 그곳에서 접힌 지붕이 튀어나왔다. 절로 눈길은 그 움직임을 좇았다. 변형 로봇처럼 지붕은 상하로 분리되어 아랫부분은 내 머리 위를 완벽하게 가렸다.

"와……!"

저도 모르게 어린애처럼 환호하고 말았다. 오픈카, 굉장하구나. 윗부분이 천천히 앞으로 밀려가더니 앞좌석 머리 위에서 뚜껑을 덮기 시작했다. ……그런데.

덜컹, 뭔가에 걸리는 듯한 소리가 나더니 지붕이 멈추고 말았다. 내가 앉은 뒷좌석은 완벽하게 밀폐되었는데 앞좌석 지붕에는 30센티미터 정도의 틈이 있는 상태였다.

"응? 이게 뭐야?"

타마키 이모가 이상하다는 듯 소리를 높였다. 갑자기 빗발이 굵어졌다. 앞좌석의 세리자와 씨와 타마키 이모에게 강한 빗방울이 후드득 떨어졌다. 세리자와 씨의 재킷도 타마키 이모의 여름 니트도 비에 검게 젖어갔다.

"하……." 세리자와 씨는 재미있다는 듯 숨을 내쉬었다. "역시 안 고쳤구나. 하하하."

"하하하?, 웃고 있을 때가 아니지!" 타마키 이모가 비명을 질렀다. "이봐, 어떻게 할 거야, 이거!"

"괜찮아요! 이제 곧 다음 휴게소가 나오니까요!"

세리자와 씨가 웃으면서 자동차 내비게이션을 조작하자 합성음이 밝게 말했다.

『다음 휴게소까지 약 40킬로미터. 소요 시간은 35분입니다.』

"전혀 가깝지 않잖아!"

타마키 이모가 소리치자 그에 응하듯 번개가 번쩍번쩍 내리쳤다. 비는 점점 강해졌다.

후……. 온몸에 힘이 빠져 숨을 길게 내쉬었다. 역시 신칸센을 타고 혼자 왔어야 했다. 하지만 이미 어쩔 도리가 없다. 목적지는 이제 그리 멀지 않아. 꿈속으로, 꿈속으로, 가 보고 싶지 않나요? 왠지 미래를 예언하는 점술사처럼 확신에 찬 목소리로, 자동차 스테레오가 노래했다.

마침내 해변도로 휴게소에 도착했을 무렵에는 둘 다 한밤중
수영장에 몰래 들어가 옷을 입은 채 수영한 낙천적인 커플처
럼 푹 젖어 있었다. 몸을 말리고 옷을 갈아입고 밥도 먹고 화장
실도 가야 하니까 너도 같이 가자는 제안을 거절했다. 레스토
랑에서 라면이나 먹고 있을 기분이 도저히 들지 않았다. 배가
전혀 고프지 않았다. 내가 고개를 흔들자 타마키 이모는 한숨
을 내쉬고는 세리자와 씨와 나란히 휴게소 건물로 사라졌다.
주차장에 세운 차 뒷좌석에서 무릎을 안고 어두컴컴한 바다에
빨려 들어가는 비를 하염없이 지켜봤다. 다이진도 변함없이
내 옆에서 몸을 만 채 말없이 계속 잠들어 있었다.

:: :: ::

내가 그렇게 하염없이 비를 바라보고 있을 무렵…….

타마키 이모는 화장실에 들어가 가져온 다른 옷으로 갈아입
고(흰색 탱크톱과 라벤더색 카디건), 거울을 보며 번진 화장을 얼
른 고쳤다. 그것만으로도 침울해진 기분이 조금 나아졌다. 그
리고 카페테리아에서 '어부 마음대로 내놓는 정식'을 주문해
세리자와 씨와는 다른 테이블에 앉아 혼자 식사했다. 도로 옆

휴게소는 불과 몇 년 전에 새로 지어 완전 새 건물이라 카페테리아 천장은 높고 널찍했다. 기름진 고등어는 풍미가 가득했고 에어컨도 쾌적했으며 손님은 얼마 없었다. 식사를 마치고 뜨거운 차를 마실 때가 되어서야 타마키 이모는 규슈를 떠난 뒤 처음으로 안도의 숨을 내쉬었다.

아직 문제가 많이 남아 있지만……. 타마키 이모는 생각했다. 어쨌든 스즈메를 만났다. 어쩌다가 본가로 돌아가게 되었고 그곳에 있다는 소타라는 남자가 누군지도 모르겠으나, 본가에 가서 그 남자를 만나면 틀림없이 스즈메의 마음도 풀릴 것이다. 그게 연애일까. 아마도 그렇겠지. 그렇다고 해도 왜 하필 새삼 본가일까.

……그건 어쩌면 그녀만의 정체성 확인 과정일지 모른다. 한참 생각에 잠겨 있던 타마키 이모는 그런 식으로 상상해봤다. 어쨌든 스즈메는 아직 어리다. 성장하며 인간관계를 형성하는 과정에서 자기 뿌리를 확인할 필요가 생겼으리라. 응. 틀림없이 그랬을 것이다. 오랜만에 본가로 돌아가 마음을 정리하고 다시 원래 생활로 돌아간다. 스즈메는 지금 누구나 거치는 통과의례 같은 일을 하려는 것이다.

타마키 이모는 그렇게 생각했다. 실은 전혀 실감도 상상도 되지 않았으나 일단 그렇게 생각하기로 하고 마음을 놓았다. 그렇다면 나는 모레쯤에는 출근할 수 있을까. 퍼뜩 생각이 나

미노루 씨에게 전화를 걸었다.

「……뭐라고요? 호스트 남자와 말입니까?!」

간단한 설명을 들은 미노루 씨가 전화에 대고 큰소리를 냈다.

"그게 아니야. 진짜 호스트는 아니고 분위기가 가난한 호스트 같달까……. 아니야, 아니라고! 속거나 속이는 분위기는 아니야."

타마키 이모는 스마트폰을 귀에 대고 힐끗 뒤를 봤다. 세리자와 씨는 안쪽 테이블에서 맛있게 라면을 먹고 있었다. 이 지역 특산물인 상어지느러미 라면을 시켰구나. 정식과 라면 중 무엇으로 할지 타마키 이모도 한참 망설였었다.

「아니라고 해도 그거 위험하다고요!」 미노루 씨가 말했다. 그쪽은 날이 맑은지 전화 뒤로 괭이갈매기가 한가롭게 울고 있다. 타마키 이모는 어업협동조합 사무실의 낡은 창틀과 그 너머의 파란 수평선을 떠올렸다.

「힘없는 여자 둘뿐인데다 차는 밀실이라고요!」

"밀실은 아니야. 오픈카라……."

「오……?!」 미노루 씨의 목소리가 뒤집혔다.

「오픈카?! 더 안 되지! 타마키 씨, 지금 미야기 어디예요? 도로 휴게소, 오야 해안……? 알겠습니다. 잠시만 기다리세요.」

딸깍딸깍, 맹렬하게 키보드 두드리는 소리가 났다. 새카맣게 그을린 커다란 몸에 티셔츠를 입은 미노루 씨가, 아마도 평생 경트럭과 포크레인 외에는 운전해보지 못한 그가 자신을 위해 필사적으로 컴퓨터를 조작하는 모습이 타마키 이모의 눈에 떠올랐다.

「마침 거기 주차장에 지금, 도쿄행 고속버스가 정차해 있어요. 좌석도 많이 남아 있고요. 내가 예약할 테니까…….」

"자, 잠깐만 기다려. 미노루!"

타마키 이모는 서둘러 그를 말렸다. 여기까지 온 김에 본가에 갈 생각이라는 것과 그렇게 해야 틀림없이 스즈메의 마음이 풀릴 것이라고 설명했다. 통과의례 같은 것이라고 타마키 이모는 말했다. 사춘기는 원래 그런 거라고. 전에 누군가에게 들은 듯한 논리를 술술 떠들었다. 그렇게 말하면서 머릿속으로는 그건 아니라고 생각하는 자신을 문득 발견했다. 틀림없이 완전히 틀렸을 것이다. 타마키 이모는 자기 안의 위화감을, 불길한 예감을, 이야기하면서 마침내 인정했다. 아마도 내 기대대로 모든 게 쉽게 진행되지 않을 것이다. 스즈메의 생각과 안고 있는 문제, 그것은 아마도 내 상상을 훨씬 뛰어넘는 것이리라. 타마키 이모는 이유도 모른 채, 하지만 본능적으로 그렇게 확신했다.

모레 돌아갈 테니까 그때까지 잘 부탁해. 타마키 이모는 이미 자신도 믿지 않는 말을 미노루 씨에게 전하고 전화를 끊었다.

::   ::   ::

차로 목적지까지 이제 1시간 45분.

스마트폰의 지도 앱에서 간신히 눈을 떼고 바람과 바닷바람에 눅눅해진 공기를 깊이 들이마셨다. 이제 조금만 더. 조금만 더 가면 돼. 점점 조급해지는 마음을 달래려고 가슴의 공기를 오랫동안 토해냈다.

그리고 다시 지도 앱을 열어 이동 로그를 표시했다. 일본 열도가 스마트폰 화면에 다 담길 때까지 축소하니 지금까지의 경로가 파란 선으로 표시되었다. 미야자키에서 에히메까지는 페리, 거기서부터 차로 시코쿠를 횡단해 고베까지, 다음은 신칸센으로 도쿄. 게다가 태평양을 따라 지바, 이바라키, 후쿠시마를 거쳐 현재 지점은 미야기. 열도를 횡단하며 그어진 선 옆에는 1,630km라는 숫자가 표시되어 있다. 이렇게 긴 거리를 이동한 것이다. 그러니까 괜찮아. 자신을 다독이듯 생각한다. 저세상까지도 틀림없이 갈 수 있을 거야.

그때였다. 갑자기 발밑에서 불쾌한 기운이 솟구치더니 저절로 엉덩이가 붕 떴다. 낮은 땅울림이 다시 들리기 시작했다.

"······!"

들고 있던 스마트폰이 진동하며 「긴급 지진 속보」라는 붉은 문자가 나타났다. 시트에 무릎을 세우고 일어나 주위를 둘러봤다. 좌우에 선 차가 끽끽 소리를 내며 위아래로 흔들리고 있다. 주차장 지붕에 고여 있던 빗물이 작은 폭포가 되어 성난 듯 쏟아졌다. 그러나 몇 초쯤 뒤에 마음을 고쳐먹은 듯 흔들림이 줄었다. 이윽고 스마트폰도 침묵했고 정신을 차리니 발밑의 흔들림도 사라지고 없었다. 내 심장 박동만이 여전히 가슴 속에서 날뛰었다.

"……소타 씨."

셔츠 속의 열쇠를 움켜쥐고 저도 모르게 중얼거렸다.

"소타 씨, 소타 씨."

이런 말을 얼마나 되풀이할까. 앞으로 몇 년이나, 몇십 년이나. 지진이 일어날 때마다 그 검은 언덕에서 고독하게 혼자 있을 소타 씨를 하염없이 생각할까. 혹시 소타 씨가 그 일을 견딜 수 있다고 해도……, 나는 결코 견딜 수 없다.

"소타 씨, 소타 씨……!"

기도하듯 필사적으로 생각했다. 금방 갈 테니까. 금방 구하러 갈 테니까.

"……스즈메!"

건물 쪽에서 들려오는 목소리에 고개를 들자 타마키 이모가 지붕을 따라 이쪽으로 달려오고 있었다. 지금 흔들렸지? 그렇게 말하며 문을 열고 조수석에 탔다. 연보라색 카디건으로 갈아입으니 혈색이 조금 돌아온 듯하다.

"예감이 안 좋아. 지진만 계속……."

타마키 이모는 혼잣말처럼 말하고 비에 젖은 앞머리를 손가락 끝으로 정리했다. 백미러에 비친 얼굴에 대고 내가 물었다.

"세리자와 씨는?"

"아직 밥 먹는 거 아닐까? 너는 정말 밥 안 먹어도 돼?"

"응."

"아니, 아침부터 아무것도."

"배 안 고파."

후, 타마키 이모는 조그맣게 숨을 내쉬었다. 우리는 입을 다물었다. 비가 계속 내렸다. 이제 막 정오를 지났는데 스크린의 빛 조절을 최저로 낮춘 스마트폰 화면처럼 주변은 어두컴컴했다.

"……얘. 스즈메." 타마키 이모가 과감하게 말을 꺼냈다. "아무래도 제대로 얘기해야 할 것 같은데."

"……뭔데?"

"왜 그렇게 본가에 가고 싶어?"

"문을……." 반사적으로 입을 열었다가 얼버무렸다. "……미안해. 말하기가 좀 힘들어."

"그게 무슨 소리야……?" 백미러로 나를 보던 타마키 이모가 앞좌석에서 고개를 돌렸다. 우리는 몇 시간 만에 드디어 직접 눈을 마주했다.

"너, 이렇게 폐를 끼치면서."

"폐라니……?" 마음대로 따라온 것 아니냐는 말을 삼키고 눈길을 피하며 조그맣게 내뱉었다. "이모는 말해도 모르니까."

타마키 이모가 숨을 삼키는 기척이 났다. 탕! 난폭한 소리가 나며 타마키 이모가 갑자기 문을 열었다. 차에서 내려 오픈카 밖에서 내 팔을 잡았다.

"돌아가자. 버스가 있으니까."

"뭐?"

"제대로 설명도 못 하고 그렇게 창백한 얼굴로, 이거 보란 듯 아무것도 안 먹고!"

"이거 놔!"

잡힌 손을 뿌리쳤다.

"이모야말로 돌아가! 따라와 달라고 부탁한 적 없으니까!"

"너는 도무지 아무것도 모르는구나! 내가 얼마나 널 걱정했는지!"

타마키 이모의 목소리가 분노로 덜덜 떨렸다. 반사적으로 나도 소리쳤다.

"……그게 내게는 너무 부담이라고!"

타마키 이모의 눈이 갑자기 크게 벌어졌다. 입술을 깨물고 천천히 고개가 떨어지더니 어깨가 크게 위아래로 흔들렸다. 마치 주위 공기가 갑자기 옅어진 것처럼 깊이 숨을 들이켜고 내뱉었다.

"이제 정말 나는…… 지쳤어." 잠긴 목소리로 타마키 이모가 천천히 말했다.

타마키 이모를 노려봤다. 주차장 지붕 밑의 어둠에 똑바로 선 채 타마키 이모가 낮게 말했다.

"너를 데려와야 하는 처지가 된 뒤, 벌써 10년이나 너를 위해 최선을 다했어……. 나, 너무 바보 같네."

"어?" 이상하다는 생각이 들었다. 바람에 흩날린 빗방울이 툭툭 내 뺨을 때렸다.

"언제든 조심했어. 엄마를 잃은 아이니까."

문득 쓸쓸하게 웃으며 타마키 이모가 말했다. 이모 뒤로는 계속 비를 빨아들이고 있는 검은 바다가 있었다.

"네가 내게 왔을 때 나는 아직 스물여덟이었어. 아주 젊었다고. 인생에서 가장 자유로울 때였어. 그런데 네가 온 뒤로 늘 정신없이 바쁘고 여유도 없었어. 집에 사람을 부르지도 못했고 혹 달린 처지이니 결혼도 제대로 될 리 없었어. 이런 인생, 언니의 돈이 있다고 해도 전혀 수지가 안 맞아."

타마키 이모의 모습이 문득 흐려지며 흔들렸다. 눈물이구나. 조금 늦게 깨달았다. 내 눈에 눈물이 고였다.

"그런…… 거였어……?" 잠긴 목소리로 말했다.

고개를 숙였다. 다이진이 문틀에 앉아 있는 게 보였다. 다이진도 동그란 눈을 크게 뜨고 타마키 이모를 뚫어져라 보고 있었다.

"하지만 나도……." 이런 말은 하고 싶지 않다.

"나도 있고 싶어서 같이 있었던 건 아니야." 하고 싶지 않으면서 소리치고 있다.

"규슈로 데려가 달라고 내가 부탁한 게 아니잖아! 이모가 그랬잖아. 우리 집 아이가 되라며!"

스즈메. 우리 집 아이가 되렴. 눈 온 그날 밤에 나를 꼭 안았던 온기를 여전히 기억하고 있다.

"그런 거 나는 몰라!"

반쯤 웃으며 타마키 이모가 말했다. 팔짱을 끼고 내게 호통쳤다.

"너, 이제 우리 집에서 나가!"

타마키 이모의 입 끝이 웃고 있다.

"내 인생을 돌려줘!"

그러면서 타마키 이모는 울고 있다. 이상하네. 순간 생각했다. *이것은 타마키 이모가 아니야.* 하악! 다이진이 내 옆에서 위협적인 소리를 냈다. 타마키 이모는, 타마키 이모의 몸은 두 눈에서 눈물을 뚝뚝 흘리면서 입가만 웃고 가만히 서 있었다.

"당신……, 누구야?" 저도 모르게 묻고 말았다.

"사다이진." *아이* 목소리가 대답했다.

타마키 이모 뒤에 거대한 검은 실루엣이 서 있었다. 그 실루엣은 자동차보다 큰, 검은 고양이었다. 어두컴컴한 가운데 위로 올라간 커다란 눈동자가 번쩍번쩍 녹색으로 빛나고 있다.

"사다이진……?"

나지막하게 따라 읊은 직후 다이진이 으르렁거리며 차에서 뛰어내렸다. 주차장 지면을 박차고 거대한 검은 고양이의 얼굴에 주저 없이 달려들었다. 여자의 비명 같은 높은 소리가 나고 두 마리는 싸움에 돌입했다. 검은 고양이의 거대한 몸이 쿵 쓰러지며 한 덩어리가 되어 구르기 시작했다.

"어, 앗……?!"

혼란에 빠진 채 멍하니 싸움 같은 고양이들의 행위를 바라봤다. 문득 눈앞에서 똑바로 서 있던 타마키 이모의 몸이 휘청 흔들리더니 몸을 매달고 있던 실이 툭 끊어진 듯 땅에 쓰러졌다.

"어, 자, 잠깐만……, 이모?!"

타마키 이모는 땅에 엎드린 채 움직이지 않았다. 황급히 차에서 내려 그녀 곁으로 가 몸을 굽혔다.

"타마키 이모! 왜 그래? 괜찮아?!"

목에 손을 대고 머리를 똑바로 눕히면서 상반신을 빙그르 돌렸다. 가슴이 오르내리고 있으니 호흡은 있다는 소리다. 문득 고양이 비명이 끊겼음을 깨닫고 고개를 들었다.

"……아니!"

눈을 의심했다. 말 만한 크기의 검은 고양이가 반 정도 크기로 줄었다. 다이진은 목덜미를 물린 채 검은 고양이 얼굴 아래에서 덜렁덜렁 흔들리고 있다. 무슨 어미 고양이와 그 새끼 같다. 검은 고양이는 천천히 이쪽을 향해 걷기 시작했는데, 한걸음 걸을 때마다 몸집이 줄어들었다. 원근법이 완전히 망가진 것 같았다. 검은 고양이는 내게 가까워질수록 작아져 옆을 지나쳐 오픈카에 올라탈 무렵에는 대형 개 정도의 크기가 되었다.

"어……."

무슨 일이 일어났는지 모르겠다. 처음 본 거대한 모습은 내 눈의 착각이었고 처음부터 저 정도의 크기의 고양이었을까. 입을 쩍 벌린 채 차에 탄 두 마리 고양이를 바라봤다. 검은 고양이가 물고 있던 다이진을 놔주자 두 마리는 뒷좌석에 얌전히 앉아 나란히 나를 올려다봤다. 새카만 털에 녹색 눈동자를 지닌 대형 고양이와 하얀 털에 노란 눈동자를 지닌 마른 새끼 고양이. 하지만 나를 보는 눈동자의 인상은 아주 닮아 있었다.

"다이진과 사다이진……?"

혼자 중얼거렸다. 두 마리는 같은 곳에서 왔구나. 그런 생각을 문득 했다. 그들의 눈동자는 나를 바라보면서도 나를 넘어서 있었다. 이 고양이들의 눈동자는 저쪽 세계를 보고 있다.

"스즈메⋯⋯?"

내 품에서 타마키 이모가 잠긴 목소리를 냈다.

"이모!"

왠지 초점 잃은 눈으로 타마키 이모가 나를 올려다봤다.

"나, 왜⋯⋯."

"이모, 괜찮아?"

그 얼굴에 갑자기 생기가 돌아왔다.

"아⋯⋯ 그게, 나!" 타마키 이모는 재빨리 말하고 벌떡 일어났다. "미안. 잠깐만!"

타마키 이모는 그렇게 말하고 건물로 달음질쳐 사라졌다. 나는 바로 다리에 힘을 주지 못해 바닥에 무릎을 꿇은 자세 그대로 이모의 등을 바라보기만 했다. 타마키 이모의 모습이 자동문 안으로 사라진 뒤 천천히 차를 돌아봤다. 검정과 하양 두 고양이는 좌석 위에 몸을 동그랗게 말고 쉬고 있다. 한바탕 일을 끝냈다는 듯 고롱고롱 목을 울리며 잠들려 하고 있었다.

어느샌가 비는 이미 가늘어졌다.

∷　　∷　　∷

"세리자와 씨!"

세리자와 씨는 누가 뒤에서 자기 이름을 불렀을 때 한 손에 소프트아이스크림을 들고 인형 잡기 게임을 지켜보던 중이었다. 애써 이런 데까지 왔으니 기념으로 뭔가 현지와 어울리는 선물이라도 가지고 돌아갈까. 막연하게나마 그런 생각을 하고 있는데 절박한 목소리가 자기 이름을 부른 것이다.

"네?"

돌아보니 눈물로 화장이 번진 타마키 이모가 서 있었다. 아, 좀 봐줘요! 세리자와 씨는 반사적으로 생각했다.

"나, 좀 이상해진 것 같아……."

"네?"

"왜 그런 말을…… 해버렸을까." 타마키 이모는 말하면서 두 손에 얼굴을 묻었다.

어이, 좀! 세리자와는 생각했다. 타마키 이모는 소리를 내어 울기 시작했다.

"자, 잠, 잠깐만요……!" 세리자와 씨는 당황하며 한 걸음 다가섰다.

"아……앙!" 타마키 이모는 마치 어린애처럼 울음을 터트렸다.

카페테리아와 지역 특산물 가게에서 점원과 손님들이 무슨 일인가 싶어 이쪽을 살피고 있다. 세리자와는 적당히 좀 했으면 좋겠다고 다시금 생각하면서 조그맣게 말했다.

"왜, 왜 그러시는데요?"

타마키 이모는 대답하지 못하고 훌쩍훌쩍 훌쩍이기만 했다.

"아니, 잠깐만요. 괜찮으세요? 이런 데서 울지 말아요……."

세리자와 씨는 타마키 이모의 얼굴을 들여다보려고 몸을 굽혔다.

"앗!"

들고 있던 소프트아이스크림 콘에서 아이스크림이 툭 바닥에 떨어지고 말았다. ……아, 진짜! 다시 생각했다. 아직 두 번밖에 안 먹었는데. 아니 왜 나한테……. 세리자와 씨는 짧게 깎은 조그만 커트 머리와 떨리는 가녀린 어깨를 바라보면서 생각했다. 왜 알지도 못하는 동네 휴게소에서 대략 스무 살쯤 나이 많은 생면부지의 여자가 우는 모습을 봐야 한단 말인가.

"우……에……엥! 훌쩍훌쩍. 우……앙!"

세리자와 씨는 자포자기한 채 타마키 이모의 어깨에 손을 얹고 토닥토닥 다정하게 두드렸다. 타마키 이모는 더 크게 울었다. 주위 사람들은 아가리를 벌린 덫에 빠지지 않겠다는 듯 두 사람을 크게 돌아 피해 갔다. 세리자와 씨는 나오려는 한숨을 간신히 삼키고 천장을 올려다보며 "아, 정말 사연이 많다니까"라고 입 속으로 중얼거렸다. 타마키 이모가 더 크게 울지 않도록 그녀에게는 들리지 않을 정도의 조그만 목소리로.

하고 싶은 일

「그만 싸워요~, 둘을 말려요~, 나 때문에~ 싸우지 말아요
~.」

이 분위기와 도통 어울리지 않는 쇼와 시대 가요는 세리자
와 씨가 우리에게 던지는 메시지라는 걸 이정도 되면 알아차
릴 수밖에 없었다.

"그 참, 성가시네!"

조수석에 앉은 타마키 이모가 매몰차게 말했다. 나도 동감
이다. 시끄럽다. 괜한 참견이고.

"아니 왜요? 게스트에 맞춰 고른 건데요."

세리자와 씨는 운전하면서 너무나 의외라는 듯 말했다. 도
로 휴게소를 출발한 빨간 오픈카가 방조제와 밭 사이에 난 한
가로운 시골길을 달리고 있는데 지나치는 사람도 차도 거의
없다. 미안해요~ 내 탓이에요~, 둘의 마음을 가지고 놀아서~.
들은 듯도 하고 처음 듣는 듯도 한 정겨운 멜로디를 한참 흥얼
거린 뒤 세리자와 씨는 슬쩍 나를 돌아봤다.

"스즈메. 이 차, 날이 맑으니까 기분 좋지?"

"……"

그의 말을 무시하고 두 손에 들고 있는 커다란 크림 샌드위
치를 베어 물었다. 한바탕 소동이 일어난 후에 갑자기 배가 고

파져 팩 우유와 함께 휴게소에서 산 것이다. 부드러운 빵을 크게 베어 물고 우유와 함께 넘겼다. 꿀꺽. 달콤한 빵은 온몸의 세포가 기뻐하는 게 느껴질 정도로 기막히게 맛있었다. 타마키 이모는 너무 뻘쭘했는지 한마디도 하지 않고 있다. 하지만 그 뒤— 주차장에서 한바탕 서로 호통을 친 뒤로는 뭔가가 조금 변한 듯하다. 비가 갠 뒤의 맑은 공기 속을 달리는 오픈카는 확실히 아주 기분 좋다. 낡은 액자를 바꾼 듯 하늘도 구름도 더 선명해졌다. 공기가 전보다 산소를 훨씬 많이 머금은 듯 왠지 호흡이 가벼웠다.

"분위기가 무겁네."

세리자와 씨가 입을 다물고 있는 우리를 번갈아 보며 반쯤 웃으며 말했다.

"저기는, 신입?"

그렇게 말하고 백미러를 힐끔 봤다. 뒷좌석 한쪽 시트를 거의 다 차지한 커다란 검은 고양이가 목울대를 울리면서 하얀 새끼 고양이의 털을 고르고 있었다.

"설마 한 마리가 더 늘 줄이야……. 그건 그렇고 정말 큰 고양이네."

흥미롭다는 듯 세리자와 씨가 말했다.

"아, 무지개다! 좋은 징조야!"

보니까 확실히 앞쪽 하늘에 커다란 무지개가 걸려 있다. 와!

감탄스러웠으나 입 밖으로 내지는 않았다. 타마키 이모도 아무 말도 하지 않았다.

"……전원 반응 없고." 세리자와 씨는 딱히 신경 쓰지도 않는 듯 말하고 담배를 물고 한 손으로 불을 붙였다.

"스즈메. 고양이 말이야." 담배 연기를 내뱉으면서 태평한 어조로 말했다. "이유도 없이 따라오지는 않았을 거 아냐? 개도 아니고."

그럴지도 모른다. 그럴지도 모르지만, 현재 내게는 굳이 말하자면 이런 상황에서 혼자 끊임없이 떠들어대는 세리자와 씨의 강한 멘탈이 더 거슬렸다. 도쿄에서 출발하고 여덟 시간 이상 나와 타마키 이모는 드라이브 중에 한마디도 이야기를 나누지 않았다.

"저 흑백 말이야." 앞을 보고 그가 계속 말했다.

"네게 원하는 게 있는 거 아닐까?"

"맞아." 어린애 목소리가 대답했다.

"어!"

전원이 내 옆의 검은 고양이를 응시했다. 검은 고양이— 사다이진이 고개를 들고 녹색 눈동자로 세리자와 씨를 가만히 보고 있다. 이어서 그 눈동자가 천천히 나를 봤다. 그 눈에는 분명 지성이 담겨 있었다.

"사람의 힘으로 원래 자리에 되돌려줘."

"아니······!" 세리자와 씨와 타마키 이모가 나란히 경악한 표정으로 소리쳤다.

"고양이가 말했어?!"

그때였다. 오픈카가 중앙선을 넘었고 정면에서 트럭이 다가왔다. 운전사가 놀라 경적을 울려댔다.

"으악!"

전원이 비명을 질렀고 세리자와 씨가 핸들을 확 왼쪽으로 꺾었다. 트럭은 브레이크 소리를 울리며 아슬아슬하게 스쳐 지나갔다. 우리 차는 빙글 한 바퀴 돌아 쿵 소리를 내며 제방 턱에 범퍼를 들이받고 정지했다.

위험할 뻔했다! 그렇게 생각한 순간 영차 하는 느낌으로 앞바퀴가 제방의 잡초를 넘어섰다.

"어라?"

그대로 차가 천천히 앞으로 나아갔다. 제방을 타고 기울어진다.

"어이, 어이, 야······."

세리자와 씨는 서둘러 기어를 바꾸고 액셀을 밟아 차를 후진시키려 했으나 차체는 더 앞으로 기울었고 뒷바퀴가 붕 떴다.

"자, 잠, 잠깐만······!"

차는 완전히 도로에서 벗어나 풀로 덮인 3미터 정도의 급경사면을 천천히 미끄러져 떨어졌다. 타이어가 필사적으로 후진하려고 풀들을 덧없이 짓이겼으나 차는 계속 내려갔다. 콰당, 묵직한 충격과 함께 차체 앞부분이 지면과 부딪쳤다. 팡, 요란한 공기음을 내며 운전석과 조수석의 에어백이 터졌다. 앞좌석의 둘이 그 상황을 멀거니 바라보고 있다. 그러자 이번에는 내 뒤에서 윙 하고 모터 소리가 울리기 시작했다. 돌아보니 트렁크가 열리고 접힌 지붕이 튀어나왔다. 지붕은 밀려 올라오면서 두 장으로 나뉘어 덜컹, 우리 머리 위를 완벽하게 막았다.

"아, 고쳐졌다."

세리자와가 넋을 놓은 채 말하고 조심스럽게 문을 열었다. 문은 중력의 힘을 받아 세리자와 씨의 손에서 떨어져 나가 완전히 열리더니 일단 가볍게 땅에 바운드하고 두둑 소리를 내며 차체에서 뜯겨 땅에 떨어졌다. 사이드미러가 깨지는 쨍그랑 소리가 한가로운 전원에 울렸다.

"……말도 안 돼."

세리자와 씨가 평탄한 목소리로 중얼거렸다.

이렇게, 우리를 태우고 도쿄에서부터 6백 킬로미터를 달려온 세리자와 씨의 애마는 목적지를 눈앞에 두고 침묵해 버렸다. 어디선가 아주 가까운 곳에서 들새가 끼끼 즐겁게 울었다.

::   ::   ::

내가 지나가는 차에 엄지를 세워 필사적으로 히치하이킹을 시도하고 있을 때, 경사면 아래의 밭 주변 풀밭에서는 어른 둘이 여전히 40도 각도로 기울어진 차를 멀거니 바라보고 있었다.

"정말 위험할 뻔했어. ……그보다 말이야!"

차에서 드디어 눈을 떼고 타마키 이모가 목소리를 낮추며 세리자와 씨에게 말했다.

"저 고양이, 말하지 않았어?!"

타마키 이모 옆에서 애마의 안타까운 모습을 바라보던 세리자와 씨도 그 말에 정신을 차린 듯 타마키 이모를 보고 목소리를 낮췄다.

"말했……어요. 역시 그랬죠?! 내 환청이 아니었죠!"

"말했다고! 그러고 보니 맨 처음 새끼 고양이도 말했지! '시끄러워'라고 역 앞에서 말했잖아!"

"그랬어요! 말했어요?! 이게 뭐죠? 심령 현상?!"

"아니. 그런 말도 안 되는……."

한편 내 히치하이킹은 좀처럼 잘 되고 있지 않았다. 경사면 위의 도로는 차 두 대가 간신히 지나칠 정도의 좁은 길이고 주위에는 물을 채운 논밖에 없다. 도로 옆에는 전봇대가 같은 간격으로 한없이 늘어서 있을 뿐이다. 그런 풍경 속에서 10분 가까이 기다려 간신히 지나간 미니밴은 손을 흔드는 내 옆을 전혀 속도를 줄이지 않고 지나가 버렸다. 작업 모자를 쓴 운전석의 아저씨는 나를 보고는 대놓고 이맛살을 찌푸렸다. 내 몰골이 너무 필사적이라 그랬을까, 아니면 옆에 있는 검은 고양이의 거대한 몸을 보고 놀랐는지, 혹은 둘 다인지 모르겠다. 어쨌든 다음에는 최대한 환한 미소를 지으며 손을 흔들어보자 마음먹었는데 이후로 5분 이상이 지났는데도 다음 차는 나타나지 않았다. 경사면 아래를 향해 소리를 질렀다.

"세리자와 씨, 앞으로 10킬로미터쯤 남았다고 했죠?"

이런 곳에서 더 발이 묶여 있을 수는 없었다. 세리자와 씨는 문이 떨어져 나간 차체에 상반신을 밀어 넣고 내비게이션을 조작하더니 내게 소리쳤다.

"목적지까지 앞으로 20킬로미터야! 아직 좀 멀어."

"나, 달려갈게요! 여기까지 고마웠어요. 세리자와 씨, 타마키이모!"

그렇게 소리치고 달리기 시작했다. 둘이 놀라는 목소리가 등 뒤로 들렸다. 하지만 달리지 못할 거리는 아니다. 검은 고양이도 다이진을 입에 문 채 나를 따라왔다. 그들의 정체도 목적도 모르지만, 항상 내 곁에 있어 주는 그 고양이들이 지금은 든든했다.

∷　　∷　　∷

"아니……? 달린다고? 어, 정말?!"

한편 어른들은 멍하니 입을 벌리고 멀어져가는 내 등을 바라만 봤다고 한다. 한 번도 돌아보지 않고 달려가는 나를 바라보면서, 타마키 이모는 그때 바로 결심했단다. 퍼뜩 주위를 둘러보고 풀에 묻혀 있는 자전거를 발견하고 달려갔다.

"어? 왜 그러세요?"

세리자와 씨에게 대답하지 않고 타마키 이모는 풀 속에서 자전거를 끌어내 녹슨 프레임을 양손으로 들어 올려 일으켰다. 바구니가 앞에 달린 노란 자전거였다. 잠겨 있지는 않았다. 기적적으로 타이어에 공기도 차 있었다.

"세리자와 씨. 나도 갈게!"

타마키 이모는 인사를 건네곤 양손으로 핸들을 잡고 자전거를 밀면서 경사면을 올라갔다.

"네, 뭐라고요?!"

"여기까지 데려다줘서 고마웠어!"

타마키 이모는 말하고 도로로 나와 자전거에 올라탔다.

"어. 기다려요!"

"세리자와 씨, 의외로 좋은 선생이 될지도 모르겠어!"

타마키 이모는 큰 소리로 말하고 자전거 페달을 밟기 시작했다.

"아니, 자, 잠깐만요……!"

황급히 도로로 올라온 세리자와 씨는 저 멀리 달리는 나와 고양이의 뒷모습과 자전거로 그들을 쫓는 타마키 이모의 뒷모습을 보게 되었다. 이윽고 커브를 돌아 전원의 모습이 나무 뒤로 사라졌다.

"……저 두 사람, 뭐야?"

세리자와 씨는 양손을 허리에 대고 어이없다는 듯 중얼거렸다. 고개를 돌려 보니 나름대로 큰돈 들여 사들여 소중히 다뤄 온 빨간 BMW가 동정이라도 하듯 제방 아래에서 그를 올려다보고 있었다. 이게 뭐냐? 애마에게 말이라도 거는 듯 되풀이해 중얼거렸다. 여덟 시간이나 차를 운전하고 나름 분위기를 부드럽게 하려고 타마키 이모 세대가 좋아할 법한 노래를 틀었는데 갑자기 차를 잃고 게다가 혼자 남겨지고 말았다. 아무래도 사연이 많아 보이는 이모와 조카는 뒤도 돌아보지 않고 훌쩍 가버렸다.

문득, 뱃속에서 웃음이 치밀어 올랐다. 하하하, 일단 웃기 시작하자 점점 더 유쾌해졌다.

"하하하……!"

한층 상쾌해졌다. 세리자와 씨는 한바탕 웃은 다음 하늘을 올려다보고 숲 냄새를 가슴 가득 들이켰다. 그리고 마음에 끓어오르는 생각을 솔직히 털어놓았다.

"좋구나. 소타 자식!"

아마도 나는 어떤 역할을 맡았다가 막 끝낸 것 같네. 이유도 모른 채 왠지 세리자와 씨는 그렇게 생각했다. 소타 일은 그냥 스즈메에게 맡겨두면 잘 될 듯하다. 그리고 스즈메에게는 애정 과다 이모와 두 마리의 수수께끼 같은 고양이가 있다. 응. 어떻게든 될 거야, 틀림없이. 나는 이제 슬슬 내 인생으로 돌아갈 때다. 좋은 선생이 될 거라고 확인도 받았고.

세리자와 씨는 완전히 구겨진 담배를 주머니에서 꺼내 입에 물고 불을 붙였다. 지금까지는 그리 맛있다고 생각하지 않았는데, 그 연기는 처음 느끼는 성취감 비슷한 것을 세리자와 씨의 온몸에 보냈다.

::　　::　　::

어서 타! 타마키 이모는 내게 말한 뒤 한마디도 하지 않고 그저 자전거 페달만 밟았다.

좁은 도로 양쪽에는 키가 큰 참억새가 무성하게 우거져 있고 전봇대만이 우리에게 길을 안내라도 하는 양 내내 끊이지 않고 이어졌다. 여기저기서 우리를 감싸듯 쓰르라미가 울어댔다. 9월의 태양은 어느새 상당히 기울어 왼편에서 세상을 곧장 비추고 있다.

바로 앞에서 자전거 페달을 밟고 있는 타마키 이모의 등은 내 생각보다 훨씬 작았다. 하얀 탱크톱이 땀에 젖어 피부에 착 달라붙어 있고 목덜미에서 구슬땀이 주르륵 하염없이 흘렀다.

"……이모?"

살그머니 말을 걸었다. 왜 이토록 필사적인지, 궁금했다.

"……됐어."

거친 숨소리 사이로 타마키 이모가 조용히 말했다.

"응?"

"그러니까 너, 좋아하는 사람에게 가고 싶은 거잖아?"

"어…… 뭐?!"

"뭐가 뭔지 하나도 모르겠지만 핵심은 사랑이지?"

"아, 아니야. 사, 사랑 같은 거 아니야!"

뜻밖의 말을 듣고 놀라 타마키 이모에게 소리쳤다. 후후. 타마키 이모가 가소롭다는 듯 웃었다. 역시 이 사람은 아무것도 모른다. 귀까지 화끈화끈했다.

"얘, 스즈메. 이 고양이들 말이야……?"

타마키 이모가 이제야 생각났다는 듯 훌쩍 말을 꺼냈다. 검은 고양이는 자전거 앞 바구니에 억지로 몸을 욱여넣어 앉아 있고 다이진은 검은 고양이의 앞다리와 바구니 사이에 꽉 끼어 있다.

"맞다……."

그러고 보니 두 마리 전부 말하는 모습을 들켰다는 사실을 그제야 떠올렸다.

"아, 그러니까…… 뭐랄까, 신 같은 거야."

언젠가 소타 씨가 한 말을 떠올리고 "변덕쟁이인"이라고 덧붙였다.

"변덕쟁이 신?! 그게 뭐야?"

타마키 이모는 웃음을 터뜨렸다. 하하하! 아주 기분 좋은 듯 한바탕 웃었다. 아무래도 좀 말이 그런가 싶어 나도 키득키득 웃고 말았다. 정말 오랜만에 웃은 것 같다. 어쩌면 우리가 함께 웃기 위해— 문득 생각했다. 그래서 사다이진이 이 자리에 나타났나? 상반신을 흔드는 타마키 이모와 내 그림자가 오른편 지면에 짙고 길게 늘어나 있었다.

"저 그게, 말이야" 타마키 이모가 계속 앞을 보며 갑자기 말을 꺼냈다. "아까 주차장에서 내가 한 말은……."

타마키 이모를 봤다. 땀에 젖은 쇼트커트가 바람에 나부끼고 있다. 몇 가닥 섞여 있는 흰머리를 처음으로 발견했다.

"속으로 생각한 적 있기는 해……. 하지만 그게 다는 아니야."

"응." 내가 대답했다. 다 알고 있다.

"진짜 그게 다는 아니야."

나는 숨만 내쉬어 살짝 웃었다.

"……나도. 이모. 미안해."

그렇게 말하고 땀에 젖은 타마키 이모의 어깨에 손을 얹고 목덜미에 착 뺨을 붙였다. 이모 냄새가 났다. 그것은 해님과 아주 닮은, 늘 나를 안심시키는 냄새였다. 내가 좋아하는 이모의 냄새였다.

"……12년 만의 귀향이네."

타마키 이모가 말했다. 나도 소리 없이 고개만 끄덕였다. 아주 멀리, 방조제의 회색 벽이 보이기 시작했다.

고향

"엄마, 다녀왔습니다!"

밖에서 신나게 놀고 와서는 이렇게 커다란 목소리로 엄마를 부르면서 집까지의 짧은 이 언덕길을 뛰어 올라갔다. 12년 만에 같은 장소에 서니 갑자기 그 생각이 났다. 그럴 때마다 엄마는 나를 위해 달콤한 간식을 준비해줬다. 고구마 케이크나 시나몬 설탕이 뿌려진 튀김 빵이나 콩고물을 잔뜩 묻힌 두부 떡을. 집의 구조도, 간식의 부드러움과 달콤함도, 나를 부르는 엄마의 목소리도 오랫동안 새까맣게 잊고 있었는데, 지금 여기선 순간 나 자신도 당황스러울 정도로 선명하게 그런 기억들이 머릿속에서 솟구쳐 올라왔다. 그 무렵 살았던 이층집이 당장 눈앞에 보일 것만 같았다. 그리고 집안에는…….

"엄마, 다녀왔어."

그런 기억을 슬쩍 밀어 제자리에 놓으려는 듯 조용하게 말했다.

녹슨 조그만 철문을 한 손으로 밀고 집 대지 안으로 걸어 들어갔다.

그곳은 풀로 뒤덮인 폐허였다. 집은 낮은 콘크리트 기초 부분만 남아 있고 그곳을 온갖 색깔의 식물들이 한껏 뒤덮고 있었다. 우리 집뿐만 아니라 일대가 다 똑같았다. 오래전 주택들이 있던 이곳 전체가 완벽한 폐허가 되었다. 그때 있던 조그만 숲도 완전히 자취를 감추고 눈길이 닿는 한 거의 모든 게 황무지였다. 12년 전, 여기에 있던 모든 것은 쓰나미에 휩쓸려 갔다. 지금은 2백 미터쯤 떨어진 곳에서 거대한 방조제가 이 황야를 내려다보고 있다. 기울어지는 저녁 해가 그 모든 풍경을 옅은 붉은색으로 물들이고 있다.

내가 네 살 때, 큰 지진이 일어났다.

일본의 동쪽 반을 통째로 뒤흔들 정도로, 정말 큰 지진이었다.

지진이 일어났을 때 나는 보육원에 있었고 엄마는 근무하는 병원에 있었다. 나는 선생님들 손에 이끌려 근처 초등학교로 피난했고 결국은 그곳에서 열흘쯤 지냈던 것 같다. 아주 옛날 일이라 일어난 일 대부분은 까먹었다. 매일 정말 추웠고 방재 무선이 늘 사이렌을 울렸고 그날부터 매일 주먹밥과 빵, 컵라면만 먹었던 일을 어렴풋하게 기억하고 있다. 그리고 다른 애들은 아빠와 엄마가 다 데리러 왔는데 우리 엄마만 도통 오질 않았다.

아버지 없이 사는 생활을 한 번도 외롭다고 생각한 적 없었는데(우리는 처음부터 엄마랑 둘만 살았다), 그때만은 부모님이 다 있는 애를 진심으로 부러워했다. 너무나 외롭고 불안해 피난소에 있을 때 마음만이 아니라 내내 온몸이 다 아팠던 일도 어렴풋이 기억하고 있다.

그리고 그날 갑자기, 엄마의 여동생인 타마키 이모가 규슈에서 나를 데리러 왔다.

내 엄마는 끝내 마지막까지 돌아오지 않았다.

집 뒷마당의 우물은 아직도 남아 있었다.

그 무렵에는 우물에 나무 뚜껑을 덮고 아이가 열지 못하게 무거운 돌을 올려놓았다. 어린 나는 이따금 뚜껑 틈으로 조약돌을 떨어뜨려 물소리가 날 때까지 수를 헤아렸다. 당시에는 아직, 물이 있었다.

지금, 그 우물의 구멍은 흙에 묻혀 있고 잡초가 무성했다.

녹슨 삽으로 우물 옆을 팠다. 타마키 이모는 수풀 사이로 얼굴을 내민 기초 콘크리트에 앉아 내 행동을 잠자코 바라봤다. 내가 뭘 하는지 틀림없이 궁금했을 텐데 참견하지 않기로 마음먹은 듯하다. 고양이들도 타마키 이모의 발밑에 가만히 앉아 있다.

삽 끝이 달그락, 딱딱한 것에 닿았다.

"……있다!"

저도 모르게 소리를 내고 말았다. 삽으로 구멍 주위를 넓히고 흙 속에 손을 넣어 찾던 것을 들어 올렸다.

과자 깡통이었다. 뚜껑 한가운데 아이가 쓴 커다란 글자로 '스즈메의 보물'이라고 적혀 있다. 캔에 묻은 진흙을 털어내고 집 초석 위에 놓고 뚜껑을 열었다. 순간 푸른 다다미 냄새가 난 듯하다. 그 무렵의, 집 냄새다.

"일기장?" 옆에서 살피던 타마키 이모가 물었다.

"응" 내가 대답했다.

깡통 안에는 내 그림일기가 들어 있었다. 이 밖에도 당시 유행한 달걀 모양의 조그만 게임기와 비즈로 만든 액세서리, 좋아한 색종이 등이 들어 있다. 전부 지난주에 묻은 물건처럼 전혀 낡지 않았다. 플라스틱에는 매끄러운 윤기가 나고 색종이는 막 물들인 듯 색이 선명했다. 이 물건들은 당시 내가 늘 배낭에 넣고 가지고 다니던 것들이다. 타마키 이모와 규슈로 가기 전에 혼자 이곳에 와서 우물 옆에 깡통째 묻었다. 그것을 어렴풋이 기억하고 있었다. 일기 내용을 확인하는 게 이곳에 온 내 목적이다.

"나, 그 무렵 일은 이제 거의 기억하지 못해서……."

페이지를 넘기면서 말했다. 크레용으로 쓴 비뚤비뚤한 글자와 컬러풀한 그림이 당장이라도 튀어나올 듯 모든 페이지에서 꿈틀대고 있다. 3월 3일. 엄마와 히나마쓰리를 했습니다. 3월 4일. 엄마와 노래를 실컷 부름. 3월 5일. 엄마 차를 타고 이온으로 놀러 갔습니다.

"나, 길을 헤매다가 문으로 들어갔을 텐데. 틀림없이 일기에 그 일을……."

페이지를 계속 넘겼다.

3월 9일. 엄마가 머리를 잘라 주어 스즈메가 귀여워졌습니다.

3월 10일. 엄마의 34살 생일. 축하해요! 100살까지 살아요!

페이지를 넘겼다.

"……!"

3월 11일.

페이지가 새카맣게 칠해져 있다. 크레용 기름이 마치 조금 전에 칠한 듯 반질반질 광택을 내고 있다. 떠올랐다. 곱은 손. 세게 움켜쥔 검은 크레용. 하얀 페이지를 시커멓게 칠할 때의 밑에 간 종이상자의 까칠까칠한 불쾌한 감각. 손가락 끝의 감각이, 폭발할 듯한 그때의 감정이 지금 내 안에 생생하게 떠올랐다. 오랫동안 얼어붙어 있던 기억이 녹아내려 흘러넘치는 것만 같았다. 이제는 그것을 막으려고도 하지 않았다.

다음 페이지를 넘겼다. 새카맣게 칠해져 있다.

페이지를 넘겼다. 새카맣다.

페이지를 넘겼다. 검은색뿐.

피난소에서 생활하며 매일 엄마를 찾으러 돌아다녔다. 매일 어두워질 때까지 잔해가 되어 버린 마을을 혼자 하염없이 걸었다. 어딜 가도, 누구한테 물어도 엄마의 행방은 알 수 없었다. 미안, 미안하구나. 스즈메, 미안해. 모두 그 말만 했다. 매일, 오늘 드디어 엄마를 만났다는 얘기를 일기에 쓰고 싶어서, 하지만 쓸 수 없어서, 그런 일은 없었던 것으로 하려고, 매일 일기를 시커멓게 칠했다. 종이의 하얀 부분이 남지 않도록 정성껏, 필사적으로 검은 크레용을 칠해댔다.

페이지를 넘긴다. 검은색.

페이지를 넘긴다. 검은색.

검은색. 검은색. 검은색.

페이지를 넘긴다.

"······!"

한숨이 흘러나왔다. 눈가에 차오른 눈물이 툭툭 일기에 떨어졌다.

그곳에는 선명한 그림이 그려져 있다.

문 그림이다. 문 안에는 별이 가득한 하늘이 그려져 있다.

그리고 그 옆 페이지에는 초원에 선 두 사람의 모습이 있다. 한 사람은 어린 소녀이고 다른 하나는 하얀 원피스를 입은 머리가 긴 어른이다. 둘은 생긋 웃고 있다.

"······꿈이 아니었어······."

손끝으로 살그머니 둘을 만져봤다. 부풀어 오른 크레용 물감이 마치 직접 과거를 만진 듯 손가락 끝에 살짝 묻었다. 꿈이 아니었다. 정말 있었던 일이었다. 뒷문으로 들어가 저세상을 헤매다가 그곳에서 엄마를 만난 것이다. 내가 들어갈 수 있는 뒷문은, 이 땅에 있다.

"맞다. 그날, 달이 떴어! 저 전파탑에 달이 걸려 있었어!"

뒷문 그림 옆에는 달과 가는 탑 같은 물체가 풍경으로 그려져 있었다. 일기에서 눈길을 들고 주위를 둘러봤다.

저녁 어둠에 잠기고 있는 황야 저 너머에 그게 있었다. 어두컴컴한 풍경에 성냥개비 하나만 서 있는 듯 전파탑이 여전히 똑바로 서 있다.

그곳을 향해 달리기 시작했다.

"자, 잠깐만, 스즈메!"

타마키 이모가 당황해 소리쳤다.

"어? 뭐야? 그 문을 찾았어?! 12년 전 잔해 외에는 아무것도 없을 텐데?"

당혹스러워하는 목소리가 등 뒤에서 멀어졌다.

어두워지고 있는 황무지를 전파탑을 향해 곧장 달렸다. 옆에는 사다이진이, 마치 내 그림자라도 되는 양 나란히 달리고 있다. 키가 큰 잡초 속에는 가끔 콘크리트 바닥이 있고 짧은 계단도 있었다. 타이어와 목재 등이 방치된 잔해도 있었다. 전파탑이 시야 가득 들어올 때까지 다가가 걸음을 멈추고 주위를 둘러봤다.

"어디지……?" 숨을 몰아쉬면서 응시했다. 전파탑 왼쪽 위에는 마침 그날처럼 노란 보름달이 걸려 있다. 이 근처가 분명할 텐데.

"스즈메."

갑자기 어린애 목소리가 들렸다. 살펴보니 조금 떨어진 어두운 곳에 새끼 고양이의 실루엣이 보였다.

"다이진……."

달려가자 다이진은 도망치듯 말없이 달리기 시작했다.

"아니……, 기다려. 뭐 하는 거야!"

뒤를 쫓았다. 콘크리트 밑동만 남은 문 같은 장소를 통과했다. 그곳에서 다이진이 멈추더니 나를 올려다봤다.

담쟁이덩굴에 뒤덮인 널빤지 같은 것이, 낮은 돌담에 기대어 누워있다.

"이거……."

풀밭에 무릎을 꿇고 널빤지를 자세히 살폈다. 문이었다. 표면을 덮은 담쟁이덩굴을 두 손으로 거칠게 뜯어내기 시작했다. 문을 덮은 뿌리는 강하고 단단해 힘껏 뜯어내지 않으면 좀처럼 뽑히지 않았다. 날카로운 잎과 줄기에 손바닥에 설핏 피가 뱄다. 하지만 그리 아프지는 않았다. 정신없이 덩굴을 뜯어내 드러난 문을 두 손으로 안고 돌담에 세웠다.

그것은 어느 집에나 있을 법한 아주 평범한 나무문이었다. 디귿자 형태의 나무틀에 경첩으로 문을 달았다. 표면의 장식판은 너덜너덜 벗겨지고 허리 높이에는 녹슨 손잡이가 달려 있었다. 틀림없어. 이 문이었어. 이 문이 어린 시절 내가 연, 내 뒷문이었어.

"다이진, 너 혹시……." 한 가지 생각이 갑자기 내 머리를 스쳤다.

"뒷문을 열었던 게 아니라 뒷문이 있는 장소로 나를 안내해준 거야?!"

야윈 얼굴에 커다랗게 열린 노란 눈동자로 다이진은 나를 물끄러미 바라봤다.

"지금까지…… 계속……?"

자연스럽게 뜨거운 감정이 솟구쳐 솔직한 심정을 토해냈다.

"고마워, 다이진!"

다이진이 놀라는 듯한 표정을 짓더니, 그로부터 깡마른 몸이 점점 부풀었다. 축 늘어졌던 귀와 꼬리가 신이 난 듯 힘껏 솟았다.

"스즈메, 가자!"

다이후쿠[18]처럼 통통한 새끼 고양이로 돌아온 다이진이 신이 난 목소리로 말했다.

"응!"

문의 손잡이를 잡고 열었다. 에어록이 열린 듯 푸시싯, 바람이 밀려오며 내 몸을 밀었다. 열린 문 안에는 반짝반짝 빛나는 별이 가득 뜬 하늘이었다.

"우와……!"

저도 모르게 감탄의 숨을 내쉬고 말았다. 꿈에서 계속 보아 온 별밤이 지금, 눈앞에 있었다. 그저 보이기만 하는 게 아니었다. 그 바람에는 낯익은 냄새가 났고 그 빛에는 만질 수 있을 듯한 실존이 있었다. 들어갈 수 있어. 이상하게도 그런 확신이 들었다. 이것은 나를 위한 뒷문이야. 어느새 사다이진과 다이진도 나란히 내 옆에 서 있었다.

"스즈메!"

그때 뒤에서 소리가 났다. 돌아보니 타마키 이모가 이쪽을

18 찹쌀떡

향해 달려오고 있었다. 나는 크게 외쳤다.

"이모. 나, 다녀올게!"

"뭐?! 어딜?!"

"좋아하는 사람에게!"

대답하고 문으로 뛰어들었다. 고양이들도 따라왔다. 마치 프리즘에 둘러싸인 듯 형형색색의 눈부신 빛이 나를 감쌌다.

::　　::　　::

타마키 이모는 문틈 안으로 훌쩍 사라지는 내 실루엣을 봤다고 했다.

잘못 봤겠지……. 그렇게 생각하고 달려오니 문 주위에는 아무도 없었다. 조카도 고양이도 없었다. 바람 한 점 없는 적막한 밤의 초원이었다. 돌담에 세워진 문의 널빤지만이 보이지 않는 세계에서 불어오는 바람에 나부끼듯 끼익 소리를 내며 흔들리고 있었다.

"스즈메……."

중얼거리는 목소리는 잠겨 있었다. 무슨 일이 일어나고 있는지 도무지 알 수 없었고 본 것을 믿을 수 없었다. 타마키 이모는 혼란스러웠다. 단순히 본가에 간다고 해서 해결되는 게 아니리라는 불길한 예감은 이미 있었다. 그러나 지금 이 상황은 타마키 이모의 이해 범위를 훨씬 넘어선 것이었다.

　언니……. 타마키 이모는 어디와도 이어지지 않은 문을 바라보며 생각했다.

　혹시 거기 있으면……, 부탁해. 스즈메를 지켜줘.

　이윽고 문의 흔들림이 딱 멎고, 살그머니 가을 준비를 시작한 듯 벌레들이 은밀하게 울기 시작했다.

저
세
상

Suzume

여전히 불타고 있는 마을

별이 뜬 밤하늘 속으로 떨어지고 있다.

머리 위를 올려다보니 내가 통과한 문이 보였다. 문 속에 전파탑에 걸린 보름달이 조그맣게 보였다. 눈을 깜빡이자, 그곳에는 문이 아니라 커다란 보름달만 있다. 달을 통과해 이 세상에서 저세상으로 떨어지고 있구나. 눈을 뜬 채 꿈을 꾸는 듯한 기묘하면서도 또렷한 감각을 느끼며 생각했다.

양옆에는 검은 사다이진과 하얀 다이진이 바람에 털을 날리며 나와 함께 떨어지고 있다. 눈앞에는 눈부신 은하수가 있고 눈 아래에는 검은 구름이 지평선 너머까지 덮고 있다. 구름으로 단단히 뚜껑을 닫은 듯 지표 상황은 전혀 보이지 않는다. 내 몸은 그 구름 속으로 떨어지고 있다. 구름이 머리 위의 별을 감추어 일시적으로 암흑에 휩싸였다.

이윽고 눈 아래의 구름 틈으로 설핏 지표가 비쳐 보이기 시작했다. 뭔가가 번쩍번쩍 빛나고 있다. 처음에는 시커먼 대지를 흐르는 몇 개의 빛의 강처럼 보였다. 붉은빛이 잎맥처럼 지표에 복잡한 문양을 그리고 있다.

"……어?"

그 잎맥이 천천히 움직이고 있다. 더 밝은 빛을 모으고 있는 대지의 한곳이 이쪽을 향해 부풀어 오르는 듯 보였다. 대지 전체가 똬리를 틀 듯 천천히 회전하며 지면 일부가 나를 향해 대가리를 치켜들었다.

"……미미즈야!"

눈을 부릅뜨고 소리쳤다. 눈 아래 대지 전체가 하나의 거대한 미미즈였다. 무수히 발광하는 잎맥은 그 체내를 흐르는 마그마였다. 현세에서 본 탁류 같은 몸통과는 백팔십도 다르게 저세상의 미미즈에는 또렷한 실체가 있었다. 그것은 이름 그대로 거대한 한 마리의 지렁이[19]였다.

"뒷문으로 나가려 해!"

미미즈의 머리 건너편을 올려다보며 절규했다. 미미즈는 달을 향해 그 거대한 몸을 천천히 뻗고 있었다.

그때 갑자기, 짐승과 같은 포효가 들렸다.

사다이진이다. 검은 고양이가 상승하는 미미즈를 향해 냐~옹, 한껏 울부짖었다. 다음 순간, 사다이진의 전신이 부르르 떨

---

19 '미미즈'란 일본어로 지렁이라는 뜻

리는가 싶더니 갑자기 거품이 터지듯 단숨에 몸이 부풀었다.

"……!"

눈을 부릅떴다. 사다이진은 집채만 한 크기의 짐승이 되었다. 까만 털은 순간 색칠을 다시 한 듯 순백이 되어 있다. 꼬리와 수염이 길게 뻗어 나와 마치 하얀 날개라도 되는 듯 검은 하늘에 나부끼고 있다.

낙하하는 내 눈앞에서 상승하는 미미즈의 머리와 떨어지는 사다이진이 격돌했다. 사다이진은 미미즈의 몸에 발톱을 세우고 그 몸을 제자리로 돌려놓으려는 듯 지면을 향해 떨어진다. 회오리바람이 일어나 세탁기에 던져진 듯 내 몸은 빙글빙글 돌았다. 다이진은 내 어깨에 달라붙어 있다. 엄청나게 회전하는 시야 속에서 눈앞을 스치는 하얀 털을 필사적으로 움켜쥐었다.

"꺄악!"

몸이 급속히 아래로 당겨져 절로 비명을 지르고 말았다. 강풍 속에서 간신히 눈을 뜨자 눈 아래에는 미미즈를 제압하려는 사다이진의 거대한 몸이 있고 나는 그 사다이진의 수염을 움켜쥐고 있었다. 낙하 속도가 빨라져 지표가 순식간에 다가왔다. 지상은 미미즈의 긴 몸통이 거대한 똬리를 틀고 꿈틀대는 언덕이 되어 있다. 그 언덕 중심에 오도카니 푸른빛을 내는 게 있었다.

"저건……?"

불어대는 바람 속에서 필사적으로 응시했다.

"소타 씨!"

그것은 의자였다. 벌겋게 타오르는 미미즈의 몸속에서 의자 주위만이 단단하게 칠해진 듯 검은 언덕이 되어 있다. 그 검은 언덕 중심에서 맥박이 뛰듯 푸른빛을, 의자가 나지막하게 뿜어내고 있다. 그것은 전에, 뒷문에서 본, 미미즈를 봉인하고 있는 고독한 소타 씨의 모습이었다.

그때 지상에서 굉음이 울려 퍼졌다. 미미즈의 머리가, 마침내 지면에 닿은 것이다. 사다이진이 미미즈의 머리를 짓밟고 대지와 함께 격렬하게 흔들리고 있다. 사다이진이 머리를 흔들자 움켜쥔 수염과 함께 나까지 휘둘린다. 내 손에서 쏙 수염이 빠지고 만다.

"……앗!"

공중에 내동댕이쳐져 지면에 머리부터 떨어진다. 아직도 목구멍에서 비명이 나오고 있다. 어깨에 매달려 있던 다이진이 갑자기 후 숨을 들이켰다. 팡, 무언가 터지는 듯한 소리가 나더니 다음 순간 부드러운 털 뭉치에 감싸였다. 직후 격렬한 충격이 몸을 관통하며 낙하가 멈췄다.

"……다이진?!"

몸을 일으켰다. 나는 곰 정도 크기의 하얀 짐승의 배에 타고 있었다. 다이진이 크게 부풀어 올라 낙하 충격에서 나를 지켜 주었음을 깨닫는다. 눈을 꾹 감고 있는 커다란 다이진의 얼굴이 고통에 부들부들 떨고 있다. 이제는 한계라는 듯 부푼 몸이 쭉쭉 줄어들기 시작한다. 고양이의 몸에서 내려와 지면에 무릎을 꿇었다. 축축한 진흙 주위에 함석과 목재가 흩어져 있다. 다이진은 잔해 속에 벌렁 드러누운 채 원래 모습인 새끼 고양이 크기로 돌아와 있다.

"너, 나를 지키려고……."

다이진이 갑자기 눈을 떴다.

"스즈메, 괜찮아?"

그렇게 말하고 원래의 민첩함으로 몸을 일으킨다. 휴, 안도의 숨을 내쉬었다. 다시금 주위를 둘러보면서 일어났다.

"여기, 뭐지……?"

타오르는 마을에 둘러싸여 있다. 어떤 집은 쓰러져 있고 어떤 집은 완전히 무너졌으며 어떤 집은 기울어져 지붕 기와가 떨어지고 있다. 기울어진 전봇대에 신호기가 대롱대롱 달려 있다. 군생한 식물처럼 여기저기 차와 트럭이 모여 쓰러져 있다. 조금 떨어진 곳에는 여러 척의 고깃배가 육지로 끌어올려져 검은 실루엣을 그리고 있다. 발밑은 바닷물과 기름을 잔뜩 머금어 시커먼 시궁창처럼 되어 있다.

그리고 그 모든 것이, 마치 몇 시간 전에 그 일이 일어난 듯 생생하게 불타고 있다. 사람의 모습은 어디에도 없었다. 인간 세계에서 그날 밤 풍경만 오려낸 듯 여기에 있었다.

"여기가 저세상인가……?"

저세상은 보는 사람에 따라 모습을 바꾸지. 소타 씨 할아버지에게 들은 말을 떠올렸다. 그렇구나. 기묘한 이해가 가슴에 울렸다. 여전히 불타고 있구나. 12년간, 계속……, 그날 밤의 마을은 내 발밑에 계속 존재하고 있었구나. 깊은 땅속 아래에서 영원히 그날인 채로, 계속 불타고 있었구나.

"……!"

시야 끝에 푸른빛이 보였다.

"……소타 씨다!"

그 방향으로 달리기 시작했다. 다이진이 어깨에 뛰어 올라왔다. 불타는 지붕 틈으로 검은 언덕이 있고, 그 정상에 빛이 보였다. 그리 멀지 않다. 시궁창을 뛰어넘고 불꽃 사이를 헤치고 달렸다. 등 뒤로 땅울림이 울리고 사다이진이 포효했다. 돌아보니 다시 달을 향해 오르려는 미미즈의 머리를 사다이진이 끌어내리고 있다. 막아주고 있어. 언덕으로 눈길을 돌리고 다시 속도를 높였다.

다음 순간이었다. 내 눈앞으로 불타는 전봇대가 덮쳐왔다.

저절로 엉덩방아를 찧고 만다. 날아오른 불티가 내 얼굴에 쏟아지자 어떤 집의 냄새가 순간 나를 감싸고 조금 늦게 찾아온 열파에 황급히 뒷걸음친다. 눈앞에서 전봇대가, 찬장이, 테이블이 불타고 있다. 시궁창에 담긴 내 손 옆에 기린 인형이 떨어져 있다. 눈앞에서 불꽃이 소리를 내며 활활 타오르고 있다.

"헉, 헉, 헉……."

폐가 마음대로 헐떡였다. 들이켠 공기에 기묘한 냄새가 난다는 사실을 깨닫는다. 뭉근하게 달인 듯 달면서도 탄 듯한 냄새와 비릿한 바다 냄새가 섞여 있다. 그것은 지금까지 수없이 맡아온, 미미즈의 냄새였다. 그 달콤한 냄새는 그날 밤의 냄새였다.

눈에 비친 불꽃이 문득 흐려진다. 다시 눈물을 흘리고 있다. 눈물이 눈에 가득 차올랐다. 나는 왜 이렇게 약할까. 분노를 *지렛대* 삼아 벌떡 일어났다. 불꽃을 돌아 달린다. 그저 달린다. 타닥타닥, 폭발하면서 불타는 승용차 곁을 달려 거실 커튼이 펄럭이는 누군가의 집 정원을 가로질러 옥상에 고깃배를 태운 빌딩 옆을 달려 지나간다. 불타는 마을의 밤하늘에는 기묘한 해파리 같은 하얀 것이 여럿 펄럭펄럭 춤추고 있다. 그것은 수건과 손수건, 셔츠와 속옷 조각이다. 무수한 천 조각이 이곳에만 있는 기이한 생물처럼 검은 하늘 속을 말갛게 빛을 내며 춤추고 있다.

이윽고 주위에 점점 집이 줄어들고 잔해도 줄고 불꽃도 줄어든다. 차가 줄고 배의 모습이 눈에 띄기 시작한다. 마을 중심

부를 빠져나와 교외로 온 것이다. 사다이진과 미미즈의 머리는 아주 먼 풍경이 되고 대신 검은 언덕이 눈앞으로 다가온다. 언덕에 다가가자 정상의 푸른빛은 경사면에 가려 보이지 않았다.

철퍽철퍽 소리를 내던 시궁창 같은 바닥도 어느새 서리가 내린 언 땅이 되어 있다. 서걱서걱 서리를 밟는 소리가 점차 빠득빠득 얇은 얼음을 밟은 소리로 변한다. 온도가 내려간다. 온몸을 적신 땀이 차갑게 마르고, 내쉬는 숨이 하얀 겨울처럼 하얘진다.

언덕의 경사면을 달려 올라간다. 검게 얼어붙은 미미즈의 몸에는 재가 내려 쌓여 있다. 얼마 후 경사면 너머에 푸른빛이 보이기 시작한다.

"소타 씨!"

의자 등판이 아래에서 뻗어 나오는 푸른빛을 받아 실루엣이 되어 보였다. 세 개의 다리는 검은 미미즈의 몸통에 깊이 박혀 있고 그곳이 맥 뛰듯 푸르게 빛나고 있다. 어떤 냉기 같은 것이 의자에서 미미즈의 체내로 흘러 들어가는 듯 보인다. 품에 매달리듯 의자에 달려든다. 두 눈이 새겨진 그리운 등판을 양손으로 꼭 쥔다.

"소타 씨! 소타 씨, 소타 씨!"

대답이 없다. 그것은 그저, 나무 의자일 뿐이었다. 하지만 그것은, 나를 위한 의자다. 이 의자 어딘가 깊은 곳에 분명 소타 씨가 있다.

의자의 좌석을 두 손으로 움켜쥐고 힘껏 잡아당겼다. 미미즈에게서 빼내려고 힘을 준다. 의자는 얼음처럼 차갑게 미미즈의 몸통에 꼭 박혀 있다. 이를 악물고 힘을 더 준다. 달각, 소리를 내며 다리 하나가 몇 센티미터쯤 올라온다. 미미즈와의 사이에 생긴 틈으로 푸른빛이 눈부시게 새어 나온다. 내 뺨을 비추는 그 빛도 찌르듯 차갑다.

"스즈메." 왼쪽 어깨에 올라탄 다이진이 그 빛에 눈을 가늘게 뜨며 내게 말한다.

"돌을 빼면 미미즈, 밖으로 나가버려."

"내가 요석이 될 거야!"

생각보다 먼저 소리친다.

"그러니까 부탁이야. 제발 깨어나. 소타 씨……!"

소리치면서 있는 힘껏 의자를 뺀다. 냉기가 의자를 타고 손으로 전해져 서리가 되어 피부에 내린다. 내 두 팔이 하얀 서리로 뒤덮인다.

갑자기, 다이진이 내 팔에서 뛰어내렸다.

"어?"

다이진은 크게 입을 벌리고 의자 다리를 문다.

"너……!"

도와주려는 거구나. 다이진이 문 다리가 아주 조금 올라온다. 틈으로 푸르고 차가운 빛이 새어 나온다. 다이진의 몸도 서리로 뒤덮인다. 나는 숨을 내뱉고 들이쉰 다음 다시 힘껏 당긴다. 의자가 조금 빠진다. 푸른빛이 더 눈부시게 쏟아지고 우리에게 쏟아지는 냉기도 더 강해진다. 아주 먼 곳에서 사다이진의 포효가 또 들려온다. 날뛰는 미미즈의 땅울림이 아까부터 지면을 단속적으로 흔들고 있다. 의자를 빼면서 필사적으로 소리친다.

"소타 씨, 나, 여기까지 왔어요……!"

서리가 어깨에 이어 얼굴까지 올라온다. 속눈썹까지 가는 얼음이 붙는다.

"소타 씨, 대답해요. 소타 씨. 소타 씨……!"

내 몸에서는 아까부터 감각이 사라지고 있다. 속눈썹도 얼어붙어 눈을 뜰 수 없다. 그래도 힘을 늦추지 않는다. 소타 씨를 빼내겠다는 마음만이 내 몸에 뜨거운 열을 보내고 있다. 덜거덕, 또 다리가 조금 올라온다. 냉기의 빛이 나를 더 얼린다. 그래도 나는…….

저, 학생.

그때 소타 씨의 목소리가 들렸다. 어디서지? 의자에서 들리는 게 아니다. 귀로 들리는 목소리가 아니다.

이 근처에 폐허 없니?

이 목소리는, 몸의 안쪽에서 울리고 있다.

폐허?

내 목소리가 들린다. 얼어붙은 눈꺼풀 안쪽에서 의아해하는 표정이 이쪽을 보고 있다. 내가 보인다. 자전거에 앉아 있고 그 뒤로는 아침의 푸른 바다가 있다. 이것은 4일 전, 처음 만났을 때의, 소타 씨의 기억이다.

너는……, 죽는 게 무섭지 않아?

그렇게 말하고 소타 씨는 나를 올려다본다. 여행에 나서고 이틀째, 폐교에서 문단속했을 때다.

무섭지 않아!

의자를 덮듯 감싸고 알루미늄 문을 미는 내가 진흙투성이 얼굴로 소리친다.

저기요. 우리 너무 굉장하지 않아요?

문단속을 끝낸 뒤의 득의양양한 내 얼굴.

응. 맞아. 틀림없이 중요한 일을 하고 있어!

민박집 방에서 치카에게 말하는 유카타 차림의 내 등.

저기요. 소타 씨도 같이 놀아요.

억지로 소타 씨 위에 앉은 내가 장난스럽게 웃고 있다.

참, 인기 많으시네. 소타 씨는.

질투에 토라진 얼굴을 전혀 숨기지 못한다.

소타 씨, 기다려요!

다리에서 몸을 던질 때의 나는, 홀로 남고 싶지 않아 필사적이었구나.

아……, 이렇게…….

소타 씨는 서글프게 중얼댄다. 울 것 같은 얼굴로 나를 들여다본다.

이제 끝인가……? 이렇게…….

도쿄 상공의 미미즈 위에서 서서히 요석이 되어가는 소타 씨가 말하고 있다. 시야가 점점 얼음으로 닫힌다.

하지만 나는……, 너를 만나…….

내 얼굴이 울고 있다. 바보처럼 눈물을 뚝뚝 흘리고 있다.

너를 만났는데……!

내 우는 얼굴을 마지막으로 소타 씨의 시야가 검게 닫힌다.

"소타 씨!"

저도 모르게 소리친다. 하지만 당연히 그 목소리는 소타 씨에게는 닿지 않는다. 내가 듣는 소리는 과거의, 요석이 되어 버렸을 때의 소타 씨의 마음이다. 어둠에 갇힌 채 소타 씨는 흐려지는 의식 속에서 필사적으로 소리치고 있다. 더는 이 세상에 닿지 않을 목소리로 절규하고 있다.

사라지고 싶지 않아.

더 살고 싶어.

살고 싶어.

죽는 게 무서워.

살고 싶어.

살고 싶어.

살고 싶어.

더…….

"나도 그래요!"

움켜쥐고 있는 의자를 향해 소리친다.

"나도 더 살고 싶어요! 목소리를 듣고 싶어요. 혼자는 무서워. 죽는 게 무서워……. 소타 씨……!"

그러니까 부탁이야. 눈을 떠요. 얼어붙은 몸을 움직여 눈꺼풀이 얼음에 붙어버린 채 의자 등판에 얼굴을 댄다. 눈꺼풀 속으로 본 소타 씨의 기억을, 자애롭게 훑는다. 그렇게 봐주었구나. 늘 내 모습을 바라보고 내 이야기를 들어주었구나. 눈꺼풀 안에 차오른 눈물이 타는 듯 뜨겁다. 소타 씨, 그에게만 들리게 속삭인다.

당신이 없는 세계는, 너무 무서워 견딜 수 없어요.

그러니까 일어나요. 눈을 떠요.

진심으로 바라면서 차가운 의자에 입술을 댔다.

:: :: ::

　그때 소타 씨는 저세상보다 훨씬 깊은 곳에 있는 림보의 물
가에 있었다.

　의자에 앉은 채 두꺼운 얼음에 뒤덮여 있다. 그곳에는 이
미 소리도 색깔도 온도도 없다. 완벽한 정적만이 그를 감싸고
있다.

　오직 기묘할 정도로 달콤한 무감각만이 존재했다.

　……

　아무것도 없어야 할 곳에 갑자기 무언가가 생겼다. 그것은
열이었다. 눈꺼풀 안쪽이다. 눈물의 뜨거움이다.

　……

　소리였다. 이번에는 귀가 열을 띠기 시작했다. 먼 곳으로부
터 들리는 누군가의 목소리가 그에게 귀의 의미를 부여하기
시작했다.

　……

　입술이었다. 누군가의 희미한 체온이 그의 입술에 색을 돌
려주려 했다. 끊어졌던 그와 세계를 잇는 실을 누군가가 하나,
하나씩 다시 잇고 있는 듯했다.

　천천히 눈을 떴다.

　눈앞에 한 장의 낡은 문이 서 있다.

아……, 입에서 숨이 흘러나온다. 그 숨도 뜨겁다.

문이 철컥 열렸다. 너무 눈부셔 눈을 가늘게 뜬다. 그곳에 누가 있다. 이쪽으로 손을 뻗고 있다. 그의 세계로 들어오려 한다. 그도 손을 뻗으려 한다. 얼음이 깨지고 서로의 손가락 끝이 닿는다. 서로의 손을 잡는다. 열이 흘러 들어온다. 그 가녀린 손이 힘껏 그를 당긴다. 뜨거운 눈물이 그의 눈에서 흘러넘친다. 얼음이 녹고 깨진다.

그리고 그의 몸은 드디어 의자로부터 떨어진다. 그는 문을 넘는다.

푸른빛이 폭발하며 의자가 빠졌다.

나는 의자를 잡은 채 뒤로 벌렁 나가떨어져 언덕 경사면을 데굴데굴 굴러 떨어졌다. 빙빙 도는 시야 속에 의자 다리를 악물 다이진의 모습도 슬쩍 보였다. 어쩔 수 없이 굴러 떨어지면서도 몸을 얼어붙게 하던 냉기가 사라졌음을 느꼈다. 그때 등에 강한 충격이 찾아오고 문득 의식이 멀어졌다.

그러나 그것도 순간이었다. 몸이 멈추자마자 눈을 부릅떴다. 눈앞에, 그가 있다. 소타 씨가 눈을 감고 누워있다. 사람 모습의 소타 씨였다. 감긴 눈의 긴 속눈썹이 깎아지른 듯한 뺨에 옅은 그림자를 드리우고 있다. 왼쪽 눈 아래의 완벽한 위치에 작은 점이 있다. 하얗고 매끄러운 피부에는 따뜻한 혈색이 있다.

천천히 호흡하고 있다. 우리 몸에 열이 돌아오고 있음을 나는 일출을 바라보는 심정으로 느끼고 있다. 그가, 살며시 눈을 뜨고 나를 봤다.

"……스즈메?"

"소타 씨……."

소타 씨가 천천히 상반신을 일으켰다. 나도 일어났다.

"나는……."

막 꿈에서 깬 듯한 얼굴로 나를 보고 있다. 나는 미소를 지었다.

그때 소타 씨의 어깨 너머에 누워있는 하얀 털 뭉치를 발견했다.

"다이진?!"

서둘러 달려갔다. 하얀 새끼 고양이가 진흙 속에 축 늘어져 쓰러져 있다. 그 작은 몸을 양손으로 들어 올렸다. 그 몸은 여전히 얼음처럼 차가웠다.

"왜 그래? 괜찮아?!"

부들부들 가늘게 몸을 떨면서 다이진이 슬며시 눈을 떴다.

"스즈메, 다이진은 말이야……. 스즈메 네 집 아이가 되진 못했네." 잠긴 목소리가 나왔다.

"뭐?"

우리 집 아이 할래? 별생각 없이 던졌던 말을 바로 떠올렸다. 응! 그때 다이진은 그렇게 대답했다. 일단 열렸던 다이진의 눈동자가 다시 감겼다. 가벼운 새끼 고양이의 몸이 돌처럼 무겁고 점차 차가워졌다.

"……다이진?"

"스즈메의 손으로, 원래 자리에 돌려놓아 줘."

"……!"

내 손안에 석상이 있었다. 내가 규슈에서 뽑았을 때와 똑같이 끝에 짧은 지팡이 같은 게 달린 석상이었다. 다이진은 차가운 요석으로 돌아가 버렸다. 갑자기 눈물이 솟구쳐 목소리가 제대로 나오지 않았다. 여행 내내 바라던 일인데……, 나는 울고 있다.

그때 고통스러운 짐승의 비명이 주변에 울려 퍼졌다. 머리 위에서였다. 올려다보니 사다이진이 미미즈에 휘감겨 하늘로 올라가는 모습이 보였다.

"저게…… 두 번째 요석인가?!"

소타 씨가 목소리를 높이며 놀란 얼굴로 나를 봤다.

"네가 데려왔어?!"

이번에는 등 뒤에서 땅울림이 들려 우리는 돌아봤다. 단단하게 굳어 있던 검은 언덕이 천천히 움직이기 시작했다.

"미미즈의 꼬리가 자유로워졌어. 뒷문으로 온몸이 나갈 거야!"

소타 씨가 소리쳤다. 맞다! 새삼스레 깨닫는다. 지금 미미즈에는 요석이 전혀 없다. 양손에 든 석상을 저도 모르게 가슴에 꼭 품었다.

머리 위에서는 사다이진이 또 울부짖었다. 크게 입을 벌리고 검붉게 빛나는 미미즈의 몸통을 물어뜯는다. 상공의 미미즈의 몸통에서 피라고도 용암이라고도 할 수 없는 물질이 분출한다. 미미즈가 격렬하게 꿈틀대자 지상의 검은 언덕도 파도가 일렁이듯 움직이며 풀어진다. 서 있을 수 없을 정도로 격렬하게 발밑이 흔들린다.

"꺄아아악!"

절로 비명을 질러댔다. 미미즈의 검은 꼬리가 빠르게 붉은 기를 되찾으면서 잔해 파편들을 털어내듯 지표를 쓸고 간다. 자동차와 집과 전봇대가 나뭇잎처럼 하늘을 난다. 그리고 그것들이 후드득 머리 위로 떨어진다. 반사적으로 머리를 감싸고 진흙 속에 웅크리고 만다.

"……응?"

내 몸을 커다란 손이 훅 들어 올렸다. 소타 씨였다. 나를 두 팔로 안은 채 달리기 시작한다. 달리는 그의 바로 뒤에, 바로 옆에, 눈앞에, 거대한 잔해들이 떨어진다. 그 사이를 누비며 달린다. 진흙과 잔해의 파편이 눈앞을 정신없이 스쳐 간다. 순간 그의 듬직한 모습에 취하고 만다. 소타 씨의 본래 모습에, 동작의 정확함과 강력함에 현기증이 날 정도로 감동한다. 그때 바로 눈앞에 콘크리트 덩어리가 떨어지는 바람에 소타 씨는 몸의 균형을 잃고 땅에 구를 뻔했다. 나는 직접 그의 팔에서 뛰어내려 진흙에 한쪽 손을 대고 달리기 시작했다.

"스즈메!" 소타 씨가 나란히 달리면서 걱정스럽게 말했다.

"난 괜찮아요!" 소리쳤다. 맞다, 우리는 전우다. 둘이라면 무적이다. 세계의 이면에서라도 우리 둘이라면 싸울 수 있다.

"이제 어떻게 해야 해요?!"

타오르는 잔해 속에서 진흙탕을 박차고 달리며 물었다.

"목소리를 듣고, 들려줘."

"네?"

"따라와."

소타 씨는 그렇게 말하고 주위에서 가장 높은 잔해의 산더미로 간다. 겹겹이 쌓인 차에 올라가 쓰러진 다용도 빌딩 벽을 달려 뒤집힌 채 육지까지 올라온 고깃배의 바닥에 기어오른다. 필사적으로 그의 뒤를 쫓는다. 고깃배 위에서 소타 씨가 손을 뻗는다. 한 손으로 요석을 안고 다른 한 손으로 그의 손을 잡고 간신히 배 위에 오른다. 숨을 헐떡이면서 그의 옆에 나란히 선다. 잔해의 정상인 이곳에서는 불타는 마을이 한눈에 보였다.

"……아뢰옵기도 송구한 히미즈의 신이시여."

소타 씨가 커다란 목소리로 소리치기 시작했다. 그가 바라보는 눈길 끝에는 타오르는 마을이 있고 그 너머에서는 미미즈와 사다이진이 얽혀 있다. 소타 씨의 깊은 목소리가 저세상의 대기에 낭랑하게 울려 퍼진다.

"머나먼 선조의 고향 땅이여. 오래도록 배령받은 산과 하천이여. 경외하고, 경외하오며 삼가⋯⋯."

소타 씨가 마치 마을 전체를 품듯 크게 양손을 펼쳤다. 감은 눈에는 구슬 같은 땀방울이 여럿 달려 있다.

"돌려드리옵나이다⋯⋯!"

그렇게 소리치면서 짝! 크게 손뼉을 친다. 다음 순간, 눈앞에 펼쳐진 광경에 눈을 부릅떴다.

불타는 한밤의 마을이 얇은 커튼에 비쳐 보이듯 천천히 흔들렸다. 검은 잔해와 새빨간 불꽃이 서로 녹아들어 옅어지는 대신 아주 천천히 생생한 색채가 떠올랐다.

그것은 아침 햇살을 받은 오래전 이 마을의 모습이었다. 다채로운 색깔의 지붕이 햇빛을 반사하고 도로에는 차 여러 대가 달리고 신호기의 파란불과 빨간불이 깜빡이고 있다. 저 멀리 푸른 수평선에는 하얀 고깃배가 빛을 흩뿌리며 떠 있다. 한 없이 맑은 공기는 곧 찾아올 봄의 기운을 가득 담고 있다. 그곳에는 생활의 냄새도 풍부하게 섞여 있다. 된장국 냄새와 생선 굽는 냄새, 빨래 냄새, 등유 냄새가 있다. 이른 봄의 아침을 맞은 마을의 냄새였다.

이윽고 바람에 실려 온 듯 조그만 목소리가 들려왔다. 어린애 목소리, 노인의 목소리, 듬직한 목소리, 다정한 목소리. 다양한 사람의 목소리가 한꺼번에 내 귓가에 닿기 시작했다.

좋은 아침.

안녕하세요.

잘 먹겠습니다!

다녀오겠습니다.

잘 먹었습니다.

잘 다녀와.

빨리 와라!

조심해서 다녀와.

갔다 올게.

다녀올게요.

다녀와라.

다녀올게요.

다녀올게요.

다녀올게요!

아침을 맞아 많은 사람이 나누는 대화 목소리였다. *그날 아침의 목소리였다.*

"······목숨이 덧없다는 것은 알고 있습니다."

소타 씨의 커다란 목소리가 머리 위에서 울려 제정신을 차린다. 눈앞의 마을은 불타오르는 밤의 모습으로 돌아왔다. 소타 씨는 눈을 감고 두 손을 모은 채 기도하듯 외치고 있다.

"죽음이 항상 곁에 있음을 알고 있습니다. 그런데도 저희는 기원합니다. 앞으로 1년, 앞으로 하루, 아니 아주 잠시라도 저희는 오래 살고 싶습니다!"

불티가 섞인 저세상의 열풍이 그의 검은 머리와 하얀 롱 셔츠를 뒤흔들었다.

"용맹하신 큰 신이시여! 부디, 부디……!"

소타 씨가 눈을 뜨고 더 큰 목소리로 부르짖었다. 그의 시선 저 멀리에 미미즈의 머리에 올라탄 사다이진의 모습이 있다. 그 거대한 흰 짐승도 움직임을 멈춘 채 가만히 소타 씨를 바라보고 있다.

"……부탁드리옵나이다!"

우워워워워워! 응답하듯 사다이진이 울부짖었다. 미미즈의 몸을 박차고 뛰어내려 우리가 있는 곳으로 곧장 달려온다. 걸음 하나에 여러 채의 집을 건너뛰고 걸음 하나에 불타는 강을 건너고 걸음 하나에 교정을 넘어 순식간에 우리에게 달려든다. 밤의 마을을 휩쓰는 한 줄기 바람처럼 흰 짐승의 몸이 눈앞에 육박한다. 나도 모르게 뒷걸음질을 치는 내 손을 소타 씨의 커다란 손이 살며시 잡는다.

"내게 맡겨."

사다이진이 그 입을 크게 벌렸다. 타오르는 듯한 시뻘건 혀와 날카로운 이빨이 바로 코앞에 있다. 먹히겠어. 저절로 눈을 감았는데 다음 순간, "……어?!" 공중에서 떨어지고 있었다.

양쪽 귓속에서 윙윙 바람이 불어대고 치마가 펄럭펄럭 나부끼고 지평선이 말도 안 되게 빙빙 돌고 있다. 바람에 날아가는 머리 고무줄이 슬쩍 보였다. 포니테일이 풀리며 머리카락이 바람에 마구 날린다. 요석을 양손으로 움켜쥔 채 저세상의 하늘에서 낙하하고 있었다.

"……아악!"

저 먼 하늘에 똑같이 낙하하는 소타 씨가 있고 그 손에도 요석이 있었다. 사다이진이 요석의 모습으로 돌아갔음을 번뜩 이해했다. 사다이진은 소타 씨의 손에, 다이진은 내 손에 있다. 소타 씨가 요석을 양손으로 머리 위에 들어 올렸다. 그가 떨어지고 있는 앞에는 하늘을 향해 대가리를 쳐들고 있는 미미즈의 머리가 있다. 나도 아래를 내려다본다. 내가 떨어지고 있는 앞에는 하늘로 솟아오르는 미미즈의 꼬리가 있다.

무엇을 해야 하는지, 깨달았다.

그와 마찬가지로 나도 요석을 높이 든다. 미미즈의 꼬리가 내게 달려든다. 그 몸은 드러나기 시작한 무수한 혈관이 얽힌 듯 보였다. 혈관마다 번쩍번쩍 빛을 내며 붉은 실개천이 흐르고 있다. 내가 들어 올린 요석에서도 정맥 같은 푸른빛이 감돌기 시작했다. 빨강과 파랑의 빛의 선이 마치 서로를 원하듯 상대를 향해 뻗어 나온다. 아름다운 광경이었다. 마치 불꽃놀이 속에서 낙하하고 있는 듯하다. 낙하 속도와 몸의 무게 전부를 싣고,

"돌려드립니다!"

라고 목청껏 소리치면서 요석을 미미즈의 몸에 내리꽂았다.

그 순간, 미미즈를 구성하는 모든 혈관이 들끓으며 거품이 되어 터졌다.

::　　::　　::

두 개의 푸르고 긴 빛의 창이 미미즈의 머리와 꼬리를 동시에 관통했다.

다음 순간, 그 장대한 몸이 크게 튀어 오르더니 빛의 비가 되어 지표에 격렬하게 쏟아졌다. 동시에 하늘을 무겁게 덮고 있던 구름도 흩어져 별이 가득 뜬 눈부신 하늘이 지상을 비추었다. 땅의 기운을 한껏 머금은 무지개색 비가 반짝반짝 빛을 내면서 잔해가 된 마을을 쓰다듬으며 불을 꺼나간다. 하늘에 걸린 다리처럼 공중에 남아 있던 미미즈의 잔해도 천천히 지상으로 떨어진다. 그것은 흙이었다. 비와 흙을 흠뻑 받아들인 지

표에서는 풀과 꽃이 무럭무럭 싹트기 시작한다. 마치 마을 전체를 감싸 안을 듯 녹음이 잔해를 묻어버린다. 그리고 깊은 수풀로 뒤덮인 채 눈부신 별빛을 받는 평온한 폐허가 나타났다.

모든 것의 시간

"스즈메……."

부드럽고 다정한 목소리가 내 이름을 부르고 있다. 서늘한 손가락 끝이 내 뺨을 살며시 쓰다듬는다. 눈을 뜨니 소타 씨가 걱정스러운 얼굴로 나를 내려다보고 있었다.

"소타 씨……."

수풀 속에서 상반신을 일으켰다. 소타 씨가 하얀 롱 셔츠를 벗어 내 어깨에 살짝 걸쳐주었다. 교복이 너덜너덜 여기저기 찢어져 있음을 조금 뒤에야 알아차렸다.

"우리……."

"흙으로 돌아간 미미즈와 함께 땅으로 떨어졌어. 안 다쳤어?"

아픈 데도 없고 몸도 잘 움직였다. "응"이라고 대답하며 천천히 일어났다.

페트병과 빈 병, 목재와 플라스틱 장난감 등에 뒤섞여 노란 의자가 떨어져 있었다. 풀밭에 주저앉아 낯익은 의자를 들었다. 틀림없어. 엄마가 만들어준 등판에 눈동자를 새긴 나만을 위한 어린이용 의자였다. 휙 뒤집어보니 역시 다리 하나가 빠져 있다. 하지만 아주 살짝 위화감이 들었다. 새것 같네. 잠시 생각한 끝에 알아차렸다. 좌석에 생긴 흠집도, 선명한 노란색 페인트도, 기억 속 의자보다 훨씬 새로웠다. 만든 지 얼마 안 된 윤기가, 막 흠집이 생긴 생생함이 그 의자에는 있었다.

"그날 쓰나미에 휩쓸려 갔던 이 의자를……."

머리에 떠오른 말을 혼잣말처럼 중얼거렸다.

"여기서 주웠어요."

다시 의자를 주운 장소를 둘러봤다. 수풀 속에 마치 파도에 밀려온 먼 나라의 잡동사니처럼 온갖 소품이 일렬로 죽 늘어서 있다. 모든 것이 누군가가 누군가에게 보내는 오래된 편지 같았다.

"……스즈메! 누가 있어!"

조금 떨어진 곳에서 소타 씨가 놀라 목소리를 높였다.

"네?!"

그의 눈길을 따라가니 아주 멀리 있는 언덕 능선에 하얀빛이 도는 새벽 보름달이 떠 있고 그쪽을 향해 조그만 그림자가 천천히 걷고 있다.

"아이……?" 소타 씨가 말했다.

"나야……. 가야 해요!" 솟구치는 놀라움과 당황 속에서도 대답했다.

도저히 가만히 있을 수 없어서 의자를 든 채 달리기 시작했다.

"스즈메?"

"미안해요. 잠깐만 기다려요!"

소타 씨는 더는 묻지 않고 그 자리를 머무른 채 나를 지켜보듯 배웅했다.

∷   ∷   ∷

머리 위에서 별이 반짝반짝 빛나고 있다.

누군가의 실수로 광량 조절 스위치를 열 배나 올려 버린 듯 별이 가득한 하늘은 바보처럼 눈부셨다. 하늘 가득한 별과 하얀 구름과 저녁노을이 뒤섞인 하늘 아래, 멀리 보이는 아이의 실루엣을 향해 계속 걸어갔다. 하염없이 풀을 밟으며 필사적으로 눈물을 참았다.

—그랬구나. 드디어 알았네. 나는 생각했다. 알고 싶지 않았다. 하지만 줄곧 알고 싶었다. 줄곧 엄마였다고 생각해왔다. 언젠가 만날 수 있다고 마음 한 편으로는 믿고 있었다. 동시에 다

시는 만날 수 없다는 것도 실은 내내 알고 있었다. 초원의 바람은 차가워 내뱉는 숨결도 하얬다.

소타 씨가 걸쳐준 롱 셔츠는 내게 너무 커서 빨간 교복 리본을 풀어 허리춤에 꽉 묶었다. 그렇게 입으니까 하얀 원피스 같다. 발에는 도쿄에서 신고 나온 소타 씨의 검고 커다란 부츠가 신겨 있다. 포니테일이 풀린 머리는 어깨까지 내려오는 스트레이트였다. 내 머리는 어느새 그 무렵의 어머니와 비슷한 길이로 자라 있었다.

눈길 끝에 풀 속에 웅크리고 있는 조그만 등이 보였다. 의자를 살짝 풀밭에 놓고 진흙투성이 다운재킷을 입은 등에게 다가가 속삭이듯 말을 걸었다.

"스즈메."

걷다 지치고 찾다가 지쳐 절망에 잠긴 소녀는 천천히 나를 돌아봤다. 네 살의 나였다. 엄마를 찾다가 우연히 뒷문을 통과해 저세상에서 길을 잃어버린 나였다. 놀란 듯 나를 바라보는 그 눈동자에는 오랫동안 이어진 악몽의 출구를 드디어 발견한 듯한 기대와 불안이 흔들리고 있었다. 어떤 표정을 지어야 할지 몰라, 하지만 조금이라도 슬픔을 덜어주고 싶어 필사적으로 입가에 미소를 지었다.

"……엄마?" 스즈메가 물었다.

망설인다. 스즈메가 뭘 바라는지 가슴 아플 정도로 잘 알고 있다. 그러나…….

"아니야."

대답하며 고개를 저었다. 스즈메의 눈에 눈물이 차오르는 모습을 어쩔 수 없이 바라만 봤다. 하지만 그녀는 울지 않았다.

"스즈메의 엄마를 모르세요?"

곱은 조그만 손을 배 앞에 가지런히 모으고 최대한 자세를 바로잡고 강하게 말했다.

"엄마도 스즈메를 계속 찾으며 걱정하고 있을 테니까, 스즈메는 얼른 엄마한테 가야 해요!"

"스즈메……."

"스즈메의 엄마는 병원에서 일해요. 요리도 목공도 잘해서 언제나 스즈메가 좋아하는 것이라면 무엇이든 만들어 주고……."

"스즈메. 있잖아……."

"스즈메의 집이……."

안 되겠다. 스즈메의 눈에서는 이미 눈물이 뚝뚝 떨어지고 있다. 콧물을 훌쩍이면서도 어린 스즈메는 필사적으로 계속 얘기한다.

"집이 없어져서……. 엄마는 내가 어디 있는지 몰라서……."

"이제 그만해!"

더는 들을 수 없다. 풀밭에 무릎을 대고 스즈메를 두 팔로 세게 안았다.

"나, 사실은 이미 알고 있었어……!"

*우리*에게, 그렇게 말했다.

"왜?! 엄마는 있어! 스즈메를 찾고 있다고!"

"스즈메!"

스즈메는 몸을 비틀어 나를 밀치고 달리기 시작했다. 도망치듯 내게서 멀어진다. 달리면서 별이 뜬 하늘에 대고 소리친다.

"엄마, 어딨어? 엄마!"

"앗!"

반사적으로 손을 뻗었다. 스즈메의 몸이 앞으로 기울더니 구르고 말았다. 그러나 곧 수풀 속에서 상반신을 일으켰다.

"엄……마……!"

스즈메는 엄마를, 나를, 세상 전체를 책망하는 듯 격렬하게 울기 시작했다. 토할 듯 고통스럽게, 몸 전체에서 짜내듯, 스즈메는 계속 울었다. 격렬하게 몸을 흔드는 그녀 너머로 저세상의 붉은 저녁 해가 저물고 있다. 마치 그녀의 절망을 비추듯 피처럼 짙고 무거운 저녁 풍경이었다. 그 풍경이 갑자기 일그러지며 번졌다. 나도, 울고 있다.

"엄마……."

그 말을 입 밖에 내고 나니 울음을 멈출 수 없었다. 눈앞에서 계속 울고 있는 스즈메의 고통은 내 고통이었다. 둘은 완벽하게 똑같았다. 그녀의 절망도 고독도 질식할 듯한 슬픔도 타는 듯한 분노도, 모든 게 똑같은 강도를 유지한 채 여전히 내 안에 있었다. 토해내듯 나도 울었다. 우리는 풀밭에 앉아 하염없이 울었다.

……하지만.

무너져 버린 듯한 스즈메의 울음을 들으며 생각했다. 하지만,

안 돼. 이대로는 안 돼. 울음을 그쳐야 해. *스즈메와 나는 달라.* 나 역시 지금도 약하기는 하지만, 적어도 이후로 12년을 더 살았다. 살아온 것이다. 스즈메는 외톨이지만 이제 나는 아니다. 내가 지금 뭔가 하지 않으면 스즈메는 이대로 정말, 완전히, 이 세상에 혼자 남게 된다. 살아갈 수 없게 된다.

고개를 들었다. 그러자 눈 끝에 노란 게 보였다. 손등으로 두 눈을 꾹 눌러 눈물을 닦고 그 어린이용 의자를 들고는 스즈메에게 달려갔다.

"스즈메."

울부짖는 소녀 옆에 의자를 놓고 쭈그려 앉았다.

"있잖아, 스즈메. 이것 좀 봐!"

"어……?"

눈동자에서 뚝뚝 눈물을 흘리면서 스즈메가 놀란 표정을 지

었다.

"스즈메의 의자다……. 어? 그거?"

그렇게 말하고 의아한 표정으로 나를 올려다봤다.

"……어떻게 말해야 좋을까."

미소를 지으면서 할 말을 찾았다. 정신을 차리니 태양은 구름 밑으로 숨어 주변은 투명한 군청색으로 감싸여 있었다.

"있잖아, 스즈메. 지금은 정말 슬퍼도……."

나에게 해줄 수 있는 말은 사실뿐이다. 아주 단순한, 진실뿐이다.

"스즈메는 앞으로, 아주 잘 자랄 거야."

바람이 강하게 불어와 우리의 눈물을 뺨에서 하늘로 날렸다. 하늘은 더 캄캄해지고 별들은 더 빛났다.

"그러니까 걱정하지 마. 미래 같은 거, 무섭지 않아!"

스즈메의 눈동자에 별이 비친다. 그곳까지 곧장 내 말이 닿기를 바라며 목소리에 힘을 주고 입가에 미소를 짓고 말했다.

"있잖아, 스즈메. 너는 앞으로 누군가를 아주 좋아하게 되고, 너를 아주 좋아하는 누군가와 많이 만날 거야. 지금은 캄캄하기만 할지 모르지만 언젠가는 꼭 아침이 와."

시간이 빨리 감기를 한 듯 별 가득한 하늘이 눈에 보일 정도로 빠르게 회전했다.

"아침이 오고 또 밤이 오고 그것을 수없이 반복하며 너는 빛

속에서 어른이 될 거야. 틀림없이 그렇게 돼. 그렇게 되도록 다
정해져 있어. 아무도 방해할 수 없어. 앞으로 무슨 일이 일어나
도 아무도 스즈메를 방해할 수 없어."

유성 몇 개가 하늘에서 반짝이더니 이윽고 초원 너머 하늘
이 분홍빛으로 물들기 시작했다. 아침이다. 아침 햇살을 받는
스즈메를 바라보며 다시 되풀이했다.

"너는 빛 속에서 어른이 될 거야."

그렇게 말하고 의자를 들고 일어났다. 스즈메는 나를 올려
다보면서 의아한 표정으로 물었다.

"언니는 누구야?"

"나는 말이야⋯⋯."

따뜻한 바람이 불었다. 발밑의 풀과 꽃들이 바람에 휘날려
춤추듯 우리 주위를 맴돌았다. 몸을 굽혀 스즈메에게 노란 의
자를 내밀며 말했다.

"나는, 스즈메의, 내일이야."

스즈메의 조그마한 손이 의자를 꼭 움켜쥐었다.

∷   ∷   ∷

어린 소녀의 눈앞에 문이 있다.

소녀는 한 손으로 의자를 안고 다른 손으로 문손잡이를 쥐

고 문을 열었다.

문 너머는 잿빛 세계였다. 아직 새벽이 오기 전이라 어두컴
컴하고 눈발이 날리고 있다. 새로 생긴 잔해가 여기저기에 검
은 실루엣을 만들고 있다. 아직 위로받기 전 슬픔으로 가득 찬
3월의 토지가 문 너머에 펼쳐져 있었다.

그곳으로 넘어가기 직전, 소녀는 딱 한 번 뒤를 돌아봤다.

멀리 언덕 위에 어른 둘의 실루엣이 보였다. 하나는 키가 큰
남자이고 다른 하나는 원피스를 바람에 나부끼고 있는 여자였
다. 그들은 똑바로 소녀를 바라보고 있다. 바람에 흔들리는 초
원에서 은하수 별빛을 받는 둘의 모습은 정말 그림처럼 아름
다웠다. 그 모습은 네 살 소녀의 눈에 영원히 각인되었다.

소녀는 다시 앞을 보고 힘차게 문을 넘어섰다. 노란색 의자
를 소중히 안고 잿빛 세계로 소녀는 돌아왔다. 그리고 어린 손
으로 그 문을 꼭 닫았다.

"······나, 잊고 있었어요."

돌담에 세워진 문을 닫은 후 아직 손잡이를 쥔 채 그렇게 중
얼거렸다.

"소중한 것은 이미 전부, 아주 오래전에 받았다는 것을."

옆에 선 소타 씨가 온화한 미소를 지은 채 끄덕였다. 하늘은
새벽이 오기 직전의 옅은 푸른색이었다. 현세의 하늘은 저세

상의 그것보다 훨씬 여리고 온화했다. 그런데도 여기에는 여기저기 생명이 가득했다. 주위는 아침 새들이 바쁘게 지저귀고 있다. 저 멀리 보이는 길에서는 일하러 나가는 경트럭이 느릿느릿 이동하고 있다. 방조제 너머에서 부딪혀 오는 파도 소리가 조그맣게 들렸다.

손잡이에서 손을 떼고 목에 건 토지시의 열쇠를 꼭 쥐었다. 문 표면에 떠오른 빛의 열쇠 구멍에 열쇠를 꽂았다. 그리고 아침 공기를 가슴 가득 들이켰다. 초목과 바다와 사람의 생활이 섞인 마을의 아침 냄새였다. 내가 살아갈 세계의 냄새였다.

"다녀오겠습니다."

그렇게 말하며 내 뒷문을 잠갔다.

6일째와 후일담

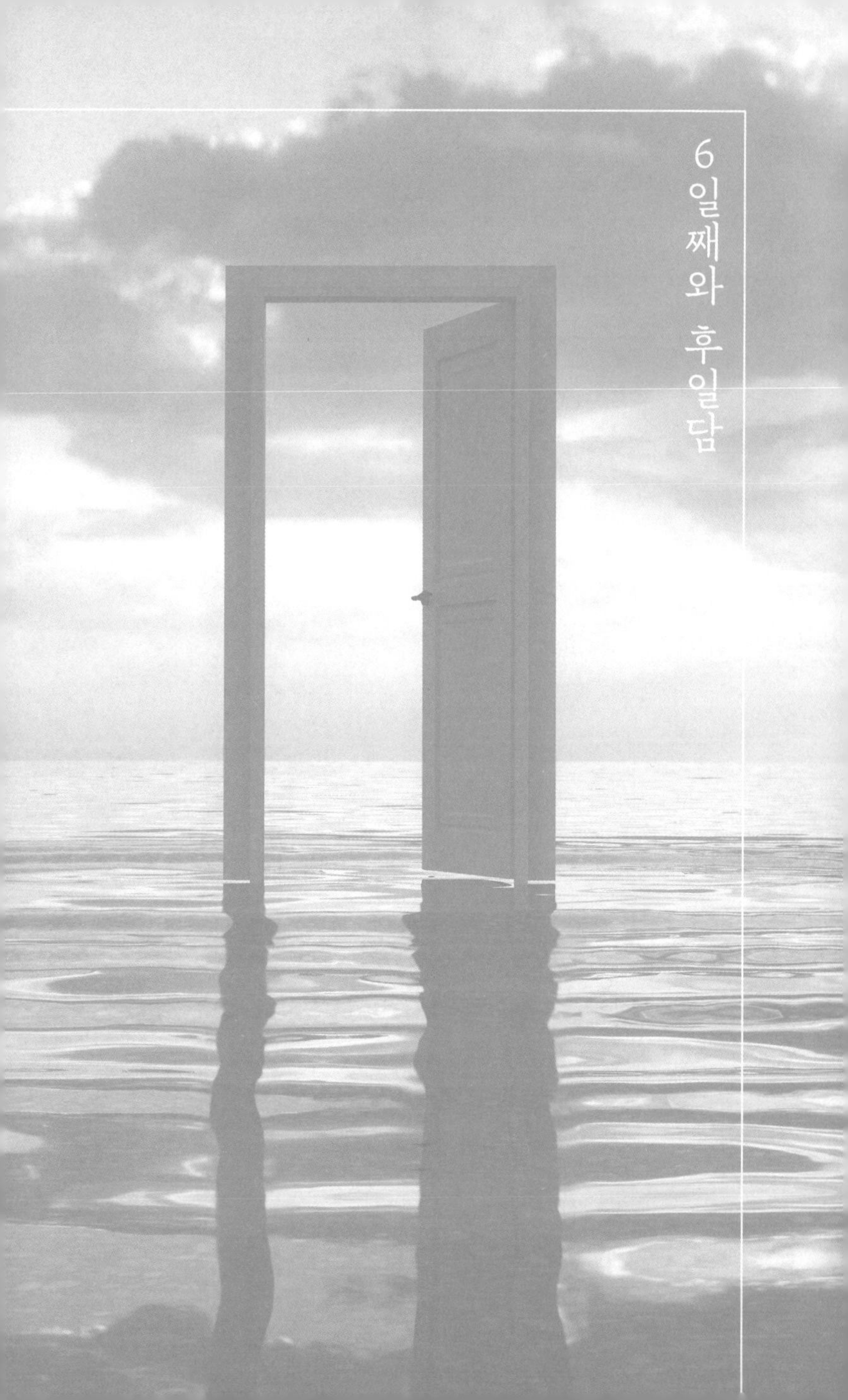

Suzume

내 여행 이야기는 이걸로 끝이다.

잊고 싶지 않은 감정도, 기억하고 싶은 일도, 대부분 다 이야기한 것 같다. 이제부터 하는 얘기는 짧은 후일담이다. 하지만 아마도 에필로그라고 부를 만하지는 않으리라. 에필로그라고 하기에는 내 앞으로의 날들이 아직 끊임없이 이어질 테니까.

문을 닫은 후—.

소타 씨와 함께 본가가 있던 곳까지 돌아오니 뜻밖의 인물이 기다리고 있었다. 세리자와 씨였다. 타마키 이모와 나란히 수풀 속 콘크리트에 기대어 잠들어 있었다. 그를 본 소타 씨의 표정이 조금 가관이었다. 놀라움과 성가심과 친근함이 뒤섞인 아주 복잡한 표정으로 당황해했다.

"소타 씨에게 빌려준 2만 엔을 받으러 왔대요."

그렇게 알려주자 "뭐?"라며 소타 씨는 어이없다는 목소리로 말했다.

"내가 빌린 게 아니라 내가 세리자와에게 빌려준 건데."

아무래도 세리자와 씨는 선생님으로는 적합하지 않겠다 싶었다. 얼마 후 둘이 일어나자 넷이 한바탕 놀라움과 감격과 오해와 변명을 교환한 다음 세리자와 씨의 차에 탔다.

빨간 오픈카는 앞부분이 처참할 정도로 움푹 패었고 기어를 바꿀 때마다 전보다 더 격렬하게 쿨럭쿨럭 흔들렸다. 떨어져 나간 문은 비닐 테이프로 차체에 칭칭 감아 달아 놓았다. 세리자와 씨는 그 후 자동차 서비스를 불러 제방에서 차를 끌어냈다고 한다. 우리 넷을 태운 차는 바다가 내려다보이는 길을 한참 달려 산 중턱에 있는 오랜 역에 정차했다. 타마키 이모와 세리자와 씨를 차에 남기고 나와 소타 씨는 아무도 없는 역의 개찰구를 통과했다.

"함께 돌아가면 좋을 텐데……."

플랫폼에서 열차를 기다리며 곁에 선 소타 씨에게 말했다.

"사람이 품은 마음의 무게가 이 토지를 누르고 있어. 그 마음이 사라져 뒷문이 열려 버린 곳이 틀림없이 아직 있을 거야."

소타 씨는 먼 하늘을 바라보면서 말했다. 열차의 기적과 바퀴 소리가 우리에게 다가왔다.

"문을 닫으면서 도쿄로 돌아갈게."

그는 결론을 내린 어조로 말했다. 아마도 나는 소타 씨가 함께 가자고 하기를 내심 기대했던 것 같다. 하지만 그가 그 말을 하지 않으리라는 것도 알고 있었다. 내게는 돌아가야 할 세계가 있고 그에게는 가서 해야 할 일이 있다. 가증스러운 속도로 1량 편성의 짧은 열차가 우리 앞으로 미끄러져 들어와 문이 열렸다. 소타 씨는 말없이 열차에 올랐다.

"저, 소타 씨!"

그가 돌아봤다. 발차 벨이 울리기 시작했다.

"저……."

우물거리고 만다. 그때 갑자기 그가 플랫폼에 내려 나를 꼭 안았다.

"스즈메, 나를 구해줘서 고마워."

그가 내 귓가에 대고 말했다. 꼬옥, 강력한 힘으로 내 몸이 소타 씨에 감싸인다. 코끝이 찡해지더니 바보처럼 순식간에 눈물이 주룩주룩 흘렀다.

"꼭 만나러 갈게."

그는 강력한 목소리로 말하고 가볍게 내 몸에서 떨어졌다. 벨이 멈추고 문이 닫히자 새가 날카롭게 울었다. 소타 씨를 태운 열차가 멀어지는 광경을 가만히 지켜봤다. 소타 씨에게 받은 롱 셔츠가 아침 햇살을 반사해 내 몸을 눈부시게 빛나게 했다.

그로부터 우리 셋은 다시 한나절에 걸쳐 세리자와 씨의 오픈카로 도쿄에 돌아왔다. 사실 그 차로 돌아오기는 진절머리가 날 정도로 싫었으나(지붕이 덮이지 않는 차를 타고 몇 시간씩 바람을 맞아보면 틀림없이 내 기분을 알게 될 것이다), 세리자와 씨만 놔두고 우리만 번쩍이는 신칸센을 타는 건 너무 미안했다. 예상대로 돌아오는 길에도 비를 맞고 순찰차 단속에 걸리고 엔진에 문제가 생겼으나 우리는 거의 자포자기한 채 그 여행을 즐겼다. 휴게소에서 온갖 과자를 사 와서 차 안에서 먹었다. 핸들을 쥔 세리자와 씨의 입에는 타마키 이모가 소프트아이스크림을 넣어주었다. 세리자와 씨가 연달아 트는 팝을 알든 모르든 셋이 고래고래 불러댔다. 지나가는 차가 상당히 의아한 눈빛을 던졌으나 우리는 전혀 신경 쓰지 않았다. 저녁 무렵 도쿄역에 도착했을 때는 셋 다 완전히 지쳐 있었다. 도카이도 신칸센 개찰구 앞에서 우리는 굳게 악수하고 헤어졌다.

그다음 미야자키로 돌아오기까지 나와 타마키 이모는 꼬박 이틀이 더 걸렸다. 고베에서 루미 씨의 스낵에 묵고, 에히메에서는 치카의 민박에 묵었다. 타마키 이모는 두 집 모두 도쿄역에서 산 대량의 선물을 건네고 꼬박꼬박 우리 딸이 큰 폐를 끼쳤다며 열심히 고개를 숙였다. 우리는 스낵에서 접객을 돕고 민박에서는 집안일을 도왔다. 타마키 이모는 스낵 손님들에게 남녀 불문하고 엄청나게 인기를 얻어, 내심 숨겨진 이모의 재능에 놀라고 말았다. 루미 씨와 미키 씨, 타마키 이모와 나까지 넷이 신나게 노래방 기계로 노래를 열창했고(이 며칠 동안, 쇼와 시대 가요를 많이 알게 되었다), 치카와는 같은 방에 나란히 누워 창밖에 해가 뜰 때까지 수다를 떨었다.

그리고 출발할 때와 같은 항구에서 우리는 페리를 타고 미야자키로 돌아왔다. 미야자키 항구에는 미노루 씨가 나와 주었다. 타마키 이모는 성가시다는 표정을 지으면서도 왠지 기쁜 듯 보였다. 차에서도 전차에서도 페리에서도 이동 중에 스마트폰으로 본 일본 지도가 새삼 내게는 아주 특별한 것이 되었다.

그로부터 몇 개월이 흘렀다.

매일 학교에 다니고 전보다 훨씬 열심히 공부하며 내년 수험을 준비했다. 타마키 이모와 말다툼이 늘었으나 그것은 어디까지나 기분 좋은 의견 교환 작업이기도 했고 이모가 만들어주는 도시락은 여전히 대단했다. 등하굣길에 보는 바다의 푸르름은 날마다 더 선명해졌다. 내 눈에는 말이다. 겨울이 깊어짐에 따라 바다의 푸르름도, 구름의 잿빛도, 아스팔트의 검은색도 더 반짝이는 것처럼 보였다. 세계는 빛 속에서 어느 한 점을 향해 계속 변화하는 듯했다.

마치 세계가 시작된 첫날처럼, 구름 한 점 없는 푸른 하늘에 둘러싸인 2월 아침이었다. 불어오는 바람은 아직 단단하고 차가웠고, 투명하고 청결한 햇빛이 마을 구석구석을 비추고 있었다. 교복에 두꺼운 머플러를 둘둘 감고 해변 언덕길을 자전거로 내려가고 있었다. 교복 치마가 심호흡하듯 펄럭펄럭 부풀어 있다.

언덕을 걸어오는 그림자가 눈에 들어왔다.

그 사람은 롱 코트를 바람에 나부끼며 한 걸음 한 걸음 뚜벅뚜벅 내게 다가왔다. 한눈에 그라는 걸 알았다. 그날 모두가 하지 못한 이야기를, 이제부터 하겠구나, 하고 생각했다. 그가 멈췄다. 나도 자전거를 멈췄다. 바다 내음을 가슴에 깊게 담고 말했다.

"잘 돌아왔어요."

『소설 스즈메의 문단속』은 내가 감독해 2022년에 개봉한 장편 애니메이션 《스즈메의 문단속》을 소설로 엮은 것이다. 영화 제작과 동시에 소설을 쓰는 경험은 『너의 이름은。』『날씨의 아이』에 이어 세 번째인데 매번 쓰기 전에는 마음이 무겁지만 (그렇게 일을 많이 해낼 순 없다 생각한다), 쓰기 시작하면 점점 즐거워지고 다 쓰고 나면 꼭 필요한 일이었다는 생각이 든다. 이번에도 마찬가지였다. 여주인공 스즈메의 마음을 문장으로 따라가는 작업은 요컨대 영화에는 등장하지 않더라도 내게는 꼭 해야 하는 작업이었다.

이제부터 이야기의 근간을 조금 다뤄보겠다.

소설과 영화를 선입견 없이 즐기고 싶은 분은 부디 본문부터 읽으시길(아니면 애니메이션부터 보시길) 바란다.

내가 38살 때 동일본대지진이 일어났다. 내가 직접 피해자가 된 건 아니었으나 그 일은 내 40대를 관통해 일상을 지배하는 선율이 되었다. 애니메이션을 만들고 소설을 쓰고 아이를 키우는 내내 그때 느낀 생각이 머리에 있었다. 왜. 어째서.

왜 그 사람이. 왜 내가 아니라. 이대로 끝인가. 이대로 끝까지 도망칠 수 있을까. 계속 모르는 척하고 살 수 있나. 어떻게 해야 하지? 어떻게 해야? 한없이 그런 생각을 하는 것과, 애니메이션을 만드는 것이, 어느새 거의 같은 작업이 되어 있었다. 그 후로도 세상이 뒤집히는 듯한 순간을 여러 번 목격했으나 내 저변에 흐르는 선율은 2011년에 고착되어 버린 것만 같았다.

지금도 그 선율을 들으면서 이 이야기를 썼다. 그리고 아마 앞으로도, 계속 똑같은 생각을 되풀이하면서 비슷한 이야기를 (다른 이야기를 쓰려고 노력은 하겠지만) 이번에야말로 더 잘해보려고, 다음에는 더 관객과 독자가 즐길 수 있도록 하려고 계속 쓸 것 같다.

이번 영화도 소설도 당신에게 즐거움이 되길 바랍니다.

2022년 6월

신카이 마코토

스즈메의 문단속

Suzume

2023년 2월 20일 1판 1쇄 인쇄 | 2023년 3월 14일 1판 2쇄 발행

지은이 신카이 마코토 | **옮긴이** 민경욱 | **발행인** 황민호
콘텐츠4사업본부장 박정훈 | **편집기획** 김순란 강경양 김사라 | **디자인** 어나더페이퍼
마케팅 조안나 이유진 이나경 | **국제판권** 이주은 김준혜 | **제작** 심상운 최택순 성시원
발행처 대원씨아이(주) | **주소** 서울특별시 용산구 한강로 3가 40-456
전화 (02)2071-2018 | **팩스** (02)749-2105 | **등록** 제3-563호 | **등록일자** 1992년 5월 11일

www.dwci.co.kr

ISBN 979-11-6979-203-5

JASRAC 出 2209581-201
KOMCA 승인필